LE FAUSSAIRE, L'ESPIONNE ET LE FAISEUR DE BOMBES

DU MÊME AUTEUR

UN AVANT-GOÛT DE PRINTEMPS, roman, éditions Autrement, 2007.
LE ROI D'OLTEN, récits, éditions Bernard Campiche, 2011.
LÉON ET LOUISE, roman, Actes Sud, 2012 ; Babel nº 1237.

Ouvrage traduit avec le soutien de Pro Helvetia

fondation suisse pour la culture
prohelvetia

"Lettres allemandes"
série dirigée par Martina Wachendorff

Titre original :
Der Fälscher, die Spionin und der Bombenbauer

ISBN 978-2-330-04825-9

ALEX CAPUS

Le faussaire, l'espionne et le faiseur de bombes

roman traduit de l'allemand
par Emanuel Güntzburger

ACTES SUD

Émile Gilliéron
1885-1939

Laura d'Oriano
1911-1943

Felix Bloch
1905-1983

1

Cette fille me plaît. J'aime cette image d'elle, assise dans l'embrasure de la portière ouverte de la toute dernière voiture de l'Orient-Express, tandis que le lac de Zurich défile devant elle dans un scintillement argenté. On pourrait être début novembre 1924, j'ignore le jour exact. C'est une jeune fille de treize ans qui a vite poussé, maigre, encore un peu gauche, avec à la naissance du nez une ride coléreuse, petite mais déjà profonde. Son genou droit est replié, sa jambe gauche pend dans le vide au-dessus du marchepied. Appuyée contre le montant de la portière, elle se balance au rythme du train, ses cheveux blonds flottent au vent. Elle se protège du froid avec un plaid qu'elle presse contre sa poitrine. Sur le wagon, la plaque de destination indique "Constantinople-Paris" ; au-dessus figurent, dorés et rutilants, des lettres en laiton et les lions du royaume de Belgique, emblème de la compagnie.

Elle fume de la main droite des cigarettes qui se consument vite dans le vent. Là d'où elle vient, il n'y a rien d'extraordinaire à ce que des enfants fument. Entre deux cigarettes, elle chante des bouts de mélodies orientales – berceuses turques, ballades libanaises, chants d'amour égyptiens. Elle veut devenir chanteuse comme sa mère, mais en mieux. Jamais, au grand jamais elle n'usera sur scène de son décolleté ni de ses mollets comme le fait sa mère, elle ne s'affublera pas non plus d'un boa rose et n'aura pas pour accompagnateurs des types comme son père, avec leur immanquable verre à dents rempli de brandy posé sur le piano, toujours à se fendre d'un clin d'œil et d'un glissando chaque fois que sa mère montre sa jarretière. La jeune fille, elle, veut devenir une artiste authentique. Elle sent en elle un sentiment grand et ample et le jour viendra où elle lui donnera libre cours. Elle en est sûre et certaine.

Sa voix est encore voilée et frêle, cela aussi, elle le sait. Assise sur son marchepied, c'est à peine si elle s'entend chanter. Le vent cueille les mélodies sur ses lèvres et les emporte vers les tourbillons d'air qui suivent ce dernier wagon.

Voici trois jours qu'avec ses parents et ses quatre frères et sœurs, elle a quitté Constantinople dans un wagon bleu de deuxième classe. Depuis, elle a passé des heures et des heures à cette portière ouverte. À l'intérieur, le compartiment occupé par sa famille est bruyant et étouffant, tandis que dehors il fait doux pour la saison. Durant ces trois jours, sur son marchepied, elle a humé le parfum des vignobles de Bulgarie et aperçu des lièvres sur les champs de blé fauchés de la Voïvodine, elle a fait signe aux bateliers du Danube qui l'ont saluée en retour d'un coup de trompe, elle a vu dans les faubourgs de Belgrade, Budapest, Bratislava et Vienne les immeubles noirs de suie aux fenêtres de cuisine mal éclairées derrière lesquelles des gens en maillot de corps sont assis, épuisés, devant leurs assiettes.

Quand le vent dirigeait la fumée de la locomotive à vapeur vers la droite, elle s'asseyait dans l'embrasure de la porte gauche, et quand il tournait, elle changeait pour l'autre côté. Si un contrôleur la rabrouait en invoquant des raisons de sécurité pour qu'elle regagne le compartiment, elle faisait mine d'obéir. Mais à peine avait-il disparu qu'elle rouvrait la portière et se rasseyait sur le marchepied.

Le troisième soir, peu avant Salzbourg, les contrôleurs étaient passés dans les compartiments pour annoncer un changement imprévu d'itinéraire. Le train obliquerait en direction d'Innsbruck et contournerait l'Allemagne par le sud, par le Tyrol et la Suisse ; depuis que des troupes belges et françaises avaient pénétré dans la Ruhr, il n'était plus guère possible à l'Orient-Express, train franco-belge, de suivre son itinéraire habituel *via* Munich et Stuttgart. Les régulateurs du trafic de la Reichsbahn commettaient volontairement des erreurs ou refusaient d'alimenter les locomotives en charbon et en eau ; la police faisait descendre tous les passagers lors des arrêts pour procéder à d'interminables contrôles d'identité et, lorsque le voyage pouvait enfin reprendre, la voie était souvent bouchée par un wagon à bestiaux ou une remorque à bois abandonnée que personne dans le Reich tout entier ne semblait être habilité à déplacer vers une voie de garage tant que leur propriétaire légal n'en avait pas fourni l'autorisation formelle. Et se procurer un tel document en respectant les procédures administratives pouvait prendre un temps fou.

Après l'entrée dans le Tyrol, l'air était devenu sombre et froid ; des parois rocheuses se dressaient vers le ciel de part et d'autre de la voie et semblaient se rapprocher dangereusement l'une de l'autre. Dès l'instant où il lui aurait presque fallu s'étendre sur le dos pour contempler le firmament, la jeune fille était retournée dans son compartiment et s'était couchée dans l'atmosphère familiale protectrice et renfermée. Mais quand, au petit matin, passé l'Arlberg, le train s'était enfin penché nez en avant pour entamer sa descente vers la vallée, elle était retournée à son marchepied avec une couverture en laine et avait contemplé dans le soleil levant les vallées qui s'élargissaient et les sommets montagneux qui reculaient, faisant place aux villages et aux torrents, puis aux villes et aux rivières, et enfin aux lacs.

Ses parents s'étaient accoutumés depuis belle lurette au caractère têtu de leur fille qui, déjà toute petite, s'asseyait dehors sur le marchepied. Ce devait être entre Tikrit et Mossoul, lors de leur deuxième ou troisième tournée à Bagdad, qu'elle avait traversé pour la première fois le couloir du wagon jusqu'à la portière pour mieux apercevoir les grues attroupées sur la rive du Tigre ; au retour, elle s'était de nouveau assise sur le marchepied et il avait été impossible de l'arracher au spectacle des rizières infestées par les moustiques, des steppes désolées et des montagnes rougeoyantes. Depuis ce temps-là, elle est toujours assise sur les marchepieds, qu'elle longe le delta du Nil entre Alexandrie et Le Caire, qu'elle passe par le chemin de fer à voie étroite sur les versants du mont Liban ou fasse le trajet de Constantinople à Téhéran. Infailliblement assise sur son marchepied, elle regarde le monde et chante. De temps en temps, elle permet à l'un de ses frères et sœurs de la rejoindre un moment. Mais bientôt, elle veut qu'on la laisse de nouveau seule.

À Kilchberg, un parfum de chocolat lui monte au nez quand le somptueux château-usine de Lindt & Sprüngli défile derrière elle. Quelques voiliers voguent sur le lac, un bateau à aubes est amarré au débarcadère. Les brumes matinales se sont dissipées. Le ciel est bleu pâle. Sur la rive opposée, le givre n'ayant pas encore recouvert les terres, les prairies sont trop vertes pour la saison. À la pointe du lac, la ville surgit des brumes. La voie décrit un arc étiré avant de rejoindre quatre, huit, vingt autres voies qui convergent depuis les quatre points cardinaux pour déboucher parallèlement dans la gare centrale.

Peut-être bien que ce jour-là, à l'entrée de la ville, la jeune fille a remarqué ce jeune homme qui venait souvent, en ce mois de novembre 1924, s'asseoir entre les voies sur la rampe de chargement d'un triste hangar délabré, pour observer les trains qui arrivaient et partaient en songeant à son avenir. Je l'imagine triturant sa casquette tandis que l'Orient-Express passe devant lui et qu'il est frappé, à la dernière voiture, par cette jeune fille qui l'a toisé d'un air distrait.

Ce garçon détonne un peu devant cette rampe de chargement et ce hangar. En tout cas, il n'est ni manœuvre ni cheminot, ni non plus porteur. Il porte des knickers et un veston en tweed et ses chaussures rutilent dans le soleil d'automne. Son visage aux traits réguliers témoigne d'une enfance insouciante ou qui n'a du moins guère connu de catastrophes. La peau est claire, les yeux, le nez, la bouche et le menton sont disposés à angle droit comme les fenêtres et les portes d'une façade de maison. Sa chevelure châtain est divisée par une raie impeccable. Un peu trop impeccable, peut-être.

Elle voit qu'il la suit des yeux et la regarde comme un homme regarde une femme. Cela ne fait pas longtemps que les hommes la regardent de cette façon. La plupart s'aperçoivent vite qu'elle est très jeune et détournent le regard avec embarras. Mais ce garçon-là ne semble rien remarquer. Il lui plaît, ce garçon. Il a l'air fort et paisible. Et pas bête.

Il fait un signe de la main, elle répond à son salut. Pas en agitant la main comme une fillette ni en remuant les cinq doigts séparément comme une cocotte, non, elle lève la main avec nonchalance. Il sourit, elle lui sourit en retour.

Après cela, ils se perdront de vue et ne se reverront plus, la fille en a bien conscience. Elle qui a l'expérience des voyages sait que l'on ne se rencontre qu'une seule fois en règle générale, étant donné qu'un voyage raisonnable se fait sur une ligne la plus droite possible allant d'un point de départ à une destination et que selon les lois de la géométrie deux droites ne se croisent pas deux fois. Les retrouvailles, c'est bon pour les villageois, les habitants des vallées et les insulaires, tous ceux qui passent leur vie à battre les mêmes chemins et se croisent sans arrêt.

Le jeune homme sur la rampe de chargement a beau n'être ni un villageois ni un insulaire, il est né et a grandi à Zurich, une ville pas bien grande dont les sentiers lui sont on ne peut plus familiers. Il aimerait bien la revoir, cette jeune fille à la portière. Si elle descend à Zurich, il la reverra, il en est sûr et certain. Sinon, eh bien non.

Il a dix-neuf ans et a obtenu son baccalauréat quatre mois plus tôt. Le moment est arrivé de faire un choix pour ses études. Le temps presse, le semestre a déjà commencé. La période d'inscription se termine le lendemain à 11 h 30.

Son père voudrait qu'il étudie la mécanique ou qu'il fasse une école d'ingénieurs. L'École polytechnique fédérale de Zurich, l'ETH, a une excellente réputation et les meilleures entreprises industrielles du monde sont installées aux abords de la ville. À Baden, Brown et Boveri fabrique les meilleures turbines au monde, c'est de Winterthur que viennent les meilleurs métiers à tisser et les meilleurs moteurs Diesel, des ateliers d'Oerlikon les meilleures locomotives. Étudie la mécanique, dit son père, comme technicien tu auras toujours du travail et un bon salaire.

Son père n'est pas technicien lui-même, mais négociant en céréales. Le commerce de céréales avec l'Europe de l'Est, c'est terminé, dit son père, tu peux oublier. Les frontières sont fermées, les taxes élevées et les bolcheviks sont cinglés, pas question de faire des affaires avec eux. Les céréales, ça allait pour ton grand-père, il a fait fortune avec. Le blé d'Ukraine, les pommes de terre de Russie, pour l'agrément un peu de vin rouge hongrois et des figues séchées de Bosnie. C'était le bon temps, les voies ferrées existaient déjà et le nationalisme n'avait pas encore vraiment pris le dessus, et quand on était juif, on arrivait à peu près à se débrouiller sous la domination des empires décrépits. Quel dommage que tu n'aies jamais vu notre maison à Pilsen. Ton grand-père croyait encore au commerce de céréales, c'est pour ça qu'il m'a envoyé ici, à Zurich. J'ai obéi, je suis venu ici et je suis devenu citoyen suisse, mais à l'époque déjà, je n'y croyais plus trop. Maintenant que je suis ici, je continue en prenant les choses comme elles vont. On aura encore de quoi vivre, j'espère, ta mère et moi.

Mais toi, mon fils, ce ne sont pas les céréales ukrainiennes qui te nourriront. Alors écoute bien le conseil que je te donne : étudie la mécanique. Aujourd'hui, tout se fait avec des machines. On sème les céréales avec des machines, on récolte avec des machines et on moud le grain avec des machines, le pain est cuit par des machines, notre bétail est abattu par des machines et on construit les maisons avec des machines. La musique sort d'automates qui sont eux-mêmes construits par des automates, et même les images, ce n'est plus le peintre qui les fait, c'est l'appareil photo. Bientôt, pour l'amour aussi il nous faudra des appareils, et pour mourir, des machines propres et silencieuses, et même l'évacuation des cadavres se fera sans qu'on s'en aperçoive grâce à de discrets appareils ; ce n'est plus Dieu que nous adorerons, mais une machine ou le nom de son fabricant, et le Messie qui apportera la paix sur terre et reconstruira le Temple de Jérusalem ne descendra pas de la tribu de Juda, mais sera une machine ou son constructeur. Le monde entier s'est transformé en machine, mon fils, voilà pourquoi je te donne ce conseil : Inscris-toi à l'ETH et apprends la mécanique.

Le fils écoute et acquiesce, car c'est un fils gentil qui témoigne à son père le respect qu'il lui doit. Il n'en pense pas moins par-devers lui : Non, je n'étudierai pas la mécanique. Je la connais, cette machine. Plutôt ne rien faire du tout dans ma vie que de la servir. Si je dois faire quelque chose, ce sera quelque chose de totalement inutile, sans but ; quelque chose que la machine ne pourra en aucun cas mettre à profit.

La moitié de son enfance et de sa jeunesse, ce garçon l'a passée à étudier de loin la fureur de la machine. Il n'avait pas encore neuf ans le jour où son père lui avait tendu par-dessus la table du petit-déjeuner la *Neue Zürcher Zeitung* avec “Sarajevo” en gros titre ; à compter de ce moment, il avait lu chaque jour les nouvelles de la Meuse, la Marne et la Somme. Il avait cherché dans l'atlas où se trouvaient Ypres, Verdun et le Chemin des Dames, il avait accroché au mur de sa chambre de garçonnet, au-dessus du lit, une carte de l'Europe qu'il hérissait d'épingles, il avait établi des statistiques dans des cahiers d'écolier à carreaux, notant les chiffres des morts, par centaines de milliers, puis par millions. Jamais il n'était parvenu à trouver le moindre sens à tous ces assassinats. Ou du moins une logique. Ou une cause plausible. Ou ne serait-ce qu'une raison convenable.

Pour se réconforter, il jouait du piano pendant des heures dans le salon de ses parents. Il n'était pas un élève particulièrement doué. Mais lorsque ses doigts avaient commencé à lui obéir, il s'était pris d'une profonde affection pour les *Variations Goldberg* de Bach dont la mécanique tranquille, assurée et prévisible lui évoquait le ballet galactique des planètes, soleils et lunes.

Il avait été un enfant solitaire, ainsi qu'il devait le noter des décennies plus tard dans ses souvenirs manuscrits. À l'école primaire, ses condisciples le tourmentaient à cause du suisse allemand qu'il parlait avec un accent de Bohême, et l'instituteur ne manquait pas une occasion de rappeler à la classe que Felix appartenait à une race méchante et étrangère.

Sa protectrice et plus proche confidente était sa sœur Clara, son aînée de trois ans. Lorsqu'elle mourut, la deuxième année de la guerre, après s'être planté un clou dans le pied en marchant dessus, il avait sombré des années durant dans une mélancolie désespérée. La science dont disposaient les médecins en ce début de XXe siècle leur permettait certes d'expliquer assez précisément ce qui se passait dans le corps de Clara – l'infection bactérienne, la septicémie, suivies du collapsus –, mais leur art ignorait encore les thérapies qui auraient pu épargner à Clara cette mort douloureuse, absurde et banale. Les mois qui suivirent, ses résultats au lycée faiblirent. Pourquoi faire des efforts en biologie et en chimie si la science se révélait inutile lorsqu'on avait besoin d'elle ? À quoi bon apprendre quoi que ce soit si la connaissance ne servait à rien ?

Seuls lui plaisaient les cours de mathématiques, avec leurs jeux intellectuels sûrs et dépourvus d'objectifs. Équations à plusieurs inconnues, trigonométrie, analyses de courbes. Pour le garçon, le fait qu'il pût exister dans ce monde déglingué quelque chose d'aussi beau et limpide que le rapport des nombres entre eux fut une révélation. Pendant les vacances d'automne 1917, il passa une semaine entière à calculer la durée d'un jour d'octobre à partir de la vitesse de rotation de la terre, de l'inclinaison de son axe par rapport au soleil et de la latitude de Zurich. Le lendemain, il mesura avec sa montre à gousset le temps écoulé entre le lever et le coucher du soleil et fut comblé de bonheur en constatant que le résultat correspondait à son calcul. Faire l'expérience qu'une idée qu'il avait eue lui-même – le calcul trigonométrique – ait vraiment à voir avec le monde réel et aille même jusqu'à s'accorder avec lui, cela lui donna l'intuition de l'harmonie existant entre l'esprit et la matière, une intuition qui ne devait plus le quitter.

Pendant les années de guerre, ce qui troubla le plus le jeune homme était la discordance entre ce qu'il apprenait par les journaux et ce qu'il observait empiriquement au quotidien. Quand il regardait par la fenêtre de sa chambre de gamin vers la Seehofstrasse, il ne voyait pas de fantassin qui courait dans les tranchées, pas de cadavre de cheval gonflé qui gisait dans des cratères de bombe, mais des servantes bien nourries qui rapportaient chez leurs maîtres des cabas regorgeant de victuailles, des enfants aux bonnes joues rouges qui jouaient aux billes sur le pavé. Il voyait des chauffeurs de taxi qui fumaient ensemble en attendant le public de l'Opéra, des cochers assoupis derrière des chevaux assoupis et le rémouleur faisant du porte-à-porte. Il régnait une telle paix dans la Seehofstrasse qu'on n'y apercevait même pas la police. Cette rue paisible était au cœur d'une ville incroyablement paisible, elle-même au cœur d'un pays incroyablement paisible dont les paysans arpentaient sans se presser les champs hérités de leurs aïeux où ils traçaient des sillons vers un horizon au-delà duquel se déroulait la grande boucherie européenne. Quand les nuits étaient particulièrement silencieuses, lui parvenait, par-delà le Rhin et la Forêt-Noire, le grondement de tonnerre du front franco-allemand.

Ce grondement le poursuivait jusque dans son sommeil où il se changeait en un hurlement assourdissant. Dans ses rêves, le jeune homme pataugeait dans des fleuves de sang à travers des paysages déchiquetés, et, une fois levé, il lisait le journal du matin au petit-déjeuner et découvrait avec un effroi désemparé cette machine de guerre qui labourait le continent, engloutissant tout ce qui pouvait la servir sous le soleil. Elle avalait des moines et les régurgitait sous forme d'aumôniers des armées, elle transformait les chiens de berger en clébards aboyant dans les tranchées et les pionniers de l'aviation en pilotes de combat, les gardes-chasses en tireurs d'élite, les pianistes en musiciens sur le front et les pédiatres en bouchers d'infirmerie, les philosophes en va-t-en-guerre et les poètes de la nature en sanguinaires extatiques, on fondait les cloches des églises pour fabriquer des canons et on recyclait les lentilles de jumelles d'opéra en lunettes de visée, les bateaux de croisière devenaient des paquebots pour transporter les troupes et les psaumes des hymnes nationaux, et les métiers à tisser de Winterthur tissaient non plus de la soie, mais du coutil pour les uniformes, les turbines de Baden produisaient de l'électricité non plus pour les illuminations de Noël, mais pour les locomotives électriques d'Oerlikon qui, au lieu de conduire les touristes en Engadine, acheminaient charbon et acier jusqu'aux hauts-fourneaux et aux fonderies de fabricants d'armes.

Au bout de mille cinq cents jours – c'était peu de temps avant le treizième anniversaire de Felix Bloch – la machine s'était mise à hoqueter par manque de carburant et s'était arrêtée à contrecœur. Depuis, elle s'est tenue plutôt tranquille, c'est vrai, mais la voici qui recommence à bourdonner ; bientôt elle se remettra à cahoter et à pétarader et le moment viendra où ses rouages recommenceront à tourner et ses dents broieront à nouveau les paysages, la chair et les âmes des humains.

Peut-être qu'on ne peut pas arrêter cette machine, se dit le jeune homme, mais moi, elle ne m'attrapera pas. Je reste en dehors, je n'étudierai pas la mécanique. Je ferai quelque chose de totalement gratuit. Quelque chose de beau et d'inutile que la machine ne pourra en aucun cas engloutir. Quelque chose comme les *Variations Goldberg*. Cela finira bien par se trouver. En tout cas, je n'irai pas à l'ETH. Je ne ferai pas mécanique, mon père pourra parler autant qu'il veut. Plutôt être charretier pour une brasserie.

Il s'écarte énergiquement du hangar et saute de la rampe de chargement, fermement résolu à se rebeller. Mais avant même qu'il ait atterri sur le ballast, son courage s'effondre et sa résolution l'abandonne, et tandis qu'il fait les premiers pas sur les dalles instables du chemin qui longe les voies jusqu'au hall de gare, doucement mais irrésistiblement, comme une bulle de champagne amère, il sent monter de ses entrailles jusqu'à son cœur puis à sa tête l'idée que si, il ira bien à l'ETH, et que oui, il fera des études d'ingénieur – car d'une part il ne supporterait pas une brouille avec son père, d'autre part il a toujours les meilleures notes de la classe en mathématiques, physique et chimie, et enfin il ne voit vraiment pas ce que ce talent limité pourrait lui permettre d'étudier à part la mécanique à l'ETH.

Entre les voies, un signal passe au vert et permet à l'express pour Genève de quitter le hall de la gare. À son bord, en ce début de novembre 1924 – était-ce vraiment le même jour et la même heure, on ne saurait l'affirmer avec une totale certitude –, l'artiste peintre Émile Gilliéron est assis dans un compartiment de première classe. Il est venu de Grèce, *via* Trieste et Innsbruck, en voyage d'affaires à Geislingen, près d'Ulm, où il doit passer une commande à la Württembergische Metallwarenfabrik, les Ateliers métallurgiques wurtembergeois. Au retour, il compte faire un crochet par le lac Léman pour ensevelir dans la terre natale les cendres de son père, qui s'est écroulé sous la table d'un restaurant d'Athènes peu avant son soixante-treizième anniversaire.

Son père s'appelait aussi Émile Gilliéron, était aussi artiste peintre en Grèce et c'était un homme célèbre. Il avait été le dessinateur accompagnant Heinrich

Schliemann lors des fouilles de Troie et de Mycènes, avait dessiné une série de timbres pour la Poste grecque, avait enseigné le dessin à la famille royale grecque et avait construit une imposante demeure avec une vue superbe sur l'Acropole, et puis il avait aussi éduqué son fils pour faire de lui un bon associé en affaires. La famille avait donc été très surprise lorsqu'on apprit, à l'ouverture du testament, que le père n'avait laissé que des dettes et que si les Gilliéron vivaient sur un grand pied, c'était toujours au jour le jour.

Une autre chose encore mit la famille dans l'embarras, c'était le vœu formé par le défunt d'être enterré dans son lieu natal, sur les bords du lac Léman ; car le rapatriement d'un corps, nécessitant le franchissement de trois ou quatre frontières, entraînerait des frais et des tracasseries administratives que seuls le pape, le roi d'Angleterre ou un magnat américain des chemins de fer auraient pu à la rigueur se permettre. Tout au plus pouvait-on songer à un transport clandestin après une incinération préalable. Ce procédé avait beau être sévèrement puni dans la Grèce orthodoxe, il se trouvait tout de même, dans le quartier des ambassades d'Athènes, des entreprises de pompes funèbres spécialisées dans la clientèle étrangère. Moyennant un supplément, elles présentaient au pope le jour des obsèques un cercueil ne contenant que des sacs de sable et conduisaient la dépouille, par des voies mystérieuses, à une crémation dissimulée.

Émile Gilliéron avait insisté pour n'avoir aucun détail sur la manière dont cela se déroulerait ; il ne voulait pas savoir quel boulanger, quel potier ou quel ferronnier avait mis son four à disposition la nuit avant d'y cuire, le lendemain matin, des petits pains ou des cruches. Cela ne lui était pas venu à l'esprit avant la traversée du Pirée à Trieste, sur le bateau postal de la Lloyd Triestino : jamais il ne saurait avec certitude si son père avait vraiment été incinéré et non jeté en pitance aux requins, si la boîte à cigares qu'il transportait dans son sac ne contenait pas les cendres d'un étranger, voire les os broyés d'un chien de rue.

Émile Gilliéron junior est un bel homme dans la force de l'âge. Son visage a encore des traits juvéniles nettement dessinés, son teint est doré par les années passées avec son père sur les champs de fouilles de Cnossos, et son regard est aussi ardent que celui de sa mère italienne, Joséphine, qui les a entourés toute sa vie de ses soins et de sa jalousie, lui et son père. Sa chevelure et sa moustache hardiment roulée sont un peu trop noires pour que ce soit entièrement l'œuvre de la nature, le nez est rougi par la bouteille quotidienne d'armagnac, et les commissures des lèvres révèlent une pointe d'amertume et d'ambition déçue. À Athènes l'attendent sa femme italienne, Ernesta, qui, à ses heures perdues, peint sur la terrasse de leur maison d'adorables huiles avec toujours la même vue de l'Acropole, et son fils aîné, prénommé Alfred et âgé de quatre ans.

2

Ce serait bien un hasard si Émile Gilliéron avait remarqué la jeune fille et le garçon au moment où son train quittait la gare centrale de Zurich, mais je souhaiterais qu'il en ait été ainsi. Je souhaiterais qu'il se soit attardé au buffet de la gare, qu'il ait dû courir pour attraper son train et que, hors d'haleine et en sueur, il ait posé son manteau et son chapeau avant de lancer sa valise dans le filet à bagages tandis que le train quittait la gare en accélérant peu à peu.

Je voudrais qu'Émile Gilliéron se soit laissé tomber sur le siège et que, tout en reprenant son souffle, il ait regardé par la fenêtre de droite où un train couleur bleu nuit passait à quelque distance. On aperçoit aux fenêtres des passagers qui se préparent à descendre et se bousculent dans les couloirs des wagons. Les portières sont encore fermées, sauf à la toute dernière voiture où une jouvencelle blonde assise sur le marchepied bâille à se décrocher la mâchoire. Un spectacle bizarre pour la saison, se dit Émile Gilliéron, elle va attraper la mort, la petite sotte. Elle a dû se disputer avec ses parents et maintenant elle refuse de retourner dans le compartiment chauffé. Elle voit en eux des espèces de babouins ou de sauriens et se croit, elle, le sommet de la Création. Elle ferait tout de même mieux de se tenir à la barre, cette splendeur, sinon ce pourrait bien en être bientôt fini de la jeune élue. Et puis elle pourrait placer l'autre main devant la bouche quand elle bâille, ce serait déjà plus joli.

Le train bleu disparaît sur la droite de son champ de vision, dans la fenêtre de gauche la vue se dégage sur les hangars où un jeune gars traînaille entre les voies. Encore un de ces énergumènes, se dit Gilliéron. Ce type a l'air d'être de ceux qui veulent se jeter sous un train parce qu'ils se croient trop bien pour ce monde. Ou pas assez bien. C'est curieux, des êtres jeunes, beaux et sains qui se sentent obligés de se jeter sous des trains. Dieu merci, ce ne sera pas sous le mien, il est bien trop loin pour ça. Cela prend toujours des heures avant que tout soit nettoyé et qu'on puisse enfin repartir.

Le contrôleur passe et vérifie les billets. Émile Gilliéron s'allume une de ses cigarettes égyptiennes ornées d'un monogramme doré, puis il se cale dans son siège et regarde par la fenêtre le pays de ses aïeux dont la mièvrerie digne d'une maison de poupée le fascine chaque fois qu'il y revient. Le train passe devant une petite brasserie toute mignonne, un joli petit moulin et les réservoirs sphériques en acier rutilant d'une usinette à gaz, puis il suit le cours d'une riviérette qui décrit d'adorables méandres jusqu'aux contreforts d'une montagne boisée aux doux versants. Dans l'intervalle, il s'arrête dans des gares proprettes de poupée qui sont celles de bourgades tout aussi proprettes, quand bien même elles sont plongées dans l'ombre de leurs remparts médiévaux derrière lesquels vivent des gens affairés et courtois, mais nullement de bonne humeur. Et pas non plus très élégants.

Entre deux bourgades, le train passe devant les colonnes en calcaire d'une potence médiévale, si blanche et si visible – même de loin – en lisière de forêt qu'on croirait qu'un dernier malheureux y pendait à une corde la veille encore. Voit-on cela ailleurs ? se dit Gilliéron, un peuple qui envoie au diable le bourreau, mais laisse l'échafaud debout ; ça doit être quelque chose, ces gens qui non seulement ne démantèlent pas, mais qui nettoient et entretiennent pendant des siècles les lieux d'exécution d'un pouvoir féodal révolu. Des gens petits dans un petit pays avec de petites idées qui construisent des petites villes, des petites gares et des chemins de fer d'une ponctualité incroyable. Même la potence est petite. Si c'est moi qu'on accrochait là, j'aurais les genoux écorchés à force de racler le sol.

Arrivé à la huitième bourgade, Gilliéron doit prendre une correspondance, le voyage continue alors le long d'un petit lac jusqu'au petit lac suivant, puis il franchit une enfilade de collines couvertes de champs de pommes de terre d'une nudité hivernale et passe à travers de minuscules parcelles de vignoble dont l'éclat doré resplendit longtemps après le coucher du soleil. Au sud trône le mont Blanc, point culminant de l'Europe dans son immuable et blanche majesté. Voilà enfin quelque chose de grand dans ce pays, se dit Gilliéron, même s'il sait bien que, si l'on veut être précis, le mont Blanc se trouve en France et que la Suisse doit se contenter du panorama. Économiquement parlant, c'est une sage décision. De loin, une montagne comme celle-ci est belle et la commercialisation touristique de cette idylle de carte postale rapporte gros. Vus de près, en revanche, ses versants sont surtout des amas de pierres périlleux et coûteux.

À Lausanne, Gilliéron change pour prendre un train régional. Une demi-heure plus tard, il arrive à la pointe orientale du lac Léman, lieu de naissance de son père et destination de son voyage.

La gare de Villeneuve est plongée dans l'obscurité. Personne sur le quai, pas une lumière dans le bâtiment de la gare. Le guichet de vente des billets est fermé, le seuil de la porte de la salle d'attente est jonché de feuillage desséché. Aucun taxi, aucune calèche, pour ne rien dire des porteurs. La gare est bordée de platanes dépouillés, sur le pavé mouillé des pigeons picorent le crottin de cheval aplati par les véhicules. Au-delà de la gare, on aperçoit les contours noirs des Alpes vaudoises et, au premier plan, un peu en hauteur, l'hôtel Byron, qui attend en vain les Anglais aisés depuis cent ans et a ruiné tous ses propriétaires successifs.

Émile Gilliéron dépose sa valise et prend une inspiration. Il y a vraiment dans l'air une odeur de moisi – l'odeur marécageuse, douceâtre et épicée du delta du Rhône à propos de laquelle son père était capable de pester infatigablement comme s'il la sentait encore après des décennies d'exil grec. À l'en croire, le mauvais air de Villeneuve, inhalé trop longtemps, provoquait la consomption et l'imbécillité, le rachitisme et la pourriture dentaire, l'alcoolisme, la couperose, l'épilepsie et l'hystérie féminine sous toutes ses formes. Il expliquait cette toxicité multiple en arguant du fait que l'odeur de marais n'était rien d'autre que la puanteur d'organismes morts en putréfaction qui avaient eu le temps pendant leur vie de ramasser tous les agents pathogènes possibles mais que, chose intéressante, l'homme, quand il se retrouvait dans un marais, ne bénéficiait pas de cette grâce de la décomposition, car au lieu de rester à la surface, riche en oxygène, il coulait assez vite jusqu'à des profondeurs de trois à quatre mètres, là où la masse spécifique de son corps correspondait à celle du milieu marécageux ambiant et où, s'il n'était pas déjà mort, il mourait asphyxié et, placé ainsi sous emballage hermétique et laissé dans un état de suspension stable, tanné par l'acidité du marais, il conservait pendant des millénaires une fraîcheur physique dont ne pouvaient que rêver les pharaons dans les sables secs d'Égypte avec tout leur art de l'embaumement. On était donc en droit de supposer avec une quasi-certitude que des centaines, sinon des milliers de cadavres qui n'auraient jamais pu se rencontrer sous le soleil reposaient paisiblement réunis dans le marécage de Villeneuve, conservés avec l'apparence de la vie – des pêcheurs celtes et des croisés bourguignons, des légionnaires romains et des Allemands en pèlerinage pour Rome, des explorateurs maures, des Vénitiens négociants en épices et des bergères d'Alémanie –, les uns s'étant peut-être jetés dans le marais par chagrin d'amour et d'autres dans l'ardeur de la chasse, d'autres encore en état d'ivresse, ou par bêtise, ou par avarice pour n'avoir pas voulu s'acquitter du droit de passage auprès du comte de Chillon ; et quelque part gisaient aussi, dans un sommeil apparent, les cent vingt-sept juifs de Villeneuve, massacrés et jetés dans le marais lors de la peste de 1348 par les citoyens qui les accusaient d'avoir empoisonné les puits.

Ah, les citoyens de Villeneuve.

Son père avait passé toute une enfance et une jeunesse avec eux, et il avait beau avoir vécu ensuite un demi-siècle en exil, il était encore l'un des leurs. S'il avait fui Villeneuve jadis, jeune homme, c'était peut-être seulement pour pouvoir rester l'un des leurs et ne pas être chassé définitivement.

Les citoyens de Villeneuve étaient pêcheurs, paysans et charretiers, c'étaient des protestants travailleurs et de loyaux sujets qui savaient où était leur place dans un monde clairement structuré. Tout fils de pêcheur savait que sa vie entière il irait pêcher sur le lac, et tout fils de paysan qu'il cultiverait jusqu'à la fin de ses jours les champs hérités de son père ; cela allait tellement de soi qu'on n'avait pas à y réfléchir. On se mariait au milieu de la vingtaine et à cinquante ans on mourait, on donnait à son premier-né le prénom du père ou du grand-père, à 9 h 30 du soir on éteignait, le mercredi on honorait sa femme et le vendredi on mangeait du poisson. Le dimanche on allait entendre le sermon, vêtu d'une veste noire. Et pas d'une veste grise. Et moins encore d'une bleue.

Bien sûr, il se trouvait toujours à Villeneuve quelques jouvenceaux qui portaient des vestes bleues pour plaire aux filles, et à toutes les époques il y avait eu une meute de chiots qui se trimbalaient dans les rues en rêvant de quitter Villeneuve et de passer le Grand Saint-Bernard pour filer en Italie. Les citoyens de Villeneuve comprenaient cela, car eux aussi avaient été jeunes. Mais la plaisanterie n'en devait pas moins avoir une fin, et au plus tard après le vingtième anniversaire, un chiot perdait le bénéfice de sa jeunesse. Et celui qui n'avait pas renoncé alors à la veste bleue était bien avisé, en effet, de disparaître de l'autre côté du Grand Saint-Bernard.

Ah, les citoyens de Villeneuve. Le père d'Émile avait toujours été intarissable lorsqu'il pestait contre le marais, mais dès lors que la conversation en venait aux citoyens de Villeneuve, il caressait sa barbichette blanche d'un geste plein de clémence. Le fils avait compris très tôt que son père ne détestait si passionnément le marais de Villeneuve que pour pouvoir continuer à aimer les habitants de sa ville.

Émile Gilliéron soulève sa valise, traverse l'esplanade de la gare et oblique vers la grand-rue toute noire bordée de bâtisses médiévales à colombages. Toutes les fenêtres sont obscures alors qu'il n'est même pas 22 heures. Sur la droite une pharmacie, sur la gauche une boulangerie, sur la droite une boucherie, sur la gauche l'hôtel de l'Aigle. On y mange assez bien, paraît-il, mais les lumières sont déjà éteintes. Dans une ruelle latérale, un filet de pêcheur est suspendu pour sécher, dans la suivante, un tas de fumier exhale un parfum de petit bétail.

Face à l'église, une grande fontaine gazouille en solitaire. C'est là que doit se trouver ce lavoir évoqué par son père. Pendant des siècles, les femmes de Villeneuve étaient venues laver leur linge dans cette cuve sans remarquer la colonne qui soutenait l'un des angles, une colonne de forme ronde peu courante et portant l'inscription "XXVI". Un jour, l'archéologue cantonal était venu de Lausanne expliquer aux citoyens de Villeneuve qu'ils avaient, sous leur lavoir, une borne milliaire, vieille de deux mille ans, de l'ancienne voie militaire romaine et que le chiffre vingt-six indiquait en milles romains la distance séparant Villeneuve de la ville de garnison de Martigny. Les citoyens avaient acquiescé avec componction, penché la tête et lancé un regard approbateur à leur pierre romaine, et quelques-uns avaient murmuré "Tiens donc" et "Sacrés Romains" ou "Ça, par exemple". Mais quand l'archéologue cantonal avait prié les citoyens de protéger ce vestige du passé des intempéries et de l'eau savonneuse en le plaçant dans l'église à disposition de la postérité, ils avaient enfoncé les poings dans leurs poches en faisant une moue butée, car il aurait fallu pour cela recourir au tailleur de pierre de Vevey et lui donner au bas mot vingt-cinq pièces de dix centimes, et pour qu'ils s'exécutent, il avait fallu que l'archéologue allonge les vingt-cinq pièces sur la pierre du lavoir et en ajoute encore quinze.

Cet épisode s'était produit vers le milieu du XIXe siècle, à l'époque où le père d'Émile Gilliéron grandissait à Villeneuve, fils unique de l'instituteur et jeune villageois on ne peut plus ordinaire, sans aucun signe distinctif. Il était de taille moyenne, d'une vigueur moyenne et châtain comme la moyenne, et il n'avait pas de qualité particulière ni de talent identifiable, sauf celui-ci : il dessinait incroyablement bien – avec une incroyable expression, une incroyable netteté, quasi photographique, et une incroyable imagination. Il n'avait pas reçu d'enseignement spécifique, n'avait été encouragé par personne et personne ne l'avait enjoint à s'exercer, et il ne le faisait même pas avec un plaisir particulier – il en était capable, tout simplement. Et comme Villeneuve offrait peu de distractions aux jeunes, il dessinait sans arrêt. À sept ans déjà, il dessinait en un tournemain, sur le pavement de la cour de récréation, des portraits au fusain de ses camarades de classe, et le dimanche il courait au port avec sa boîte à aquarelles et reproduisait prestement sur le papier les bateaux et les saules de la rive, les montagnes couvertes de neige à l'horizon, tout cela avec tant de légèreté que l'observateur croyait humer la brise qui soufflait l'après-midi du lac vers l'intérieur des terres.

Les citoyens de Villeneuve avaient constaté son talent sans se poser plus de questions. C'est comme ça, ça existe, disaient-ils avec un haussement d'épaules, il y a des gens qui sont doués pour des choses, d'autres pas, pas la peine de se casser la tête. Il y a des gens qui détectent les veines d'eau ou entendent les esprits, d'autres qui parlent en langues ou savent faire disparaître les verrues. Le petit Gilliéron dessine bien, et alors ? Ça ne fait rien et ça ne cause de dommage à personne. Au moins, tant qu'il joue avec ses crayons de couleur, il ne fait pas de bêtises.

Gilliéron n'accordait pas lui non plus tant d'importance que cela à son talent. Dessiner était pour lui un passe-temps ne lui procurant pas un plaisir particulier. Il n'était pas non plus fier de ses dessins, il ne faisait pas le tour de la ville avec eux et ne les gardait même pas ; au contraire, une fois terminés, il les posait sur les fagots près du poêle pour allumer le feu.

Cela ne changea qu'en 1866 lorsqu'il eut quinze ans, s'acheta une veste bleue et se mit à rêver de s'en aller pour toujours en Italie au lieu de devenir, comme tous les autres chiots de son âge, paysan, pêcheur ou instituteur à Villeneuve. Lorsque son père voulut l'envoyer à l'école normale de Lausanne, il proclama avec un reniflement dédaigneux qu'il préférerait se faire écarteler plutôt que de gâcher le restant de ses jours entre un tableau noir et un bureau d'instituteur.

Au lieu de cela, il aménagea au bord du marais, dans une grange abandonnée, son premier atelier d'artiste, se laissa pousser les cheveux et se mit à fumer des tiges de vigne blanche qu'il arrachait aux branchages des arbres du marais et mettait à sécher dans les combles de la grange. Les jours de marché, il traînait devant les tavernes et s'occupait des chevaux des paysans extérieurs à condition qu'ils lui offrent un verre de féchy. S'il avait besoin d'argent, il donnait un coup de main aux vignerons dans les coteaux ou nettoyait les filets des pêcheurs. Quand il faisait beau, il passait les soirées avec ses amis sous un vieux saule pleureur au bord du lac. À la saison froide, son atelier servait de point de ralliement.

Ainsi passèrent une année, puis deux, puis trois. Mais lorsque Émile Gilliéron et ses amis atteignirent leur majorité et ne semblèrent pas envisager de quitter leurs vestes bleues pour des noires ou, au moins, des grises, les citoyens de Villeneuve décidèrent que cela suffisait. Par une tiède nuit de printemps, l'atelier d'Émile fut totalement détruit dans un incendie dont on n'élucida jamais les causes, et quinze jours plus tard, le facteur apporta une lettre dans laquelle Émile eut la grande surprise de lire que l'École des arts appliqués de Bâle l'informait qu'il était admis dans le cursus destiné aux futurs professeurs de dessin et devait se présenter au grand amphithéâtre le lundi suivant entre 8 et 10 heures pour procéder à son inscription.

Émile comprit que la lettre venait moins de l'École d'arts appliqués de Bâle que des citoyens de Villeneuve, qui devaient avoir dérobé quelques-uns de ses dessins pour les envoyer à Bâle, et que cette lettre était moins une invitation à aller étudier qu'une manière de le bannir. Avec un reniflement de dédain, il prépara donc son balluchon, partit pour Bâle et, le premier semestre fini, il constata avec un reniflement de dédain qu'il savait déjà tout ce que les professeurs entendaient lui inculquer. Bien sûr, il apprenait certaines techniques pour les croquis, travailler au racloir et à la spatule, graver, modeler et faire une eau-forte, toutes choses dont il n'avait jamais entendu parler à Villeneuve, et l'exposition permanente du musée des Beaux-Arts lui révélait des mondes dont il n'aurait jamais pu rêver dans les marais du delta du Rhône ; mais, de retour dans la salle de classe, il copiait, variait et caricaturait *ad libitum* chacun des maîtres anciens qu'il avait contemplés, chaque style, chaque école. Il peignait des *putti* joufflus à la Rubens et des martyrs transpercés de flèches à la Caravage, et il amusait ses condisciples en peignant des *putti* transpercés de flèches et des martyrs dansants avec des cuisses de poulet rôti qui leur sortaient de la bouche ; il faisait des vases en terre, modelait des statuettes de dieux, dessinait des temples et des statues grecques comme s'il avait vécu jusque-là dans le Péloponnèse, et tout cela avec une nonchalance, une indifférence et un mépris envers son propre talent qui fascinaient ses professeurs non sans les offenser quelque peu.

Après les cours, il faisait la tournée des tavernes du Petit-Bâle où sa capacité à ingurgiter force verres de blanc le rendit célèbre. Sa cordialité sans fard, son sens paysan de la répartie lui valaient partout de se faire des amis ; mais ses condisciples lui en voulaient de pouvoir toujours réaliser en un tournemain ce qu'eux-mêmes devaient commencer par apprendre laborieusement et de délaisser tous les propos de comptoir sur l'art et le baiser de la muse pour s'intéresser aux jambes des serveuses et à leur décolleté.

Malgré sa paresse et sa nonchalance, Émile Gilliéron était sans conteste le meilleur élève de sa promotion. Il remportait tous les concours, même si la direction de l'école devait chaque fois le pousser à s'y présenter et s'il ne terminait jamais ses travaux avant la nuit précédant le délai de clôture, et lorsque la fondation Merian proposa une bourse de deux ans à l'École des beaux-arts de Paris, il ne se porta candidat que pour différer le moment du retour inéluctable à Villeneuve.

Les deux années qui suivirent, il les passa principalement dans les bistrots du Marais et de Montmartre. De temps à autre, pour la forme, il suivait un peu l'enseignement des professeurs et artistes les plus en vogue de leur temps. Les mensualités de la bourse ne couvraient pas ses besoins en argent au-delà de la moitié du mois ; passé cette date, il copiait des œuvres de Millet, Troyon et Courbet qu'il vendait aux tenanciers de bars et aux touristes. C'étaient les croûtes d'architectures gréco-romaines dans ce style historisant et pompeux si prisé par la bourgeoisie suffisante et conservatrice sous Napoléon III qui lui rapportaient le plus d'argent.

Le port de la veste bleue avait beau être quasiment de rigueur dans la bohème parisienne, Émile n'en réussit pas moins en un temps record, même dans cet environnement relativement libertaire, à se faire mal voir de tous les gens influents. Dès le début de sa première année d'études, il compromit durablement ses chances de succès dans le milieu artistique parisien lorsqu'il se présenta à l'inauguration du Salon annuel une bouteille de vin blanc débouchée à la main et sourit de toutes ses dents pendant l'allocution entière du président de l'Académie. Et lorsqu'il alla jusqu'à uriner dans le jardin derrière une statue de Jeanne d'Arc et à faire voler le plateau de petits fours que portait un serveur, deux gardiens en uniforme le jetèrent dehors.

Le temps passait vite. Le jour approchait où Émile serait obligé de retourner à Villeneuve et de revêtir une fois pour toutes une veste noire. C'est à ce moment-là que le milliardaire allemand Heinrich Schliemann, qui possédait un bel hôtel particulier place Saint-Michel et s'était mis en tête, arrivé au milieu de sa vie, d'abandonner le négoce avec la Russie pour devenir le plus célèbre archéologue du monde, fit demander au directeur de l'École des beaux-arts s'il comptait parmi ses étudiants un bon dessinateur qui pourrait l'assister sur les lieux de fouilles de Mycènes. Sur quoi le directeur convoqua le talentueux et impétueux Gilliéron, dont il pensait qu'il avait besoin de se dégourdir les jambes et ne trouverait jamais sa place dans le monde artistique parisien si ritualisé. Lorsqu'il lui demanda s'il voulait partir pour la Grèce en qualité de dessinateur scientifique, Émile accepta aussitôt.

Le directeur lui fit remarquer que Schliemann était un fils de pasteur du Mecklembourg, d'un caractère autoritaire et soupe au lait, qui n'avait jamais eu un seul ami, voyageait sans répit de par le monde et ne pouvait s'empêcher d'apprendre en quelques jours la langue de l'endroit.

Ce qui voulait donc dire qu'il parlait tout de même avec les gens, répondit Gilliéron.

Schliemann ne parlait pas, il commandait, rétorqua le directeur. L'amour et l'amitié, il ignorait ce que c'était, pour lui l'humanité se composait de supérieurs et de subalternes. Il avait divorcé de son épouse russe parce qu'il voulait avoir une Grecque pour l'accompagner dans ses aventures archéologiques. À cette fin, il s'était adressé par lettre à l'archevêque d'Athènes en le priant de choisir de belles jeunes Grecques et, sur la foi d'une photographie, s'était décidé pour une jeune fille de dix-sept ans ; le voyage de noces avait consisté en ce que l'époux, de trente ans plus âgé, avait trimbalé la pauvre créature quatre mois durant au milieu des antiquités de l'Italie et lui avait inculqué l'allemand d'une manière si impitoyable qu'elle en avait fait une crise de nerfs peu après leur arrivée à Paris.

Allons bon, fit Gilliéron, son intention n'était pas d'épouser Schliemann.

Et puis, continua le directeur, il fallait considérer que personne ne prenait Schliemann au sérieux comme archéologue. Les spécialistes se gaussaient de ce naïf Prussien qui arpentait l'Hellespont avec une bêche dans une main et dans l'autre une édition courante de l'*Iliade*, toujours et tout de suite convaincu d'avoir découvert le palais authentique de Priam et sa cassette d'or, ou le véritable lieu du combat devant les portes de Troie, là où Aphrodite avait soustrait son bien-aimé Pâris à la hache de Ménélas.

Mais cet homme avait tout de même mis au jour un certain nombre de jolies choses, remarqua Gilliéron.

Peut-être, mais quand même pas la hache de guerre de Ménélas, répliqua le directeur. Autant chercher la lance de Don Quichotte en Andalousie ou le four de Hänsel et Gretel en Forêt-Noire.

Une hache, c'était une hache, insista Gilliéron.

Le directeur en convint. Mais tout de même, il était frappant que Schliemann ait découvert toute cette rutilante quincaillerie dorée toujours au dernier jour des fouilles, juste à un moment où personne ne regardait. En présence de témoins, en revanche, on ne trouvait que des tessons, comme avec n'importe quel archéologue.

S'il sortait de terre de la quincaillerie rutilante, dit Gilliéron, alors il fallait la dessiner fidèlement. Et il s'en croyait capable. Quant au certificat d'authenticité, cela ne relevait pas de sa compétence de dessinateur.

Le directeur admit que c'était vrai, sans nul doute.

La Grèce, c'était paraît-il un beau pays, continua Gilliéron, et c'était bien payé. De plus, sa bourse touchait à sa fin.

Mais à son arrivée, la Grèce se révéla être une grande déception. Auparavant, durant les trois jours qu'avait duré la traversée de Trieste à Patras *via* Brindisi et Corfou, il avait eu sans interruption un mal de mer à en mourir, et au matin du 23 mars 1877, alors qu'il se tenait sur le pont supérieur, par une pluie battante, attendant impatiemment de poser pied à terre, l'élégant vapeur d'un blanc étincelant de la Lloyd autrichienne à destination de l'Égypte, peu avant d'entrer dans le port, fut pris dans un accrochage avec une multitude de bateaux de pêche puants, noirs de poix et couverts d'une nuée de mouettes, les uns voulant quitter le port, les autres le regagner, raison pour laquelle ils se barraient la route et se rentraient dedans à en faire grincer les embarcations. Le capitaine du paquebot fit arrêter les machines à bonne distance, se posta en uniforme sur la passerelle de commandement et attendit. Aucun des pêcheurs n'ayant manifestement l'intention de céder pour laisser passer son voisin dans un délai raisonnable, il fit retentir la sirène pendant deux longues minutes puis mit le cap vers l'entrée du port, à vitesse moyenne, à travers ce grouillement.

Les embarcations s'écartèrent vivement, à contrecœur, ouvrant un passage tout juste assez large pour le vapeur. Du haut du pont supérieur, Gilliéron regardait les pêcheurs se chamailler sous la pluie en secouant leurs poings velus et en essayant de se repousser mutuellement avec des grappins. Ces petits hommes trapus en pantalon bouffant, joufflus et à moustaches noires, n'avaient pas la moindre ressemblance avec les statues au nez grec du département des antiquités du Louvre où Émile s'était forgé son image de la Grèce.

Une fois que le paquebot eut passé le phare au bout de la jetée, la vue se dégagea sur ce port qu'avaient vu jadis Aristote, Périclès, Platon et Alexandre – un demi-cercle sombre ceint de bâtiments gris en briques à un ou deux étages se détachant devant une chaîne de collines nues à force d'être déboisées depuis des millénaires, sous un ciel de plomb où de noirs nuages de pluie gagnaient l'intérieur des terres. Sur le quai de débarquement, des silhouettes dépenaillées se dressaient nu-pieds entre les flaques et adressaient avec excitation des signes en direction des passagers de la première classe, faisaient la roue ou le poirier et exécutaient de petites danses, après quoi les passagers leur lançaient des pièces en cuivre et regardaient avec délectation ces créatures en haillons se chamailler pour les attraper.

À peine Émile Gilliéron eut-il retrouvé la terre ferme que son mal de mer se dissipa, en contrepartie de quoi il fut bientôt trempé jusqu'aux os le temps du court trajet jusqu'à Athènes dans une calèche à deux chevaux. De part et d'autre de la route boueuse étaient assis des centaines d'enfants aux joues creuses qui levaient de grands yeux noirs vers les voyageurs. Émile demanda au cocher ce que c'était que ces enfants et apprit que l'orphelinat les déposait là chaque matin dans l'espoir qu'un voyageur pris de pitié en emmène un avec lui.

Lorsque apparurent au loin, à travers la pluie, les colonnes blanches de l'Acropole, l'humeur de Gilliéron se rasséréna un peu, et lorsqu'il arriva à l'hôtel d'Angleterre, plus encore lorsqu'il pénétra dans la vaste suite lumineuse que Schliemann avait fait réserver pour lui et lorsque la domestique prit son manteau et lui tendit un ouzo pour le requinquer, il se trouva déjà quasi réconcilié ; il supporterait bien cela quelques semaines ou quelques mois. Et si Schliemann le payait vraiment aussi bien qu'il l'avait promis, il resterait une année entière et retournerait à Villeneuve au printemps suivant, les poches pleines. Il s'y construirait une maisonnette au bord du lac, passerait les soirées avec ses copains de l'époque des chiots et, la journée, il peindrait de petites aquarelles kitsch qu'il vendrait aux touristes anglais pour gagner son pain – et bien entendu, quoi que puissent en penser les citoyens de Villeneuve, il porterait jusqu'à la fin de ses jours des vestes bleues. Et qui sait, peut-être même des jaunes.

Voilà comment Émile Gilliéron imaginait les choses, mais bien évidemment il en alla autrement. Le lendemain matin, après le café du petit-déjeuner, il voulait entreprendre une première promenade en ville et une première ascension de l'Acropole quand le cocher de Heinrich Schliemann vint l'intercepter devant sa porte et, empressé, le conduisit sans un mot dans un élégant attelage à quatre chevaux tout droit jusqu'à son maître, dans son bureau richement décoré de statues de marbre, de vases bariolés et de reproductions de fresques helléniques.

Assis à sa table de travail, Schliemann étira son cou de tortue et regarda Gilliéron de ses yeux froids et bleu pâle à travers ses lunettes rondes à monture en nickel. Il le salua laconiquement dans un français impeccable mais aux sonorités étranges et, d'un geste impérieux, il désigna le bureau sur lequel était posé un plateau de bois avec trois fragments de fresque de la taille d'une paume. L'un de ces bouts de mortier représentait un poing fermé, le deuxième un ornement en forme de lys et le troisième un pied et un mollet.

Ces pièces étaient arrivées de Mycènes la veille au soir, déclara Schliemann avant de lui demander ce qu'il y voyait.

Émile répondit avec un haussement d'épaules qu'il voyait une main, un pied et une partie de motif de lys.

Schliemann le pria de le dispenser de ce genre d'insolences et lui demanda de dire ce que la fresque pouvait bien avoir représenté dans son ensemble.

Gilliéron répondit qu'on ne pouvait pas savoir.

Dans ce cas, Gilliéron n'était pas l'homme dont il avait besoin, rétorqua Schliemann.

Personne au monde ne pouvait savoir cela avec certitude, remarqua Gilliéron.

Mais tout de même, on pouvait en conclure quelque chose, répliqua Schliemann.

Ça, c'était toujours possible, dit Gilliéron avec un haussement d'épaules en se penchant au-dessus du plateau pour déplacer les morceaux dans un sens et dans l'autre. Puis il s'empara d'un bloc à dessin posé là et esquissa en un tournemain un combattant sur son char qui, le pied droit posé sur le bord d'un char décoré de lys, tenait une lance dans son poing.

Superbe, lança Schliemann, voilà la solution de l'énigme. Dire que je ne l'ai pas vu moi-même, c'est tellement évident.

Sur quoi Gilliéron disposa les fragments différemment et dessina sur une nouvelle feuille un gardien de temple brandissant une torche dans son poing, la tête ceinte de lys.

Voyez-moi ça, s'exclama Schliemann. Sacré bonhomme que vous êtes ! Le combattant sur son char, tout à l'heure, ça ne valait rien, je le vois bien.

Gilliéron arracha cette page aussi et dessina un Laocoon dans un champ de lys, se défendant des pieds et des mains contre des serpents qui l'étranglaient.

Mais c'est…, dit Schliemann. Vous me faites marcher ?

Après quoi Gilliéron dessina un Thésée combattant Andromaque, puis un paysan d'Attique récoltant ses olives et un athlète victorieux tenant un rameau d'olivier, et chacun des dessins comportait un poing, un pied et un ornement de lys. Schliemann suivait le crayon de Gilliéron avec enthousiasme, le souffle coupé. Gilliéron dessina des hommes luttant contre des taureaux, des pâtres, des marins, et aussi une amazone poursuivant, l'épée à la main, un couple dénudé.

Ces deux nus-là, je les connais, dit Schliemann. Où est-ce que je les ai déjà vus ?

Chapelle Sixtine, rétorqua Gilliéron. *Adam et Ève chassés du paradis*, de Michel-Ange.

Sacré bonhomme, répéta Schliemann.

Émile prit une nouvelle feuille et dessina un éphèbe au bélier.

Et ça ? demanda Schliemann.

Le Caravage, *Jean-Baptiste*.

Gilliéron réalisa encore rapidement un petit Botticelli et un Degas, sur quoi Schliemann lui arracha son crayon de la main.

Fini maintenant avec ces plaisanteries bibliques, dit-il, c'est l'heure de déjeuner. Vous restez ici, nous déjeunons en famille et sans façon, je ne tolère pas de contradiction. Ma femme a fait préparer une moussaka. Ensuite, nous rédigerons un contrat, vous resterez un an. Au moins.

Six mois, rétorqua Gilliéron.

Un an, répéta Schliemann.

Six mois au maximum, continua Gilliéron. Octobre, c'est le début des vendanges sur les bords du Léman, il faut que je sois rentré.

Comment ça, demanda Schliemann.

Mon père a des vignes, mentit Gilliéron.

Vous restez un an, dit Schliemann, je ne tolère pas la contradiction. Nous irons ensemble à Troie, Mycènes et Tirynthe, ensuite j'aurai besoin de vous ici à Athènes. Et maintenant, à table.

Tiens, tiens, songeait Gilliéron en suivant son patron dans la salle à manger. "En famille" et "sans façon", monsieur ne tolère pas la contradiction. C'est ce que nous allons voir.

Un demi-siècle s'est écoulé entre le départ du jeune homme pour la Grèce et le retour de ses cendres sur les rives du Léman. Son fils, valise à la main, descend vers le port, ses pas résonnent sur les pavés. Les voiliers de plaisance sont amarrés pour l'hiver, des mouettes dorment sur les espars. Il regarde sa montre à gousset. Une heure encore avant le prochain train pour Brigue. De là, il prendra le train de nuit pour Trieste d'où part dans l'après-midi le vapeur postal pour Athènes, où il sera accueilli par sa femme qui lui présentera sa toute dernière Acropole sur toile.

Émile Gilliéron junior marche jusqu'au bout du quai, s'assoit sur un bollard et sort de sa valise sa boîte à cigares. Elle contient un petit tas de cendres gris pigeon. Trois ou quatre poignées, çà et là pointe un bout d'os de la taille d'un ongle. Est-ce que ce sont vraiment les cendres de son père, ou bien celles d'une autre créature, cela n'a plus aucune importance. Il a accompli sa dernière volonté, et seul cela compte.

Émile regarde vers les eaux sombres qui clapotent contre la paroi du port. Il laisse la cendre se déverser lentement dans l'eau, et pour finir il jette la boîte à cigares. Ce qu'il est en train de faire, c'est donner à son père la sépulture d'un marin. Mais où aurait-il trouvé à Villeneuve un lopin de terre assez calme pour en faire la dernière demeure de son père sans se faire remarquer ? Les bourgades comme celle-ci ont beau être tranquilles la nuit, elles ne dorment pas ; dans la moindre ruelle, des veufs minés par le chagrin ou des vieilles filles torturées par des maux de dents courent à la fenêtre plongée dans l'obscurité dès qu'ils entendent résonner sur les pavés les talons d'un étranger. Gilliéron est conscient qu'il n'a guère fait un seul pas inaperçu depuis sa descente du train. Il n'aurait pas pu monter dans les coteaux, gardés par des chiens attachés à leur chaîne ; ni aller vers le marécage, car on l'y aurait vu de loin avec sa valise et, pour le coup, il aurait éveillé les soupçons des citoyens de Villeneuve.

Sur le port aussi, Gilliéron est placé sous surveillance, il le sait bien. Mais là, aux yeux des citoyens, il n'est qu'un touriste anodin descendu par erreur un arrêt trop tôt, qui doit tuer le temps jusqu'à l'arrivée du train suivant, prévue une heure plus tard. Certes, on remarque qu'il se promène jusqu'au lac au lieu de faire les cent pas sur le quai, mais ce n'est tout de même pas totalement incongru. Et s'il s'assoit sur un bollard et fouille dans ses bagages, il n'y a pas de quoi s'alarmer non plus. Le principal, c'est qu'il ne tarde pas à se relever et qu'il retourne à la gare afin que les veufs esseulés et les vieilles demoiselles puissent aller se recoucher.

Les cendres de son père coulent dans les eaux sombres et disparaissent ; les morceaux d'os les plus gros tomberont à la verticale vers le fond du lac, les cendres se disperseront et s'uniront à la vase. La vase, ce n'est rien que de la terre, se dit Gilliéron, après tout, la tombe du marin aussi reconduit à la terre mère. La boîte à cigares tangue contre la paroi du port. Une boîte à cigares on ne peut plus ordinaire. Elle dérivera au cours de la nuit, et les jours suivants elle sera ramenée vers la rive où elle pourrira en paix sur un tas de débris.

3

Felix Bloch ne revit jamais la fille de l'Orient-Express, car elle ne descendit pas à Zurich. Cet après-midi de novembre, Laura d'Oriano continua, *via* Bâle, jusqu'à Belfort où, le lendemain matin, au moment où Felix Bloch se rendait au service des inscriptions de l'ETH et qu'à Trieste Émile Gilliéron attendait son paquebot, elle prit l'express pour Marseille où ses parents voulaient se retirer et reprendre le magasin de partitions d'un parent éloigné. Il était temps que l'odyssée de la famille prît fin. Pendant un demi-siècle, les d'Oriano avaient voyagé, vingt ans durant la mère s'était produite comme chanteuse, dans la fleur de la jeunesse, dans les hôtels de luxe du Proche-Orient. Elle s'en lassait et voyait approcher le jour où la jarretière et le décolleté ne lui seraient plus d'aucune utilité sur scène. Le père aussi était fatigué et souffrait du foie. Quant aux cinq enfants, il était grand temps pour eux aussi de se fixer.

Les nombreux voyages et le luxe auquel ils avaient pu goûter dans les grands hôtels grâce à leurs parents artistes avaient fait de Laura et de ses frères et sœurs des enfants capricieux et précoces. Leurs manières de table étaient celles d'enfants de l'aristocratie anglaise, ils savaient danser comme des Cosaques et se parlaient dans un mélange bigarré d'anglais, de français, de grec, de russe et d'italien. Ils fumaient comme des Turcs et s'intéressaient au cours des actions à Londres, ils connaissaient les tarifs des ferries sur le Bosphore et savaient manger une orange au couteau et à la fourchette. Mais comme ils n'étaient jamais restés longtemps au même endroit, ils n'avaient jamais eu de petits voisins avec lesquels jouer au gendarme et au voleur, ils avaient toujours passé Noël dans des hôtels en compagnie d'étrangers et avaient eu pour seuls amis les femmes de chambre et les grooms, qui reconnaissaient les enfants d'Oriano et les appelaient par leur prénom.

Comme tous les nomades, ils savaient s'installer dans la routine des voyages. Laura, l'aînée, se sentait chez elle dans les loges d'artiste et les vestiaires successifs où sa mère, déjà quand elle était un nourrisson, la prenait avec elle pour pouvoir lui donner le sein quand il le fallait. L'après-midi, elle écoutait les répétitions des musiciens, le soir elle regardait sa mère se maquiller et se démaquiller, et sans arrêt elle prenait part aux sempiternels drames d'artiste qui se jouaient dans les coulisses, avec leur cortège de doutes, de mal du siècle et de sentiment d'incompréhension. Pas un jour, pas une heure ne s'écoulait sans son lot de petits drames, ce n'étaient que serments de fidélité, évanouissements et crises de larmes, les coupes à champagne volaient et les portes claquaient, et au milieu de tout cela se tenait la petite Laura, serrant sa poupée contre son ventre d'enfant et grandissant avec la certitude que c'était cela, la vraie vie dans le monde réel.

Quand Laura fut assez grande pour emprunter toute seule de longs couloirs, gravir les escaliers de service et frapper sans se tromper à la porte ayant tel numéro de chambre, les adultes commencèrent à l'envoyer porter de petites missives ou réciter des imprécations apprises par cœur. Laura s'acquittait consciencieusement de ces missions et transmettait les pires ignominies avec un sourire innocent et radieux, et elle retenait soigneusement, à cette occasion, qui avait une liaison avec un tel ou était en guerre avec tel autre à cause d'un baiser volé, d'un affront entre artistes ou d'une dette de jeu non remboursée. Et comme tout cela était éminemment excitant, elle ne se satisfit bientôt plus des emplois secondaires de messagère mais se produisit dorénavant dans le rôle de la fripouille à boucles blondes semant de son propre chef la mort et le malheur en zozotant ingénument.

Laura prenait un immense plaisir à tenir ainsi les fils. Elle déposait des jarretières de femme à des endroits où elles n'auraient pas dû se trouver, baissait le rideau au beau milieu d'un acte pour offenser les principaux interprètes ou bien se faufilait dans la salle pour pouffer à un moment inapproprié. Elle affirmait contre toute vérité qu'un tel portait une perruque, que tel autre avait des fausses dents et qu'un troisième avait dû consulter un urologue à cause d'une mésaventure galante. Et il lui suffisait parfois de lancer de ses yeux bleus d'enfant un regard entendu pour que des hommes dans la force de l'âge en aient le front en sueur.

Les manigances de Laura étaient parfois découvertes avant que les d'Oriano ne soient repartis vers une nouvelle destination. Dans ce cas, elle pleurait, invoquait l'irresponsabilité des enfants et se cachait dans la loge de sa mère jusqu'à ce que la fumée de l'explosion se soit dissipée. Là, n'ayant rien à faire, elle accompagnait à voix basse les vocalises de sa mère, et elle fut bientôt d'avis qu'elle atteignait les notes aussi bien que sa mère. Peut-être même un peu mieux. Ce qui était vrai. Puis vint le jour où, pendant un long voyage, elle s'assit pour la première fois sur le marchepied d'un wagon.

À la naissance de ses frères Umberto et Vittorio Emanuele, leur mère ne put les prendre eux aussi avec elle aux répétitions. Elle laissa donc les fils à leur père, qui n'avait plus besoin depuis longtemps de répéter son pianotage du soir et était dépourvu d'autres ambitions artistiques. C'est ainsi que les garçons passèrent leur enfance dans l'entourage de leur père, dans les hippodromes, sur les promenades et dans les fumoirs des grands hôtels, où ils devinrent des joueurs de poker roublards faisant ensemble des parties très sérieuses avec des mises élevées. Un jour c'était l'un qui s'endettait à perpétuité et devenait *de facto* l'esclave de l'autre, quelques jours plus tard c'était l'inverse.

Quant aux deux benjamines, Marina et Maria Teresa, elles grandirent sous la garde d'une bonne d'enfants, une jeune personne un peu sotte qui passa beaucoup de temps à leur enseigner comment utiliser le mascara et le vernis à ongles. Le soir, avant qu'elles ne s'endorment, elle leur racontait les relations de parenté entre les maisons royales européennes et évoquait des mariages de rêve et des décès tragiques. Les fillettes écoutaient, laissaient tout cela affluer vers leurs crânes d'enfant encore malléables et furent bientôt persuadées que le but le plus distingué dans la vie d'une jeune fille est d'être prise pour épouse par un prince russe ; cette idée s'insinua si profondément en elles que plus tard, quand leurs crânes eurent durci, elle n'en ressortit plus. Aussi Marina et Maria se contentaient-elles de lever les yeux au ciel quand leurs parents voulaient les forcer à faire des exercices de calcul ou quand on leur expliquait que les filles aussi devaient faire quelque chose dans la vie, d'abord parce qu'il y avait toujours eu bien plus de filles que de princes russes et ensuite parce que les rares princes russes soit avaient été assassinés récemment, soit étaient devenus chauffeurs de taxi à Paris – elles affichaient alors un sourire incrédule et jetaient des regards langoureux par la fenêtre.

Il était vraiment grand temps que les d'Oriano prennent leur retraite. Leurs continuels déplacements leur avaient donné du savoir-vivre et la science qu'on tire des voyages, leur horizon embrassait la terre entière, mais ils n'avaient ni racines ni liens, et leurs cœurs s'étaient un peu rabougris. Et ils en étaient à la troisième génération.

L'odyssée de la famille avait commencé un demi-siècle plus tôt à Pouzolles, le village de pêcheurs près de Naples, avec Vincenzo d'Oriano, le grand-père. C'était un pêcheur aux yeux de braise et, un jour, alors qu'il venait de chanter une chanson, perché tout en haut d'une pyramide de tonneaux de harengs, un riche Anglais dont le yacht entrait dans le port l'engagea sur un coup de tête pour faire de lui son chanteur privé. Lors de la première traversée vers Palerme, l'Anglais ne se lassa pas du chant de ce pittoresque jeune pêcheur qui, debout à la poupe, célébrait le répertoire napolitain, mais vint ensuite la traversée vers Corfou, puis celle vers Le Pirée, puis celle vers Héraklion et vers Naxos, et jusqu'à ce que le yacht eût rejoint la côte turque de la mer Égée,

Vincenzo avait claironné ses chansons sans doute cent fois vers le ciel levantin et l'Anglais, repu, fut bien content de le congédier au port de Smyrne en joignant à ses bons vœux une généreuse gratification.

Comment le jeune Vincenzo d'Oriano, loin de chez lui, subsista pendant les premières années, voilà ce que l'histoire ne dit pas et qu'on ne découvrira sans doute jamais. Il est attesté que le 29 janvier 1877 – le 14 *muharram* 1294 selon le calendrier musulman –, à la cathédrale de Smyrne, il épousa Teresa Capponi qui, dans les vingt-quatre années qui suivirent, lui donna huit enfants, eux aussi baptisés dans la cathédrale de Smyrne et dont l'avant-avant-dernier était un garçon prénommé Policarpo. Ce dernier épousa en 1910, à vingt-quatre ans – toujours à la cathédrale de Smyrne –, une ravissante chanteuse de vingt ans, encore pleine d'espoir à l'époque, Aida Agnese Caruana, arpenta le Proche-Orient en sa compagnie en qualité de protecteur et de pianiste et eut avec elle, en chemin, cette forte tête de Laura et ses quatre frères et sœurs.

Tout cela appartenait désormais au passé, ce monde-là n'existait plus. L'Empire ottoman s'était effondré dans la Grande Guerre pour faire place à une quantité innombrable de petits États nationaux traumatisés et hystériques qui se livraient des luttes sanguinaires, inventaient des incompatibilités ethniques inconnues jusque-là et transformaient leurs toutes récentes frontières en barricades invincibles. Le commerce et la circulation furent paralysés, les bateaux restèrent amarrés dans les ports. Les grands hôtels de Beyrouth et d'Alexandrie perdirent leurs clients, les cabarets fermèrent leurs portes, les musiciens furent renvoyés chez eux.

N'ayant plus d'engagements ni de revenus, les d'Oriano se retirèrent à Smyrne dans la maison du défunt grand-père. La mère ne se produisit plus, le père donnait çà et là quelques leçons de piano. Pendant deux ans, ils vécurent oisivement dans cette vieille et belle ville portuaire que d'aucuns appelaient le Paris de l'Orient, et d'autres la capitale de la tolérance parce que, depuis l'époque d'Homère, des gens des quatre coins du monde et de toutes les religions y avaient cohabité pacifiquement ; ils avaient cohabité pacifiquement pendant des siècles sous la colonisation grecque, et de même sous les empereurs de Rome et de Byzance ainsi que sous la protection des califes ; ils avaient cohabité pacifiquement jusqu'en ce 15 mai de l'année 1919 après Jésus-Christ, lorsque des troupes nationalistes grecques envahirent la ville et, prises d'une ivresse panhellénique, massacrèrent la population musulmane, après quoi, trois ans et demi plus tard, ce fut au tour d'Atatürk d'envahir la ville et, pris d'une ivresse kémaliste, de massacrer la population non musulmane et de brûler Smyrne jusqu'à ses fondations.

On peut supposer que les d'Oriano perdirent dans l'incendie une grande partie de leurs biens, déjà réduits à peu de chose. On ignore s'ils purent fuir au dernier moment sur un ferry ou s'ils s'échappèrent à pied en passant les montagnes côtières pour gagner l'intérieur du pays. Ce qui est certain, c'est que deux ans plus tard, ils montèrent à Constantinople dans l'Orient-Express pour Zurich *via* Budapest et Vienne afin de commencer une nouvelle vie à Marseille.

Je puis me figurer qu'en ce matin de novembre 1924, les d'Oriano, à l'arrivée à la gare Saint-Charles de Marseille, engagèrent un porteur qui poussa leurs bagages dans un chariot sur la Canebière et jusqu'au Vieux-Port. Il est très vraisemblable que le soleil brillait dans le ciel clément de la Côte d'Azur, illuminant les larges avenues et faisant resplendir les immeubles neufs, presque semblables à des palais, de la bourgeoisie commerçante.

Marseille, porte de l'Empire colonial français en Afrique et en Asie de l'Est, avait été pour une large part reconstruite. Il flottait dans l'air un souffle d'Orient, on voyait dans les rues des barbes noires et des caftans, des pantalons turcs bouffants et des turbans, mais aussi des cols durs britanniques, des uniformes blancs de soldats et des bérets français, et tous ces gens roulaient en tramway dans la concorde, concluaient des affaires dans les cafés ou scrutaient les bateaux qui entraient dans le port ou en sortaient.

Le port disposait de vastes docks neufs, de quais équipés de grues et de voies ferrées pour les trains emportant les marchandises coloniales. Dans les bassins du port, en revanche, il n'y avait aucun paquebot, mais principalement des embarcations à l'ancienne en bois. De puissants cinq-mâts hanséatiques du XIXe siècle étaient amarrés auprès d'élégants clippers américains, des goélettes norvégiennes auprès de boutres arabes, et il arrivait même qu'accostent des jonques chinoises ; quant aux paquebots modernes, on en voyait rarement, une grande part de la flotte disponible du monde entier ayant sombré au fond de l'océan entre 1914 et 1918. Aussi les armateurs avaient-ils ressorti après la guerre tous les bateaux de bois qui fussent un tant soit peu en état et, puisque avec les navires d'acier avait également péri la majorité des marins disponibles dans le monde, ils avaient ratissé les asiles de vieux et, en faisant un peu pression, recruté tous les loups de mer chenus et édentés qui tenaient encore debout et disposaient plus ou moins de leurs cinq sens.

Le nouveau domicile des d'Oriano était situé sur le Vieux-Port dans un immeuble à colombages du XVIIIe siècle. Au rez-de-chaussée se trouvait le magasin de musique, et au-dessus, sur deux étages, l'appartement, composé de quatre petites chambres et d'un salon avec vue sur le port. Les murs étaient badigeonnés de blanc, la cage d'escalier fleurait l'encaustique. Laura inspecta la maison avec la conscience qu'elle devrait y tenir trois ans. Elle irait à l'école et ne prêterait le flanc à aucun reproche, elle ferait les courses et la vaisselle et aiderait l'après-midi au magasin. Après six mois d'une conduite irréprochable, elle demanderait à sa mère l'autorisation de suivre des cours de chant au conservatoire de Marseille et d'aller au concert de temps à autre. Mais à son seizième anniversaire, elle en était sûre et certaine, elle ferait sa valise et partirait pour Paris.

Toute seule.

*

Felix Bloch fut l'un des rares êtres auxquels il a été donné d'avoir dans leur vie une expérience d'éveil, et il devait se la rappeler jusqu'à la fin de ses jours. Cela se produisit au terme de sa première année d'études, au dernier jour de son stage de quatre semaines dans l'industrie, peu après 17 h 30, alors qu'il se tenait pour la dernière fois derrière sa planche à dessin dans le bureau de la fonderie Fritz Christen, à Küsnacht, sur la rive du lac de Zurich. En face, dans la fonderie, tout était déjà tranquille, les ouvriers étaient partis en week-end. La secrétaire avait serré sous le bras son manteau et son sac et avait dit au revoir, le patron était encore assis près de la fenêtre, penché sur ses livres.

Dehors, sur le lac, la corne d'un bateau retentit, la lumière faiblissait progressivement. Il faudrait bientôt allumer les ampoules électriques. Felix Bloch dessina à l'encre de Chine son ultime trait de l'ultime croquis d'un couvercle de bouche d'égout que la fonderie devait mettre en production à l'hiver suivant. Quatre semaines durant à raison de neuf heures par jour, il s'était occupé de ce couvercle, il le connaissait par cœur – une plaque d'égout circulaire en fonte avec cadre, d'un diamètre de soixante centimètres et de cinq centimètres d'épaisseur, avec un trou permettant de la soulever et le nom du fabricant au milieu ainsi que vingt-quatre trous disposés concentriquement pour l'évacuation des eaux et des rainures antidérapantes perpendiculaires les unes aux autres.

À son premier jour de travail, le patron lui avait mis entre les mains un tas de papiers avec des croquis au crayon et des indications techniques et l'avait chargé de transformer le tout en dessins techniques utilisables par l'atelier et par le service commercial. Les plaques d'égout étaient une affaire bonne et sûre. De plus en plus de gens conduisaient des automobiles et la construction de routes et de canalisations était florissante. Les plaques d'égout étaient indispensables, depuis des années la demande allait en augmentant. La clientèle de loin la plus importante était constituée par les communes et les cantons, qui payaient vite et ne commandaient pas à la pièce ou par lot de douze, mais en gros.

Son stage terminé, Felix Bloch en savait plus sur sa plaque d'égout que sur toute autre chose au monde – il la connaissait mieux que les yeux de sa mère, mieux que son canif, mieux que l'interrupteur de sa lampe de chevet, mieux que ses propres mains. Il avait dessiné la plaque en plan vertical vue du haut et en plan vertical vue du bas, et chaque fois à l'échelle d'un pour quatre, d'un pour huit et d'un pour douze ; il en avait aussi réalisé une vue latérale – peu instructive. Les dessins en plan à quarante-cinq degrés avaient été particulièrement complexes, et chaque dessin devait être accompagné d'une annexe technique indiquant les dimensions et le poids, la teneur en carbone de l'acier ainsi que la résistance aux chocs et à la pression au centimètre carré.

À sa grande surprise, s'occuper quatre semaines durant d'une plaque d'égout l'avait amusé. Après l'étonnement du premier jour devant la simplicité consternante de cet objet, il avait pris plaisir à se plonger dans sa tâche avec une attitude contemplative presque monacale. La question du sens de ce qu'il faisait ne se posait pas à lui. Primo, le stage en industrie était un élément imposé du cursus en fin de première année. Secundo, les regards d'égout en fonte étaient sans conteste des objets de bon sens, car ils permettaient de débarrasser les rues de la boue et favorisaient tant l'économie que la liberté de déplacement des gens, l'hygiène et la santé publique. Tertio, leur utilité militaire était indécelable. Quarto, Felix Bloch découvrait combien disposer de connaissances solides dans un domaine clairement circonscrit pouvait donner de satisfaction. Dès le milieu de la deuxième semaine, il pouvait à bon droit affirmer de lui-même qu'il était devenu expert en regards d'égout en fonte de soixante centimètres de diamètre.

Chaque jour quatre semaines durant, il avait fait le trajet à bicyclette entre Zurich et Küsnacht et dessiné avec zèle et contentement des plaques d'égout. Il avait été le premier au bureau le matin et le dernier le soir, son patron grommelait de satisfaction en regardant par-dessus son épaule quand il travaillait à la planche à dessin. Il passait la pause du déjeuner dans les vestiaires avec les ouvriers. Assis avec eux sur les bancs alignés contre les murs, il posait comme eux les coudes sur les genoux et mangeait comme eux sa tartine au fromage apportée dans une boîte en fer-blanc. Il prêtait l'oreille à leurs conversations, était assez sage pour ne pas ouvrir la bouche et leur était reconnaissant de ne pas faire trop sentir leur mépris envers l'étudiant qu'il était.

À la fin de la deuxième semaine, après le travail, le patron lui avait glissé une pièce de cinq francs en marmonnant que s'il cherchait un emploi une fois ses études terminées, il devait se manifester d'abord chez lui. À la fin de la troisième semaine, il lui avait de nouveau glissé cinq francs en grommelant qu'à vrai dire il ne faisait pas grand cas des certificats et des diplômes et que Felix pouvait carrément rester sans attendre. La fonderie connaissait une expansion rapide, il avait besoin d'une tête bien faite et ce quelqu'un deviendrait peut-être un jour son associé.

Les éloges et l'affection paternelle du patron avaient fait plaisir à Felix Bloch et, dans la dernière semaine de stage, il avait cherché à s'imaginer comment ce serait, de planter là ses études pour commencer une vie d'homme adulte avec un appartement à soi et un vrai métier d'expert en plaques d'égout. Il paierait des impôts, épouserait une femme et projetterait, en bordure du lac, un nouvel atelier pour fabriquer des plaques d'égout, il irait en voyage d'affaires à Cologne et ferait avec sa femme des circuits à skis dans l'Engadine et un voyage en Italie. Plus tard, il construirait une maison sur une prairie verte et reprendrait la fonderie en totalité, et le jour viendrait où il prendrait sa retraite et céderait la production de plaques d'égout à ses fils pour s'occuper de ses petits-enfants et de sa collection de cactus.

Mais, à l'ultime minute de l'ultime jour de son stage, alors que pour l'ultime fois il avait posé la plume et revissé le couvercle de l'encrier, décroché son manteau et pris congé du patron qui l'avait accompagné jusqu'à la sortie avec une nonchalance feinte en lui marmonnant d'un air bougon, sur le seuil, que la porte lui était toujours ouverte, ce qu'il savait bien – à la minute où Felix Bloch sortit du bâtiment et enfourcha sa bicyclette, il fut comme traversé par une décharge électrique lorsqu'il comprit que plus jamais il ne reviendrait, et cela parce qu'une plaque d'égout resterait toujours une plaque d'égout et que jamais il n'aurait l'humilité nécessaire pour consacrer toute son énergie créatrice à la fabrication de plaques d'égout. Ni à la production de manivelles. Ni de bielles. Ni de métiers à tisser. Ni de turbines à gaz.

En cet instant, il comprit qu'il ne continuerait pas un jour de plus ses études de mécanique et qu'il avait eu raison quand, à l'automne précédent, assis sur la rampe de chargement de ce hangar à marchandises, il avait, en l'espace de quelques secondes, pris la décision de faire absolument dans sa vie quelque chose de beau, d'inutile et de dépourvu de toute fin. Il appuya résolument sur la pédale. Il rentrerait droit chez lui et déclarerait à son père qu'il ne pouvait faire autrement que de se lancer dans une nouvelle vie.

Dans ces années, il y avait en effet à l'ETH quelques hommes dont le métier était de passer leurs journées à former des pensées belles et difficilement compréhensibles, sans utilité pratique identifiable et non sans quelque ressemblance avec les *Variations Goldberg*. Avec des télescopes modernes, ils scrutaient les profondeurs de l'univers et se figuraient que le cosmos était replié sur lui-même et que quiconque, à condition de pouvoir regarder assez loin, apercevrait tout au fond, dans le noir de l'univers, sa propre nuque. Ils chauffaient des sels et des métaux, guidaient la lumière qui en résulte à travers des prismes de verre et, à partir du jeu de couleurs, ils formaient des hypothèses sur la danse des atomes et des électrons, qui ressemblait étonnamment au ballet des planètes, des soleils et des lunes.

C'est dans un bureau de l'ETH de Zurich qu'Albert Einstein avait mis sur le papier sa théorie de la relativité générale ; à un jet de pierre, en cet été 1925, Erwin Schrödinger se cassait la tête à se demander pourquoi les électrons se comportaient à la fois en ondes et en particules. C'est ici que Hermann Weyl avait contribué à consolider les fondements mathématiques de la théorie de la relativité d'Einstein et à Zurich également que Peter Debye avait prouvé par expérimentation que les plus petites particules de matière se comportaient effectivement d'une manière aussi imprévisible que l'avait prédit Max Planck.

Quant à Felix Bloch, il avait étudié la mécanique dans les mêmes lieux un an durant. Technologie mécanique I avec répétiteur, chimie I et stage de chimie, mécanique I avec répétiteur et exercices, géométrie euclidienne et projective, métallurgie des alliages techniquement importants, économie politique, règle à calcul avec exercices pratiques, deux heures hebdomadaires de cours magistral sur les éléments de machine.

À côté, pour son plaisir, il avait suivi quelques cours de mécanique quantique. Il n'y avait pas compris grand-chose, mais la poésie des idées, la beauté métaphysique de leur langue et le tempérament antimécanique et anticausal de leur logique l'avaient ensorcelé. À cela s'ajoutait que la plupart de ceux qui s'adonnaient à la physique de l'atome étaient des jeunes gens. Certains professeurs mondialement célèbres étaient à peine plus âgés que Felix Bloch, et tous étaient plus jeunes que son père. Heisenberg avait vingt-quatre ans, Paul Scherrer trente-six, Schrödinger trente-sept ; Bohr, Weyl et Debye non plus n'avaient pas encore quarante ans.

Il lui fallait une demi-heure pour rentrer chez lui, mais cette fois-ci son courage ne faiblit pas. Tout en pédalant le long du lac, il mit en ordre ce qu'il dirait à son père. Il lui parlerait de l'espace-temps courbe, pour ce qu'il en avait compris, et aussi du principe d'incertitude de Heisenberg et de la diffraction des rayons X selon Paul Scherrer, de la merveilleuse stabilité de la matière et de l'énigmatique simplicité des lois naturelles. Peut-être évoquerait-il aussi son intuition selon laquelle un fond d'une remarquable beauté intrinsèque se trouvait enfoui sous la surface du monde des atomes.

Si son père lui demandait alors si, selon lui, la mécanique était dépourvue de beauté, il lui répondrait qu'une plaque d'égout n'était qu'une plaque d'égout et qu'il ne supporterait pas à la longue cette absence totale de mystère. Si son père lui reprochait alors son arrogance, il serait d'accord avec lui et lui dirait qu'il ne pouvait faire autrement. Si son père lui faisait remarquer que tout le monde n'était pas Einstein, il l'approuverait et ajouterait que la recherche n'avait pas besoin que de génies, mais aussi de quelques fantassins, et que les charretiers avaient toujours à faire quand les rois bâtissaient. Si son père l'interrogeait sur ses possibilités de revenus, il dirait qu'il passerait, à côté, son certificat d'enseignement et qu'au pire il pourrait devenir professeur de physique en lycée. Et si son père lui demandait s'il voulait finir comme Seiler, son professeur de physique qui, après quarante ans de bons et loyaux services, menait une existence de vieux garçon dans une petite mansarde sans électricité ni water-closet et passait les longues soirées d'hiver seul, emmitouflé dans une couverture en laine devant son poêle en fonte – si son père lui demandait cela, il répondrait : Oui, je le veux. S'il le faut, je finirai exactement comme le professeur Seiler.

Il finit par obtenir de haute lutte la bénédiction de son père en brandissant l'argument selon lequel la faculté de mathématiques et de physique lui accordait une dispense des deux premiers semestres d'étude et que ces douze mois de sa vie n'avaient donc pas été perdus. Son père s'en étonna, et Felix aussi fut surpris que son expertise en matière de plaques d'égout soit validée pour un cursus en physique atomique. Il apparut par la suite, à vrai dire, que les étudiants en physique de l'ETH de Zurich jouissaient d'une part de liberté qui confinait à du laisser-aller.

Il n'y avait ni cours magistraux d'introduction obligatoires, ni programmes ou examens intermédiaires précis, pas non plus un nombre fixe d'années de scolarité ni d'examen de fin d'études. Les vingt-quatre étudiants qui s'étaient inscrits à la faculté de mathématiques et de physique en ce semestre d'hiver 1925-1926 devaient, dans l'ensemble, s'en remettre à eux-mêmes ; ils concoctaient leur cursus à leur guise d'après la liste des cours et n'avaient pas d'autre ligne à suivre que celle de leurs propres penchants. On n'attendait d'eux qu'une seule chose : qu'ils s'emballent au cours de leurs études pour un domaine ou un autre et qu'à un moment qu'on ne pouvait déterminer par avance, quand le professeur les y inciterait, ils rédigent un doctorat sur un aspect étroitement défini de leur domaine particulier.

Cette liberté humboldtienne à l'ancienne s'expliquait par le fait que les sciences exactes, après la Première Guerre mondiale, étaient plus impopulaires qu'elles ne l'avaient jamais été depuis un siècle. Après la catastrophe, une large part de l'opinion publique européenne, lecteurs de journaux, hommes politiques chargés de l'éducation et instituteurs, avait perdu la foi en un ordre rationnel du monde et cherchait désormais le salut dans un ordre irrationnel. Rien qu'à Zurich, il y avait dix fois plus d'astrologues que d'astronomes, le spiritisme et l'anthroposophie, la psychanalyse et les doctrines du salut tout comme les cures d'opium, le libertinage et le crudivorisme jouissaient de la plus grande popularité. Les sciences exactes, elles, étaient chargées de la principale responsabilité dans la mort mécanisée qui avait sévi sur les champs de bataille, qu'elles n'avaient certes pas provoquée à dessein, mais qu'elles n'en avaient pas moins conduite à des excès qui auraient été impossibles sans leur contribution.

De plus, le monde réel des propriétaires d'usines avait en grande partie cessé de s'intéresser à la physique depuis que leurs machines à vapeur, locomotives et turbines fonctionnaient à la perfection. Ils ne voulaient pas entendre parler de nouvelles méthodes de recherche qui ne laissaient entrevoir aucune utilité pratique mais menaçaient seulement, avec leurs simagrées relativistes, de remettre en question la simple et utile mécanique newtonienne. Et quant à ces hurluberlus qui peuplaient les facultés, les propriétaires d'usines pensaient qu'ils ne servaient vraiment à rien du tout, ceux-là.

Felix Bloch avait beau être satisfait que personne ne s'intéresse à lui et ne lui dicte sa conduite, un minimum d'indications aurait tout de même été le bienvenu lorsqu'il commença ses études. Comme il n'y avait personne à la faculté à qui il aurait pu demander conseil, il composa son programme de cours selon la mélodie des intitulés. C'est ainsi qu'il suivit chez Debye la "Théorie quantique des séries spectrales", "Les rayons X" chez Scherrer, la "Philosophie des mathématiques" chez Weyl, et c'est selon la même méthode qu'il choisit comme première lecture spécialisée *Structure de l'atome et raies spectrales*, du professeur munichois Arnold Sommerfeld.

Au grand soulagement de Felix, le professeur écrivait dans son avant-propos qu'il entendait "permettre au non-spécialiste de pénétrer le monde nouveau de l'intérieur de l'atome" et avait "limité autant que possible l'usage des mathématiques afin d'être compris du plus grand nombre", cela afin de développer de façon succincte et sans formules abstruses les "données préliminaires de physique et de chimie" sur lesquelles s'appuyait la physique atomique nouvelle. Mais dès la première page, Felix buta sur des concepts qui étaient supposés connus mais ne lui étaient nullement familiers. Et passé le premier chapitre, il dut bien s'avouer qu'il ne comprenait même pas ces données préliminaires puisque certaines connaissances essentielles de base lui manquaient. Et lorsqu'il tenta d'acquérir ces connaissances de base, il apparut que les connaissances de base essentielles pour y accéder lui faisaient également défaut.

Par exemple, il était question dès la première page de champ électromagnétique. Pour savoir de quoi il pouvait bien s'agir, il emprunta à la bibliothèque la *Théorie de l'électricité* de Max Abraham. Ce dernier assurait lui aussi dans son avant-propos que la maxime suprême avait été pour lui, en rédigeant ce livre, qu'il pût être compris de tous, mais il employait dès le premier chapitre des concepts énigmatiques tels que "rayonnement corpusculaire" et "théorie des cycles", pour l'élucidation desquels Felix dut emprunter encore d'autres ouvrages.

Felix avait beau mettre toute son énergie à acquérir un savoir de base, il fit l'expérience que l'entendement humain ressemble à un muscle qui, sollicité inopinément, tend à présenter des formes de paralysie et qu'en dépit d'un entraînement régulier, il n'augmente ses performances que dans une certaine limite.

Lorsque Felix lut le deuxième chapitre, où le professeur Sommerfeld traitait des "propriétés centrales et périphériques de l'atome", il fut au bord de la capitulation, et quand au quatrième chapitre il fut question de "préliminaires à la théorie quantique", il éprouva si douloureusement la blessure narcissique de son faible muscle cérébral qu'il songea sérieusement à rendre le livre et à s'en retourner tout penaud à ses constructeurs de machines et ses plaques d'égout.

S'il persista malgré tout dans la physique atomique, ce fut peut-être principalement pour ne pas se couvrir de ridicule face à son père. De plus, après quelques semaines puis quelques mois, il eut le plaisir de constater que les idées les plus difficiles devenaient aisément compréhensibles une fois qu'on les avait saisies ; de plus, au fur et à mesure qu'il étudiait, ses lacunes diminuaient peu à peu ou, du moins, leurs contours devenaient perceptibles. Certes, il se sentait encore tel un ours polaire planté sur un petit bloc de glace de connaissance dérivant sur un océan d'ignorance ; mais, avec le temps, surgirent d'autres blocs de glace, il put sauter de l'un à l'autre, ils furent de plus en plus nombreux et les distances entre eux plus courtes et, vers la fin du deuxième semestre, quelques blocs s'étaient réunis pour former une île de glace sur laquelle Felix se trouvait bien en équilibre.

Et puis il faisait la connaissance de ses condisciples, pour lesquels il n'en allait pas autrement. Chacun vacillait sur son bloc de glace à lui, constitué un peu au hasard, dans l'espoir de découvrir un jour des contrées encore inconnues de la science. Les uns fixaient des fils électriques à des cristaux de sel et cherchaient à comprendre ce qui se passait à l'intérieur, d'autres traversaient le Rhin pour acheter dans des pharmacies allemandes de la pâte dentifrice radioactive Doramad et l'étaler sur de très fines feuilles de métal, tandis que d'autres encore scrutaient l'univers en imaginant de violentes explosions à l'intérieur des étoiles.

Au début du printemps, Felix se lia d'amitié avec deux étudiants allemands en doctorat nommés Fritz London et Walter Heitler, venus à Zurich comme assistants de Schrödinger. Ils étaient un peu plus âgés que Felix et tentaient de déceler les énergies de liaison dans les molécules en chauffant de l'hydrogène et en le soumettant à la lumière. La semaine finie, Felix allait se promener avec eux sur le Hönggerberg ou les emmenait en randonnée dans les Alpes glaronnaises. Fritz London et Walter Heitler impressionnaient Felix Bloch par leur capacité à poser sur un ton badin des équations différentielles et intégrales au beau milieu des pâturages alpins et à les résoudre immédiatement de tête. La plupart du temps, il marchait derrière eux en essayant de comprendre ce dont ils parlaient.

Le dernier week-end précédant les vacances d'été, quand ils partirent pour une randonnée sur l'Urnerboden, un thésard danois se joignit à eux. Tandis qu'ils grillaient des saucisses sur le feu de camp, le Danois se moqua du modèle de l'atome de son professeur Niels Bohr, le jugeant dépassé, et mentionna en passant qu'il avait fait de son côté quelques calculs moléculaires complexes qu'on ne pouvait vérifier qu'en spectroscopie ultraviolette.

Felix avait beau ne pas avoir d'idée bien définie des modèles de l'atome et ne pas savoir non plus ce qu'il devait se représenter sous les termes de calcul moléculaire et de spectroscopie ultraviolette, il eut néanmoins l'intuition que passait là devant lui un beau bloc de glace valant la peine d'être pris à l'abordage. Aussi demanda-t-il au Danois ce qu'il en était de ces calculs et comment on pouvait les vérifier empiriquement, sur quoi ce dernier tira de son sac une copie de son travail. Felix posa sa saucisse et lut le travail. Il s'agissait de cinq pages d'un cahier. Felix était bien loin de saisir le contenu dans sa totalité, mais il comprit de quoi il retournait. Felix Bloch eut l'intuition que c'était là exactement la tâche qui lui incombait – une tâche point surdimensionnée, mais non sans importance.

Sur le chemin du retour vers Zurich en voiture postale, il prit son courage à deux mains et demanda au Danois s'il pouvait recopier son travail et tenter lui-même la démonstration expérimentale. Sur quoi le Danois lui demanda, avec un regard en coin teinté de moquerie, s'il avait un spectromètre à sa disposition. Hélas non, répondit Felix. Le Danois répondit qu'il s'y était attendu et qu'à sa connaissance, aucun appareil de la sorte n'existait entre Rome et Copenhague.

Le lundi suivant, Felix porta ce travail à son professeur de physique expérimentale, Paul Scherrer. Celui-ci le lut attentivement, se caressa le menton d'un air d'approbation et le lui rendit en lui faisant remarquer qu'il fallait un spectromètre pour vérifier empiriquement ces hypothèses. Felix répondit qu'il le savait et que c'était justement là la difficulté. Sur quoi le professeur sortit du tiroir de son bureau quelques prismes de quartz, s'approcha de la fenêtre et les plaça à la lumière du soleil, déversant ainsi sur le sol toutes les couleurs de l'arc-en-ciel. Debout côte à côte, les deux hommes contemplèrent ce spectacle jusqu'à ce que le professeur écarte les prismes de la lumière solaire et que l'arc-en-ciel disparaisse.

Si vous voulez, vous pouvez vous bricoler votre propre spectromètre, dit-il. Vous êtes d'une nature persévérante ?

Les dix mois qui suivirent, Felix Bloch les passa dans une cave sans fenêtre au second sous-sol du bâtiment principal de l'ETH. Il quittait tôt le matin le domicile de ses parents pour n'y rentrer que tard le soir, et entre les deux, c'est à peine s'il ressortait de sa cave pour suivre un cours ou se promener sur la terrasse afin que ses yeux ne perdent pas complètement l'habitude de la lumière naturelle. Il ne se rasait plus qu'une fois par semaine, se nourrissait de pain noir et de figues sèches et, pour le reste, se consacrait exclusivement à son bricolage.

Il vissait ses prismes sur des montures en laiton et fabriquait à partir de plaques de cuivre de petits diaphragmes pour sa lampe à vapeur de plomb. Il allait au grand magasin acheter des dizaines de miroirs de maquillage, creusait dans leur couche argentée de minuscules orifices de différents diamètres qu'il recouvrait de feuilles d'or, d'argent ou d'aluminium. Il achetait sur les marchés aux puces de vieilles jumelles, les démontait et plaçait les lentilles entre la lampe et les prismes pour focaliser la lumière. Il fabriquait des cristaux de sel, les plaçait dans le rayon lumineux et observait comment le rayon lumineux se déployait en arc-en-ciel. Quand il manquait une couleur à l'arc-en-ciel, il le notait et augmentait la température du cristal de sel de dix degrés Celsius. Si une autre couleur manquait à l'arc-en-ciel, il le notait aussi et augmentait la température de dix degrés supplémentaires.

Semaine après semaine, mois après mois, Felix resta ainsi dans sa cave obscure. Plus il collectait de données, plus il était manifeste que ses résultats concordaient avec les prédictions du Danois. Et plus Felix constatait qu'une idée pensée préalablement trouvait encore ici sa correspondance dans le monde des choses, comme à l'époque où il avait calculé par avance la durée d'un jour d'automne à Zurich, plus il sentait grandir en lui la conviction que les couleurs de l'arc-en-ciel au mur de sa cave étaient effectivement le reflet visible de l'atome.

Au retour du printemps, il reprit ses randonnées avec Fritz London et Walter Heitler, ce qui lui valut une expérience nouvelle : cette fois, c'était lui qui bavardait nonchalamment tandis que les autres, hors d'haleine, essayaient de suivre. Felix parlait de fréquences, d'absorptions et d'impulsions, de dispersion et d'amplitudes, et quand ses amis posaient des questions, il répondait avec l'assurance d'un expert maîtrisant son domaine comme peut-être nul autre au monde.

4

Comme l'on pouvait s'y attendre, Émile Gilliéron senior ne resta pas seulement quelques mois en Grèce, mais bien plus longtemps. Certes, au bout de quelques semaines à peine, une fois que le charme oriental de sa nouvelle patrie s'affadit et qu'il commença à s'agacer de la rusticité grossière des Grecs, de leur fruste croyance en les popes et de l'atmosphère provinciale étouffante de leur capitale, qui lui rappelait à bien des égards sa bourgade natale de Villeneuve, il éprouva le mal du pays. Les soirs où il était seul, il s'asseyait avec une bouteille de vin rouge à la terrasse de l'hôtel d'Angleterre, contemplait l'Acropole dans la lumière fuyante du jour et rêvait de la maisonnette qu'il se ferait bientôt construire sur la rive du Léman, dans une petite anse à quelques encablures du port. Quand la bouteille était vide, il lui arrivait d'en ouvrir une seconde et, quand celle-ci aussi était vide, il prenait généralement la résolution d'envoyer dès le lendemain une lettre à Villeneuve en priant le vieux pêcheur sans descendants auquel appartenait le terrain sur l'anse du lac de lui céder une parcelle.

Mais le lendemain matin, quand il se retrouvait, l'esprit embrumé, devant son café du petit-déjeuner, il ne rédigeait jamais cette lettre. D'abord, le pêcheur ne lui vendrait pas sa terre pour la bonne raison qu'un citoyen de Villeneuve ne vendait jamais sa terre, sauf si Dieu, le schah de Perse ou l'huissier lui plaçait le couteau sous la gorge. Ensuite, jamais les citoyens de Villeneuve ne l'autoriseraient à construire sa maisonnette ; sinon ils n'auraient pas eu besoin de réduire en cendres son atelier. Enfin, ils continueraient à ne pas le considérer comme l'un des leurs tant qu'il aurait encore des vestes bleues dans ses bagages. Ou, encore pire, des jaunes. À moins que les poches de ces vestes ne fussent pleines d'argent. Beaucoup d'argent. Et cet argent, Émile l'avait compris, ne pouvait venir de nul autre que de Schliemann.

Pour se le procurer, cet argent, Émile accompagna son maître à Troie et Mycènes. Ses dessins étaient autrement lisibles et compréhensibles que les images brumeuses réalisées par le photographe personnel de Schliemann avec sa boîte en bois et ses plaques de verre. Et à la différence du photographe, Émile était capable de reproduire des choses qui n'étaient pas là en réalité. Quand Schliemann en exprimait le souhait, Gilliéron comblait les blancs sur les fresques murales, complétait des statues de dieux endommagées en ajoutant les membres qui manquaient ou transformait quelques tessons épars en de superbes vases.

Dès le premier jour, Émile tint le riche Prussien sous sa coupe. Schliemann ne pouvait et ne voulait plus renoncer aux services de ce dessinateur rapide, consciencieux et sûr qui s'entendait à rendre chaque statue, chaque pièce de monnaie et chaque vase avec une extrême précision. Mais là n'était pas le plus important. Ce qui distinguait Émile de la cohorte de tous les autres étudiants en art de l'Europe entière qu'une euphorie philhellénique faisait accourir à Athènes dans l'espoir de trouver quelques revenus grâce à l'Antiquité classique, c'était son intuition infaillible des désirs de Schliemann, qu'il perçait à jour mieux que ce dernier. Il devinait sa faiblesse pour la rutilante quincaillerie dorée et son refus du profane, et il comprenait que le caractère impérieux de Schliemann ne supportait pas les énigmes irrésolues. Aussi Émile faisait-il sortir de la moindre barbe anonyme le visage de Poséidon, et un récipient en terre rempli de cendres ne demeurait jamais une urne mais devenait toujours au moins la sépulture d'Agamemnon. Ou de Pénélope. Voire de Thésée.

Gilliéron ressuscitait toutes les splendeurs de l'Antiquité dans l'exact état d'intégrité dont aurait rêvé Schliemann s'il avait eu l'imagination nécessaire. C'est ainsi que les deux hommes finirent par former une équipe bien rodée. Ce que Schliemann faisait exhumer avec une ténacité implacable, Gilliéron le rendait à la vie avec une fantaisie ludique. Et si par hasard il était vrai que Schliemann ait fait enterrer au préalable la quincaillerie rutilante qu'on découvrait lors les fouilles, Gilliéron ne voulait pas le savoir.

Schliemann appréciait que Gilliéron ne l'ennuie pas avec de désagréables élucubrations philosophiques sur ce qui distingue un original, une copie, une reproduction et un faux et ne fasse pas d'esbroufe en étalant ses scrupules artistiques ou ses réserves d'ordre scientifique. Il faisait simplement ce qu'on lui demandait de faire, le reste ne le regardait pas. Schliemann voulait-il une tête sur la statue d'un Hermès qui n'en avait plus, eh bien il lui dessinait une tête sur la statue d'un Hermès, et s'il fallait une proue à tel navire sur un vase, il dessinait une proue. En outre, l'Antiquité et l'archéologie lui étaient plutôt indifférentes, quand bien même il respectait les artefacts mis au jour pour ce qu'ils étaient : des échantillons remarquables du travail de collègues passablement compétents qui avaient définitivement reposé leur pinceau des millénaires plus tôt.

Ce qui l'intéressait bien davantage, c'étaient les trois cents francs français qu'il recevait à la fin de chaque mois, sa bouteille de vin rouge quotidienne après le travail et les petits rires des jeunes villageoises d'Anatolie qui passaient par nuées derrière sa table de travail.

Il avait peu de contacts avec son patron et employeur en dehors des champs de fouilles. Si l'été était trop brûlant ou si les tempêtes automnales poussaient les premiers nuages de pluie sur la mer Égée, ils rentraient à Athènes. En hiver, Schliemann entreprenait avec sa jeune épouse de longs voyages à Rome, Paris et Londres tandis qu'Émile Gilliéron mettait de l'argent de côté, restant dans sa chambre d'hôtel surchauffée malgré ses pénibles courants d'air à s'ennuyer jusqu'au printemps, Athènes n'étant à l'époque pas vraiment une capitale européenne, mais encore un trou endormi dans une province ottomane.

Toujours est-il que Gilliéron atteignit là, en terre étrangère, une sorte de paix de l'âme qu'il n'aurait peut-être jamais trouvée chez lui à Villeneuve. Il était heureux à l'idée que les Athéniens autochtones le considéreraient jusqu'à la fin des temps comme un étranger et jamais comme l'un des leurs ; et qu'il n'aurait donc pas à se soumettre non plus à leurs rites initiatiques, dont le seul but dans toutes les sociétés du monde est, comme on sait, d'enchaîner et de bâillonner les jeunes gens. Ce danger étant désormais écarté, Émile se sentait dégagé de l'obligation de porter des vestes bleues ou jaunes pour provoquer l'indignation de ses concitoyens. De plus, à Athènes, il n'avait pas à choquer les notables, mais pouvait les aborder avec la même réserve polie qu'ils lui témoignaient comme étranger patenté et artiste reconnu.

Tous les quelques mois, il annonçait à Schliemann sa décision irrévocable de partir, afin d'obtenir de lui une augmentation de salaire. Et au fil du temps, comme tout émigrant, il prit racine dans l'exil, contre son gré. Cela commença quand il déménagea de l'hôtel d'Angleterre, qui devenait trop cher à la longue. Il loua un bel appartement avec des moulures au plafond et une agréable terrasse ombragée et engagea une gouvernante qui l'attendait fidèlement pendant ses campagnes de fouilles avec Schliemann et lui faisait suivre son courrier. Il apprit le grec et se lia d'amitié avec la petite bohème athénienne et, peu à peu, il acquit une certaine renommée dans le milieu diplomatique de la capitale en qualité d'homme indispensable auprès de Schliemann.

Et puis il y avait les femmes, qui lui lançaient des regards de velours. Émile était désormais un bel homme au début de la trentaine, libre et avec de bonnes manières, et il avait de l'argent. Dans la septième année de son séjour, il fit la connaissance de la fille d'un négociant italien, Joséphine, qui lui donnait des baisers fougueux et brûlants, lui jurait un amour éternel et le persécuta dès le premier jour de ses accès de jalousie passionnée. Pour Émile Gilliéron, c'était là une expérience toute nouvelle. Certes, il avait bien connu quelques amourettes pragmatiques dans la calme bourgade réformée de Villeneuve, et, étudiant aux Beaux-Arts de Paris, il avait goûté au doux poison de condisciples capricieuses qui ne parlaient que d'amour, de passion et d'âmes sœurs, mais qui restaient toujours au fond de leur cœur les froides et calculatrices filles de bourgeois français qu'elles étaient. Cette Joséphine, elle, se donnait corps et âme et ne laissait subsister aucun doute quant au fait qu'elle l'idolâtrait et resterait fidèlement sienne jusqu'à la fin de ses jours. Tant d'ardeur méditerranéenne suscita aussi chez Émile une ferveur qu'il n'avait jamais connue auparavant, et c'est ainsi qu'ils se marièrent en mai 1884. Quatorze mois plus tard, le 14 juillet 1885, leur seul fils vit le jour, et il fut baptisé du nom d'Émile junior.

*

D'après le registre des étrangers de la ville de Marseille, Laura d'Oriano revint de Paris le 12 juillet 1930 et élut de nouveau domicile chez ses parents sur le quai du Port. Elle avait dix-neuf ans. Vingt-deux mois s'étaient écoulés depuis qu'elle avait porté sa valise jusqu'à la gare Saint-Charles. Cette valise contenait désormais tout autre chose qu'alors, vingt-deux mois, c'était long. Elle lisait d'autres livres et fumait une autre marque de cigarettes, sa brosse à cheveux avait changé, sa poudre était nouvelle, l'ombre à paupières et le parfum aussi. Et ses vêtements étaient, évidemment, bien différents de ceux que sa mère lui avait encore achetés avant son départ.

Seule sa valise était restée la même. C'était un coûteux bagage à main en cuir de porc de la meilleure qualité avec des ferrures en laiton et des autocollants des plus grands hôtels du Caire, de Bagdad et Beyrouth. Le cuir était taché et bosselé par l'usage, mais ennobli et bruni par des années de soins attentifs, les charnières étaient bien graissées et la doublure en soie avait été plusieurs fois renouvelée. La mère de Laura avait toujours veillé à ce que toute la famille ait des bagages d'excellente qualité, car il n'y avait rien de plus fâcheux en voyage que des couvercles de valise éventrés, des poignées arrachées ou des charnières déglinguées. On pouvait et on devait renoncer à bien des choses quand on voyageait, disait-elle souvent, mais pas à des bagages convenables. Quand on voyageait autant que les d'Oriano, il fallait pouvoir compter sur ses valises. Après tout, les nomades d'Arabie ne s'aventuraient pas dans le désert avec des chameaux de deuxième choix, et les Cheyennes ne laissaient vivre que les poneys les plus rapides et les plus endurants et transformaient tous les autres en viande séchée.

Laura avait porté cette valise de par le monde depuis sa prime enfance, avec les années la poignée avait parfaitement épousé la forme de sa main. À l'extérieur elle sentait discrètement la graisse de Russie et à l'intérieur l'eau de Cologne, et Laura s'était habituée à l'effet d'imposture que produisait ce bagage. Lors de son départ de Paris, une fois de plus le porteur avait placé le prestigieux objet en première classe, au lieu de la troisième, et attendu de Laura un pourboire qu'elle aurait été bien en peine de lui prodiguer. Et quand la valise avait été enfin installée dans le filet à bagages au-dessus de sa place, elle avait dû subir les regards éloquents des autres passagers qui comparaient cette malle aristocratique avec l'allure modeste de la jeune fille et tiraient de l'écart entre les deux des conclusions désobligeantes.

Arrivée à Marseille, elle extirpa sa valise du filet à bagages et écarta tous les porteurs. Elle s'était rendue seule à la gare vingt-deux mois plus tôt, elle serait bien capable de retourner seule jusqu'au port. Pour cette raison, elle n'avait annoncé à ses parents ni le jour ni l'heure de son retour.

Sans doute reprit-elle son ancienne chambre de jeune fille au deuxième étage, avec sa belle vue sur le port, et s'occupa-t-elle de faire la vaisselle et les courses pour ses parents tout en aidant au magasin. Mais tout n'était pas resté inchangé pendant son absence. Les frères et sœurs de Laura avaient quitté le bercail. Les frères étaient auxiliaires de bureau à Cannes et claquaient leurs salaires d'apprentis à Monte-Carlo le dimanche, tandis que les deux sœurs fréquentaient une école pour jeunes filles de bonne famille à Nice et arpentaient le front de mer en quête de princes russes. Le vacarme enfantin s'étant tu, la cacophonie quotidienne de réprimandes, menaces et autres rafales d'injures proférées par les parents s'était éteinte elle aussi. Dans le silence qui s'était emparé des lieux, les pas des trois personnes restantes se croisaient en douceur et avec ménagement.

Le père souffrait de ses douleurs hépatiques et de la monotonie d'une existence sédentaire insolite pour lui, à laquelle la pénurie chronique d'argent le forçait ; il ne pouvait s'accoutumer au fait de se réveiller tous les matins dans le même lit et d'entendre devant les mêmes cafés du Vieux-Port les mêmes bavardages des mêmes habitués. La mère de Laura, quant à elle, était contente qu'il en soit fini de ce vagabondage. Mais dans le silence des soirées, quand la pendule faisait son tic-tac et que son époux s'était endormi en tenant à la main un verre de brandy à moitié vide, elle regrettait cependant le trac de la scène et le tintamarre du public au moment où elle exhibait sa jarretière.

À cela venait s'ajouter que les époux s'ennuyaient dans le quotidien du magasin de partitions ; ils n'auraient jamais imaginé qu'une vie de commerçant fût si monotone. Ils furent donc grandement reconnaissants à leur fille lorsqu'à son retour elle se chargea de l'affaire. Laura s'acquitta des commissions et lava la vitrine, balaya le trottoir le matin et cira le parquet le soir après la fermeture et, quand vint le lundi de la quatrième semaine, au petit-déjeuner, elle prit la clé du magasin et déclara à ses parents qu'ils pouvaient prendre leur temps pour leur toilette et aller ensuite passer une petite heure au café pour lire le journal. Le lendemain matin, ils retournèrent au café et le surlendemain aussi, et bientôt ils ne se montrèrent plus qu'en fin d'après-midi au magasin et laissèrent l'affaire entièrement aux soins de leur fille.

Cela convenait à Laura. Elle préférait être seule, car cela lui permettait d'agir à sa guise, et le magasin ne lui donnait guère de travail. Aux heures calmes de la matinée, elle se campait derrière le comptoir et faisait ses vocalises. L'après-midi, elle prenait une chaise et allait s'asseoir près de la porte sur le trottoir ensoleillé, fumait des cigarettes et observait l'animation du port. Si un client entrait dans le magasin, elle le suivait dans la pénombre et lui procurait les partitions demandées. La plupart d'entre eux étaient des gens sur le point d'émigrer qui, avant la grande traversée, voulaient au dernier moment emporter un morceau de leur patrie musicale. Mozart, Schubert, Vivaldi,

Chopin, Bach, Beethoven, Mahler. Et quelques-uns prenaient aussi un harmonica pour le voyage.

Laura pouvait satisfaire presque toutes leurs demandes, l'assortiment était varié et le stock que les d'Oriano avaient repris de leurs prédécesseurs était tout bonnement inépuisable ; on n'aurait pas, avant longtemps, à se soucier de devoir passer des commandes. Comme il n'y avait aucuns frais, ni d'achat, ni de location ou de salaire, Laura pouvait considérer toutes les recettes comme du bénéfice. Cela facilitait grandement la comptabilité.

Grâce à Laura, qui était douée pour la vente, le chiffre d'affaires tripla. Elle traitait tous les clients avec la même amabilité attentive et pouvait s'entretenir avec la plupart d'entre eux dans leur langue maternelle respective. En outre, elle connaissait bien son magasin et trouvait toujours d'une main sûre ce que cherchait le client. Et quand il quittait le magasin, satisfait, elle le suivait des yeux jusqu'à ce qu'il ait disparu dans la foule et l'imaginait, traversant les mers avec son papier à musique avant de s'installer dans une jungle, une savane ou un comptoir commercial à l'autre bout du monde où, la journée, il vaquerait à ses obligations et, le soir, en sueur, à la lumière vacillante de la lampe à pétrole, parmi les cris nocturnes des chimpanzés, il travaillerait son Mozart, son Schubert ou son Chopin, pendant des centaines d'heures et puis, un jour, très malade, très riche ou très désabusé, il regagnerait son ancienne patrie.

Il était frappant que la plupart des clients du magasin de musique aient des manières. Cela ne tenait aucunement à leur penchant musical – à toutes les époques il y eut parmi les musiciens les gens les plus rustres et les plus gamins –, mais à leurs projets de voyages. Si les clients de Laura étaient si courtois, c'est qu'ils étaient des émigrants, et pour rien au monde ils n'auraient voulu compromettre par des ennuis inutiles le dessein qu'ils avaient forgé. Aussi s'efforçaient-ils d'être discrets et essayaient-ils de ne pas causer le moindre scandale.

Il était bien possible qu'ils aient été les plus ordinaires des rustres avant de quitter leur pays et que, se sentant alors forts et invulnérables dans la chaleur protectrice de la porcherie paternelle, ils n'aient pas eu besoin d'être particulièrement polis avec leurs congénères. Mais une raison ou une autre leur avait fait quitter leur domicile, ils avaient payé au prix fort une place sur un paquebot et, avant de prendre le large, ils tenaient à faire tout leur possible pour éviter tout ce qui pourrait les empêcher de monter à bord.

Ils s'abstenaient de siestes sur les bancs publics et ne noyaient pas dans le pastis leur chagrin de partir, et si un vendeur de cigarettes les roulait en rendant la monnaie, ils préféraient en rester là plutôt que de faire un esclandre. Quand ils entraient dans la boutique de Laura, ils parlaient à voix basse et demandaient en souriant et en y mettant les formes ce dont ils avaient besoin, jamais ils ne tentaient de marchander et toujours ils payaient comptant. Et pas un instant il ne leur serait passé par la tête de commettre un larcin qui eût mis en péril leur petite place sur le bateau des émigrants.

À part les émigrants, la clientèle comptait aussi des habitués du quartier ; quelques lycéens, une femme professeur de piano, deux ou trois dames d'un certain âge. Mais il arrivait à l'occasion qu'un marin se présente en prétendant s'intéresser à la musique. Dans ces cas-là, Laura savait qu'elle allait passer un vilain quart d'heure. Car à cette époque, les équipages des bateaux se composaient encore de gaillards claudicants, édentés et à barbe blanche qu'on était allé chercher dans les hospices au sortir de la guerre mondiale pour remplacer les jeunes matelots noyés.

Les vieux loups de mer n'adressaient pas de compliments à Laura et ne l'invitaient pas à boire un gin-fizz sur l'esplanade, comme l'auraient fait les jeunes ; non, ils débitaient des plaisanteries grivoises et demandaient à voir des centaines de partitions sans jamais en acheter une seule. Ils faisaient courir Laura d'une étagère à l'autre et grimper sur des escabeaux pour se rincer l'œil, lorgner ses mollets et son décolleté et peut-être toucher sa jupe de leurs doigts noueux. Et s'ils n'y arrivaient pas, ils recrachaient sur le parquet leur tabac à chiquer et proféraient une ultime plaisanterie saugrenue qui se comprenait peut-être encore au siècle précédent, avant de claudiquer vers la porte d'un pas raide et sonore.

Laura eut tôt fait d'apprendre qu'il fallait se méfier des vieux marins, et pas des jeunes. Les jeunes marins étaient inoffensifs, avec eux on savait toujours ce qu'ils manigançaient. Les jeunes voulaient seulement aller en bande d'un bar à l'autre, boire le plus possible pendant le plus longtemps possible et, pour finir, si l'occasion se présentait et si l'argent y suffisait, trouver un endroit et quelqu'un pour coucher.

Ceux qui étaient dangereux, c'étaient les vieux marins, ceux qui avaient roulé leur bosse sur toutes les mers du globe et avaient connu eux-mêmes au cours de leur longue existence de loup de mer toutes les fourberies et toutes les bassesses de ce monde. La plupart ne quittaient pas leurs embarcations vermoulues et s'endormaient tôt afin de rêver de temps meilleurs qu'ils n'avaient peut-être jamais vécus. Mais, la nuit tombée, quelques-uns se ressaisissaient, traînaient leur carcasse décrépite sur la passerelle pour descendre à quai et s'engouffraient dans les ruelles obscures du Vieux-Port. Ceux-là étaient mus par une force irrépressible, c'étaient les égarés, les irréconciliés – les types vraiment dangereux.

Ces vieux marins ne se déplaçaient jamais en groupe, ils étaient toujours solitaires. Ils étaient capables de saluer aimablement une vieille dame et d'égorger nonchalamment le toutou qu'elle tenait en laisse. Les simples plaisirs de la jeunesse ne les contentaient plus. Se payaient-ils une fille des rues, c'était seulement pour se repaître en pensée de lui passer la maladie qui les torturait depuis des décennies lorsqu'ils urinaient. Et lorsqu'ils vagabondaient sur le port, d'une taverne à l'autre, ce n'était pas pour chanter et rire comme les jeunes, ils étaient seulement à la recherche d'un prétexte pour couper une oreille ou crever un œil à quelqu'un.

Laura savait tout cela. Il se passerait encore quelques années avant que des paquebots neufs conduisent à Marseille des jeunes marins en bonne santé. En attendant, elle se méfierait des vieux. À la tombée du jour, elle sortait sa chaise et s'asseyait sous la lumière du réverbère d'où on la voyait de loin et, si elle ressortait en pleine nuit pour acheter des cigarettes ou se procurer du laudanum pour sa mère, elle évitait les ruelles étroites et ne s'éloignait pas des lampadaires des grands boulevards.

À Paris, au contraire, c'était des jeunes gens que Laura avait dû se garder, et non des vieux messieurs. Si l'on apercevait un vieil homme dans les rues de Paris, on pouvait partir du principe qu'il n'était pas un nouveau venu, mais qu'il avait survécu plusieurs décennies dans la Ville Lumière. Si quelqu'un avait su garder la tête hors de l'eau, cela voulait dire qu'il avait fait son trou dans le monde. Il avait une retraite, un logement et, avec un peu de chance, une femme qui lui préparait son bifteck et lui grattait le dos si besoin était ; et s'il était dépourvu de tout cela, du moins avait-il sa petite place où dormir sous un pont et sa méthode à lui pour se procurer son pain, son jambon et son vin rouge quotidien. Pour le reste, les hommes âgés de Paris s'étonnaient eux-mêmes chaque jour d'être encore en vie après toutes les guerres, crises et révoltes des décennies passées, aussi ne faisaient-ils de mal à personne et s'estimaient contents si on les laissait tranquilles.

À Paris, les hommes âgés étaient aussi inoffensifs que les jeunes étaient dangereux – ces dizaines de milliers de gaillards sans patrie, sans mère et privés de tout réconfort qui, au sortir de la guerre, s'étaient extirpés des tranchées d'Europe en rampant et poursuivaient leurs fantasmes à travers la grande ville. Dix ans après, nombreux étaient encore ceux qu'on croisait, les yeux écarquillés, bégayant, tremblant et ne fermant pas l'œil de la nuit. Tous, ils étaient affamés, assoiffés et avides, et récusaient tout lendemain et toute indulgence envers eux-mêmes aussi bien qu'envers quiconque.

Ces gaillards-là, quand ils marchaient dans sa direction, Laura les reconnaissait de loin. Elle apprit à ignorer leurs regards et leurs invitations chuchotées, elle apprit aussi à ne pas tomber dans le piège des drames à un seul personnage qu'ils jouaient sur les trottoirs – évanouissements, serments amoureux et sauts dans l'eau depuis les ponts –, et pas une seule fois durant les vingt-deux mois que dura son séjour, elle ne commit l'erreur de se laisser embobiner par l'un d'eux dans une conversation.

Après avoir réussi l'examen d'entrée au Conservatoire et payé les frais d'inscription, Laura avait emménagé rue du Bac dans une chambre mansardée au papier peint rongé par la moisissure et avec fenêtre sur cour, où il faisait l'été une chaleur insupportable et l'hiver un froid glacial. La chambre se trouvait avec sept autres d'un côté du couloir, et de l'autre côté il y avait encore huit chambres mansardées dont le loyer était légèrement supérieur, leurs fenêtres donnant sur la rue du Bac. Dans ces seize chambres logeaient seize femmes plus ou moins jeunes, toutes inscrites au Conservatoire, toutes chantant déjà passablement, toutes avec un seul et même but : devenir un jour ou l'autre une grande cantatrice. Certaines s'y voyaient déjà nettement, campées sous les feux de la rampe au Théâtre des Capucines ou aux Mathurins, à l'Olympia, voire à l'Opéra, d'autres éprouvaient seulement ce grand, cet ample sentiment dans le cœur, auquel elles espéraient donner libre cours un jour.

Les premiers jours, Laura avait été contente du voisinage de ces quinze femmes qui partageaient son sort et avait espéré se lier d'amitié avec l'une ou l'autre. Mais elle avait bientôt dû constater que ces futures déesses du chant, lorsqu'on les croisait dans le couloir, susurraient tout au plus un bonjour hâtif et passaient en battant des cils comme si elles étaient horriblement pressées et devaient, avant d'aller dîner au Ritz, éconduire encore quelques admirateurs qui les attendaient en bas sur le trottoir, signer d'innombrables autographes et faire un saut chez leur agent, leur couturière et leur gestionnaire de fortune.

Mais la vérité était qu'aucune d'entre elles ne connaissait âme qui vive dans la grande ville, à part les professeurs du Conservatoire et la maraîchère au coin de la rue à laquelle elles achetaient leur kilo quotidien de pommes. Elles n'avaient pas un sou pour le cinéma, ni pour le théâtre, ni pour des restaurants chics, nul ne connaissait leur nom et elles n'avaient pas la moindre perspective d'emploi rémunéré si elles ne voulaient pas se faire aborder dans le métro par un petit-bourgeois de Passy et devenir sa maîtresse pour vingt francs par semaine. Il leur restait pour seule distraction les promenades quotidiennes au jardin du Luxembourg ou au Jardin des plantes où elles regardaient dans les couleurs changeantes des platanes le passage des saisons en se figurant que leurs rêves pourraient devenir réalité dans un avenir pas trop lointain. Et comme les arrogantes portes de fer des jardins publics étaient fermées la nuit par de solides serrures, elles passaient leurs soirées seules dans leurs mansardes.

Les seize habitantes de la rue du Bac formaient une sorte de communauté religieuse. La journée, elles prenaient assidûment leurs cours de chant, et le soir, elles travaillaient leurs vocalises, elles veillaient à dormir suffisamment et suivaient les recettes secrètes que leur avaient chuchotées leurs professeurs ou des condisciples plus âgées. Certaines ne juraient que par l'infusion de fenouil et le chocolat noir, car cela assouplit les cordes vocales, d'autres gobaient des œufs crus et travaillaient leurs sauts d'octaves la tête en bas. D'autres se massaient le plexus solaire à l'huile d'amande ou plaçaient la nuit des fleurs de lavande sous leur oreiller.

Laura cessa de fumer car les professeurs l'ordonnaient, et cela ne lui fut pas particulièrement difficile ;

les cigarettes ne lui manquaient que pour passer le temps quand, entre deux exercices de chant, elle écoutait derrière les minces cloisons de sa chambre les voix de ses quinze concurrentes et les sempiternels exercices où elles trébuchaient toujours au même endroit. Certaines avaient des voix fines et un peu rauques de jeune fille, d'autres de généreuses voix de femme, bien travaillées. Et puis il y avait aussi quatre ou cinq voix – une sur la gauche de Laura, une en biais de l'autre côté du couloir et deux ou trois au bout – qui surpassaient toutes les autres, les écartaient et les écrasaient de leur passion pénétrante, absolue et impudente.

Si ces voix avaient tant de ferveur, c'est que leurs propriétaires, à force de souffrir, avaient elles-mêmes perdu toute pudeur. Il n'était pas besoin de savoir la vie qu'elles avaient eue pour comprendre que ces femmes pleuraient leurs frères, leur père ou leurs fils, ou leur enfance, ou l'innocence de leurs sœurs et la déroute de leur village natal. Laura écoutait ces chants qui n'étaient que larmes, sanglots et implorations venant du plus profond de l'âme, et elle se tordait de honte pour ces femmes en se demandant combien de peine pouvait endurer une voix chantée avant d'en devenir risible.

Mais, à sa grande déception, Laura ne trouva pas sur toute la longueur du couloir une seule voix qu'elle eût voulu prendre pour modèle. C'étaient les voix un peu rauques de jeune fille qui l'intéressaient le moins, car sa voix était déjà ainsi. Quant aux voix travaillées, elle les méprisait car, par leur propre faute, elles n'allaient jamais au-delà de leurs possibilités. Les voix qu'elle préférait, c'était celles, sans pudeur, des femmes éprouvées par la peine, quand bien même elles n'atteignaient jamais les notes du premier coup et n'auraient jamais pour partition autre chose que les tourments de leurs propres âmes.

Mais du génie – ce petit quelque chose de plus qui ne s'apprend pas, ce quelque chose d'unique qui seul compte –, aucune d'elles n'en possédait.

Au bout d'un mois, Laura sut avec une quasi-certitude que pas une seule des habitantes de la rue du Bac, elle y comprise, n'avait l'étoffe pour accomplir de grandes choses. Toutes étaient des âmes tendres et sensibles, mais quant à devenir une grande cantatrice – une artiste authentique qui toucherait son public au cœur parce qu'elle avait un message à elle, un message inouï à porter, si important et si véridique que l'humanité se souviendrait encore d'elle cent ans plus tard –, aucune d'entre elles ne deviendrait une telle artiste.

L'une ou l'autre deviendrait peut-être chansonnière dans un cabaret, les plus jolies, avec un peu de chance, si elles exhibaient gentiment leur jarretière et leur décolleté, pourraient entonner un petit air aux Folies-Bergères ou au Moulin-Rouge ; quelques-unes se produiraient pendant un an comme chanteuses de rue et les plus hardies feraient des tournées dans les bars de nuit de Barcelone, de Madrid et de Rome en "danseuses orientales" ; mais tôt ou tard, chacune d'elles, si elle était avisée, regagnerait son village natal et se ferait épouser, tant qu'il était encore temps, par un dentiste, un notaire ou un aubergiste qu'elle connaissait depuis l'enfance et qui ne se montrerait pas trop curieux de ce qu'elle avait bien pu faire à Paris.

Et ce grand, cet ample sentiment auquel Laura espérait donner libre cours un jour ? Hélas, cela non plus n'était rien de particulier, ses condisciples nourrissaient toutes sans exception ce même sentiment dans leur cœur. Laura s'en aperçut au fait que les autres femmes, quand elles montaient l'escalier, caressaient également du bout des doigts les papiers peints poisseux d'un air absent et s'asseyaient parfois sans raison visible sur la dernière marche pour regarder vers des lointains invisibles, perdues dans leurs pensées, comme si elles pouvaient distinguer à travers les murs les plus sublimes paysages. Par la suite, Laura comprit que si les tentures étaient si poisseuses, c'était parce que avant elles, d'innombrables générations d'élèves les avaient effleurées du bout des doigts. Et une fois qu'elle se fut fait une raison, elle découvrit que les garçons bouchers eux aussi regardaient au loin, perdus dans leurs pensées, et que même les policiers jouaient avec leur pistolet, l'air absent, lorsqu'ils croyaient qu'on ne les observait pas. Car ce sentiment dans lequel elle avait placé si longtemps ses espoirs pour l'avenir n'était autre que le bruit que fait la machine de l'âme, ce bruit que tout un chacun entend en soi lorsqu'il fait une petite pause dans le tumulte du monde et rentre un tant soit peu en soi-même.

Mais ce n'était pas tout. Depuis quelque temps, Laura entendait la nuit dans le silence de sa chambrette, lorsqu'elle était couchée et gardait les yeux fermés, une sorte de fredonnement, qui semblait sortir non de sa poitrine, mais d'en dehors d'elle, au loin, peut-être des profondeurs du cosmos ; quelque chose comme l'écho lointain d'un son dont les harmonies simples et intelligibles lui expliquaient ce dont était fait le monde au plus profond de lui-même. Quand Laura l'entendait, elle était heureuse et sentait qu'elle ne faisait qu'un avec l'univers. Mais le lendemain matin, lorsqu'elle élevait timidement la voix dans un coin reculé du Jardin des plantes pour tenter d'imiter ce son, aucune formule universelle ne sortait, rien qu'un croassement terne et sans âme qui ne se distinguait en rien du croassement de ses voisines.

Ce fut pour Laura une effroyable déception que de constater qu'elle ne parvenait pas à exprimer ce qu'elle ressentait. Sa voix avait eu beau gagner en pureté et en plénitude au Conservatoire, elle avait beau atteindre les notes avec plus d'assurance – l'important n'était pas là. Laura ne se faisait pas d'illusions. Elle était trop artiste pour se voiler la face et croire qu'elle en était une. Aussi ne fut-elle pas surprise lorsqu'à la fin du troisième semestre son professeur de chant lui expliqua avec une cruauté bien parisienne que sa voix était tout à fait potable, mais ne se développerait pas davantage, et que la garder au-delà d'un quatrième semestre au Conservatoire n'avait donc guère de sens.

Ce soir-là, elle pleura dans sa chambrette sous les toits de la rue du Bac, et dans les chambrettes voisines pleurèrent toutes celles auxquelles le même jour on avait dit la même chose. Mais à la différence de ces dernières, Laura ne se consola pas en rejetant la faute sur un environnement hostile, la perfidie de l'époque ou l'esprit borné de ses professeurs, mais elle affronta les faits. Sa voix ne se développerait désormais plus, c'était dommage, mais pas injuste. Dans les écoles de danse aussi, quatre-vingt-dix-neuf carrières sur cent étaient interrompues à cause d'un postérieur trop large ou de jambes trop courtes, c'était génétique, ce n'était la faute de personne. Tous ceux qui voulaient devenir dentistes ne le pouvaient pas non plus. Et plus d'un garçonnet qui aurait voulu devenir un héros du football finissait par reprendre le commerce de primeurs de son père.

Pendant les quelques semaines qu'elle avait encore à passer au Conservatoire, Laura alla bravement suivre ses cours et fit assidûment ses exercices du soir. Mais elle ne renonça pas plus longtemps à la cigarette. Et puis, elle avait encore ce sentiment dans la poitrine. Et le fredonnement qui venait de l'univers. Et une voix tout à fait potable.

Au moins cela.

5

Puis vint le temps où Felix Bloch mit fin à ses expériences, retourna à la lumière du jour et constata qu'il avait acquis une certaine célébrité dans le petit monde de la physique nucléaire. La rumeur selon laquelle quelqu'un se livrait à une occupation insolite dans la cave de l'ETH s'était répandue d'abord à Zurich, puis dans d'autres universités du pays et enfin dans tous les instituts de physique européens où l'on s'occupait de physique nucléaire. Il était encore loin d'avoir rédigé sa thèse et n'avait que vingt-deux ans, mais on l'invita déjà à des congrès à Göttingen, Hambourg et Copenhague pour y présenter devant de petits groupes composés principalement de jeunes gens le comportement des électrons à des températures différentes, après quoi il devait chaque fois affronter l'inquisition de professeurs plus âgés et de méchante humeur que chiffonnaient ces jeunes physiciens, avec leurs propos approximatifs et leur manière d'affirmer une chose et son contraire.

Chaque fois, Felix surmontait ces interrogatoires sans dommage, car il ne se laissait pas entraîner à des spéculations sur de grandes questions mais restait toujours avec les deux pieds sur le sol relativement ferme de son bloc de glace et racontait en toute simplicité les jeux de couleurs du spectromètre tels qu'il les avait constatés et tels que quiconque pouvait les vérifier à condition d'avoir l'appareil adéquat.

Felix Bloch se sentait désormais tout à fait à l'aise en physique nucléaire, ses professeurs et ses condisciples étaient devenus sa seconde famille ; il n'était pas rare qu'il reste avec eux jusqu'à une heure tardive de la nuit dans la cuisine de l'institut à grignoter un morceau de fromage avec du pain accompagné de vin rouge pour débattre des derniers résultats de la recherche et disserter sur l'état du monde avec des gens aux idées proches des siennes.

Il apparaissait dans ces situations que la plupart des étudiants partageaient le pacifisme de Felix et son espoir en un avenir éclairci, au-delà des réalités brutes de la mécanique ; certains nourrissaient une telle aversion contre l'industrie et les machines qu'ils rejetaient totalement, en qualité de scientifiques, le principe même de toute machine – la loi de la cause et de l'effet –, voyant là une fiction produite par l'esprit humain. À cet existentialisme néoromantique, les plus âgés opposaient que la machine, d'un point de vue empirique, fonctionnait lorsqu'elle fonctionnait, ce qui suffisait à démontrer que, au moins en physique, certaines choses avaient une cause et quelques-unes un effet ; à quoi les jeunes répondaient que la machine ne fonctionnait que comme expression d'une idée humaine et conduisait toujours à la mort et à la destruction puisque son principe de causalité était, primo, d'origine humaine, secundo, négation de tout le vivant et l'organique, qui se développait toujours à partir de soi et en soi hors de toute cause et de tout effet ; à quoi les vieux rétorquaient que la lune ne pouvait guère agir en fonction d'idées humaines lorsqu'elle suivait une trajectoire exactement prévisible, ce à quoi les jeunes répliquaient qu'il était naïf de confondre la physique nucléaire avec une sorte d'astronomie en miniature.

Voilà à quoi ressemblaient les discussions dans la cuisine de l'institut. Et plus tard dans la soirée, une fois quelques bouteilles vidées, quand les étudiants les plus âgés étaient rentrés chez eux, le moment arrivait immanquablement où la conversation des jeunes portait sur Einstein et son pacifique "Appel aux peuples" et sur le zèle infâme avec lequel certains de ses collègues s'étaient faits serviles complices de la guerre.

On évoquait par exemple Fritz Haber, le professeur de chimie berlinois, qui avait conduit le 22 avril 1915 la première attaque au gaz de l'histoire devant la bourgade belge d'Ypres, attaque lors de laquelle dix-huit mille hommes avaient misérablement péri en l'espace de quelques minutes. Ou bien sa belle et intelligente épouse Clara Immerwahr, elle-même diplômée en chimie, que la honte inspirée par l'acte de son mari avait poussée à se tirer une balle avec l'arme de service de ce dernier dans le jardin de leur villa berlinoise. Et à nouveau Fritz Haber, que l'empereur avait personnellement récompensé pour cette tuerie en le faisant passer de vice-maréchal des logis à capitaine et qui, le jour même de la mort de Clara, était parti en Galicie pour y préparer de nouvelles mises en application de ce gaz, ce pour quoi l'enterrement avait dû se faire sans lui. Ou le chimiste nucléaire Otto Hahn qui, avec Fritz Haber, en pleine exaltation patriotique, avait fait diffuser du gaz de chlore puis, traqué par sa mauvaise conscience, s'était élancé sur le champ de bataille pour procurer de l'oxygène aux artilleurs sibériens qui agonisaient afin d'apaiser leurs poumons dévorés ; ou encore la bourde de Hahn et Haber, lorsque, pendant la guerre, ils avaient soumis à l'armée la proposition de faire luire les mires d'un million de fusils en les enduisant de radium pour que les soldats puissent tirer la nuit ; et du ministre de la Guerre qui, enthousiasmé par cette idée, avait fait réquisitionner tout le radium disponible dans le Reich, jusqu'à ce que des essais de tir, à Bruck sur la Leitha, amènent à la conclusion que dans l'obscurité, il est important d'éclairer plutôt la cible que la visée ; et puis le fait qu'un an après la fin de la guerre, ce fut précisément Fritz Haber qui obtint le prix Nobel de chimie, après quoi il fit pendant des années des traversées de l'Atlantique pour tenter vainement d'extraire de l'or de l'eau de mer pour payer les réparations de guerre allemandes, et qu'il était désormais commissaire du Reich chargé de la lutte contre les nuisibles et travaillait à l'élaboration d'un gaz d'extermination des rongeurs et des vermines. Ce que les étudiants en physique ne pouvaient pas encore savoir en ce printemps 1927, c'était que ce produit de gazage de Haber devait entrer dans l'histoire sous le nom de Zyklon B.

Felix Bloch voyait dans les destinées de Hahn et de Haber une mise en garde, mais cela n'ébranla pas sa décision de consacrer sa vie professionnelle à la recherche en physique. Ces hommes avaient servi la machine car ils étaient des enfants de leur temps et de leur empire. Or il était, lui, d'un autre temps, et il n'était pas allemand. Il était suisse.

Felix Bloch avait jusque-là passé presque sa vie entière à Zurich. Il lui était seulement arrivé d'aller en Engadine faire du ski avec ses parents, et plus tard il avait entrepris de longues randonnées dans les

Alpes glaronnaises. Il avait fini par parler le dialecte de Zurich pratiquement sans accent et avait fait sien cet humour zurichois un peu pincé, à la Zwingli, un peu gêné de sa propre drôlerie. Le samedi, il allait voir les matchs de football au stade du Letzigrund et, le mercredi, sur le quai de la Limmat, manger des saucisses grillées. Il se sentait, à l'ETH, estimé et à sa place, et ses travaux de recherche avaient un sens auquel il n'avait pas de mal à croire.

Néanmoins, il se retrouva du jour au lendemain sans patrie lorsque la famille de physiciens qu'il considérait avoir à l'ETH se dispersa à tous vents, pour ainsi dire en l'espace d'une nuit. À la fin de l'été 1927, il dut se séparer de ses camarades de randonnée, Fritz London et Walter Heitler, le premier retournant à Munich et l'autre partant pour Berlin afin de suivre le professeur Schrödinger ; au même moment, le directeur de l'institut, Peter Debye, était nommé professeur à Leipzig. Le silence se fit dans la cuisine de l'institut, et Felix passa désormais ses soirées dans la Seehofstrasse chez ses parents. Il comprit bientôt qu'au retour des vacances d'été, il n'aurait dans tout Zurich personne d'autre que le professeur Scherrer pour discuter électrons.

Un après-midi, il alla trouver Scherrer dans son bureau et posa les prismes de quartz sur sa table. Surpris, Scherrer fronça les sourcils et demanda si Felix avait achevé son travail.

Au contraire, répondit Felix, à vrai dire il ne savait toujours pas si ses électrons faisaient des sauts en hauteur ou en longueur ou quoi que ce soit d'autre.

Scherrer se mit à rire. Et alors ?

Felix déclara qu'il n'avait plus l'usage du spectromètre pour l'instant. Pour le cas où il aurait de nouveau besoin de prismes, il s'en procurerait d'autres en remplacement.

C'est absurde, répondit le professeur en repoussant les prismes sur la table vers Felix en s'enquérant de ses projets.

En fait, lança ce dernier en haussant les épaules, il n'avait pas renoncé à comprendre pourquoi le courant électrique avançait si inexplicablement vite dans les métaux. Néanmoins, il s'inscrirait à l'automne aux exercices de pédagogie et se préparerait à l'enseignement, un poste se libérerait l'année suivante au lycée Seefeld.

Est-ce là ce que vous voulez ? demanda le professeur.

Felix approuva de la tête.

Devenir professeur de lycée ? demanda le professeur. Servir à des jeunes gens qui s'ennuient les principes de la mécanique et de la thermodynamique ?

Felix approuva de la tête.

Toute votre vie ? Répéter la même chose, jusqu'à la fin de vos jours ?

C'est une mission respectable, rétorqua Felix.

Mais ce n'est pas la vôtre, reprit le professeur. Votre mission, c'est d'observer des électrons faire des sauts en hauteur ou en longueur ou je ne sais quoi. L'enseignement scolaire, vous devez le laisser aux autres.

Felix garda le silence.

Je comprends, continua le professeur. Écoutez-moi bien, Bloch. Vous devriez voir du pays, vous risquez de vous trouver bien seul à Zurich dans les temps qui viennent. Allez à Göttingen ou à Copenhague. Ou bien à Leipzig. Avec Heisenberg, Debye est en train d'y remonter l'Institut de physique théorique.

Je ne peux pas me le permettre, dit Bloch.

Si vous voulez, je téléphone à Heisenberg. À ce que je sais, il cherche un second assistant.

Felix garda le silence.

Je comprends, répéta le professeur. Votre père ?

Felix approuva de la tête. Mon père n'est pas très sensible au charme des électrons.

Soyez un homme, faites-lui part de votre décision, répondit le professeur. Allons, il ne vous refusera pas sa bénédiction.

*

À vrai dire, avoir été jetée dehors du Conservatoire et contrainte à quitter Paris ne fut pas seulement un malheur pour Laura d'Oriano. L'amère défaite de ne s'être pas accomplie comme artiste avait été contrebalancée par la possibilité de dire adieu à la grisaille septentrionale de la Ville Lumière qui lui avait impitoyablement battu froid vingt-deux mois durant, et cela avait apporté un soulagement à son tempérament méditerranéen.

Laura se sentait bien à Marseille. Le grouillement presque oriental du port lui rappelait l'insouciance de ses jours d'enfant à Smyrne ou Damas, elle y entendait en un seul jour plus de rires qu'à Paris en un an. Ici aussi il fallait lutter pour vivre, certes, et chaque matin la carriole de la morgue passait dans le quartier pour ramasser les malheureux qui, seuls dans la nuit et sans réconfort dans une arrière-cour, dans l'escalier d'une cave ou derrière un tas de planches, avaient touché au terme de leur voyage. Mais tant que ces malheureux tenaient encore tant bien que mal sur leurs deux jambes et étaient encore assez vigoureux pour se procurer leur quignon de pain quotidien et un endroit au sec pour dormir, l'antique et clémente cité portuaire les tolérait comme des autochtones de vieille souche.

Laura connaissait désormais tous les habitants du quartier et disait bonjour de tous côtés lorsqu'elle allait chercher des croissants pour le petit-déjeuner ; et le soir, quand les murs brûlaient de la chaleur du soleil qui venait de disparaître, elle restait souvent assise tard devant son magasin à la lumière du réverbère à fumer ses cigarettes, contente lorsque des amis du quartier venaient s'asseoir auprès d'elle. Les serveurs des bistrots voisins passaient leurs pauses cigarette avec elle, le marchand d'huîtres lui faisait cadeau d'une demi-douzaine au passage. Quelquefois, des écoliers s'approchaient avec une allure nonchalante et lui demandaient hardiment du feu pour leurs cigarettes volées et, le soir, les putes venaient s'asseoir auprès d'elle ; elles posaient en hauteur leurs pieds meurtris et la mettaient en garde contre les périls de ce monde comme si Laura était une ingénue tout juste arrivée de la campagne.

Le bruit se répandit bientôt qu'elle avait une jolie voix. Ses amis la pressaient parfois d'entonner une chanson d'amour orientale pour terminer la soirée ; elle cédait avec joie, grimpait sur sa chaise et chantait avec mélancolie dans la nuit. Mais lorsque les serveurs proposaient de lui trouver une occasion de se produire dans une boîte de nuit ou un music-hall, elle déclinait ; car elle savait bien qu'elle devrait alors chanter en exhibant son décolleté et sa jarretière, comme autrefois sa mère. Et cela, elle se l'était juré dès sa prime enfance, jamais elle ne le ferait.

Toutefois, comme les serments d'enfants expirent à la fin de l'enfance et que Laura avait maintenant vingt ans, elle reconsidéra la chose. Son quotidien de vendeuse était fade, elle n'avait pas perdu son désir de la scène. Or si une jeune femme voulait monter sur les planches, le prix d'entrée, c'était de montrer sa jarretière, il en avait été ainsi de tout temps et pour tous les arts.

C'est ainsi qu'en mars 1931, Laura finit par accepter tout de même un engagement et se produisit cinq soirs de suite au Chat Noir. Le patron avait dans ses malles un costume cosaque avec des parures en fausse hermine qui lui allait comme un gant, elle chanta donc des chansons d'amour russes et dansa le kazatchok. Le public était en délire, elle-même savourait les feux de la rampe et les applaudissements ; et elle ne dédaignait pas les quinze francs qu'elle recevait chaque soir après la représentation. Après chaque spectacle, un serveur de ses amis l'attendait à la sortie de derrière, la protégeait des marques d'honneur de spectateurs trop empressés et la raccompagnait chevaleresquement jusque chez elle.

Laura savait bien que ses spectacles étaient modestes d'un point de vue artistique ; sa voix s'était un peu rouillée depuis Paris ; pourtant, il était incontestable qu'elle procurait du plaisir au public. Et le but suprême de tout saltimbanque n'était-il pas de réjouir son public ? Et si l'on pouvait augmenter la joie du public en lui montrant un peu de son décolleté ou de ses jambes – pourquoi ne pas le faire ?

Elle n'avait pas tant d'occasions que cela de se produire. Marseille avait beau être la deuxième ville de France, c'était tout de même une ville de province et les clubs de nuit y étaient en nombre limité, et si Laura se produisait dans un endroit, il lui fallait attendre au moins un an pour songer à y revenir pour un prochain spectacle. Plus tard peut-être, quand elle se serait fait un nom, elle pourrait envisager une petite tournée sur la Côte d'Azur, à Cannes, Nice et Monaco.

Laura prenait racine à Marseille comme nulle part ailleurs auparavant. Ses parents avaient sensiblement vieilli, le fonds du magasin de musique était inépuisable. Puis vint cet après-midi où la porte de la boutique s'ouvrit énergiquement et où entra un jeune homme, portant un costume de lin blanc, des guêtres blanches et un borsalino blanc sur ses cheveux gominés. Il s'arrêta et se campa sur ses deux jambes en balançant les hanches, puis il lança des regards rapides et perçants dans tous les coins comme s'il était de cette sorte de jeunes gens qui mènent une existence périlleuse et doivent être sur leurs gardes à tout instant pour éviter de puissants adversaires. Il finit par gratifier Laura elle-même d'un de ses regards perçants, releva son borsalino du bout de l'index de la main droite et dit :

Bonjour, mademoiselle.

Bonjour, jeune homme, répondit Laura en observant le damoiseau tressaillir à ce diminutif. Après quoi, pour lui faire plaisir, elle baissa les yeux avec une timidité feinte.

Il me faut des partitions, dit-il en se balançant sur la pointe des pieds à en faire craquer le cuir de ses guêtres. On m'a dit que vous aviez un grand choix.

C'est vrai, monsieur. Souhaitez-vous quelque chose de particulier ?

J'ai toute une multitude de souhaits, et des souhaits très précis, répondit-il en tirant de sa poche intérieure une feuille pliée plusieurs fois. Le *Concerto pour clarinette* de Mozart, avez-vous cela ?

Bien sûr.

Laura ouvrit un tiroir et sourit. Ce damoiseau qui se pavane, qui joue au fier-à-bras pour dissimuler son caractère inoffensif la changeait agréablement de l'interminable défilé d'émigrants obséquieux et de vieux marins hargneux. Il avait belle allure dans son costume blanc et arborait sur la lèvre supérieure une moue de défi qu'on aurait voulu faire s'envoler en y appliquant un baiser. Il marchait d'un pas léger, sans doute un bon danseur. Et son français avait des intonations rudes et en même temps doucement mélodieuses, comme empreintes d'une grâce de jeune fille, un accent que Laura n'arrivait pas à situer.

Ensuite, je voudrais la *Sonate au clair de lune* de Beethoven, dit le jeune homme.

Vous n'avez donc pas besoin du *Concerto pour clarinette* ?

Il me faut les deux, le *Concerto pour clarinette* et la *Sonate au clair de lune*.

Sur quoi il aspira de l'air entre ses dents.

Comme vous voudrez, dit Laura en ouvrant un autre tiroir.

Il m'en faut cinq exemplaires.

Cinq fois la *Sonate au clair de lune* ?

Et trois fois les *Préludes* de Chopin.

Laura lança au jeune homme un regard étonné tout en ouvrant malgré tout un nouveau tiroir.

À part cela, il me faut… la *Suite en si mineur* de Jean-Sébastien Bach. Un exemplaire.

La partition entière ?

Seulement la partie de la flûte traversière. Ensuite deux fois les *Danses hongroises* de Brahms et trois fois les *Tableaux d'une exposition* de Moussorgski. Ce sera tout. Ah non : je voudrais aussi *La Lettre à Élise* de Beethoven, s'il vous plaît. Douze exemplaires.

Douze fois *La Lettre à Élise* ?

Douze fois, je n'y peux rien.

Excusez-moi si je vous pose cette question, mais vous vous moquez de moi ?

J'ai de l'argent, mademoiselle, je paie comptant. Combien vous dois-je ?

Sur quoi les deux jeunes gens allèrent à la caisse et, tandis qu'elle rédigeait la facture, il se présenta.

Le jeune homme s'appelait Emil Fraunholz. Il avait vingt-cinq ans et il était suisse, il était né et avait grandi dans un village de paysans nommé Bottighofen sur le lac de Constance. Deux ou trois ans auparavant, il s'était réfugié à Marseille pour échapper au service militaire dans l'armée suisse, et depuis, il survivait grâce à toutes sortes de gagne-pain et de combines dont l'objet principal était de le tenir à une distance maximale de l'armée et des besognes agricoles.

La combine qui rapportait le plus consistait à faire collecter dans les colonies, contre paiement par des intermédiaires, des lettres de militaires français engagés dans la Légion étrangère et à leur faire traverser la Méditerranée en évitant la censure jusqu'à Marseille, d'où elles étaient réexpédiées à leur destinataire par la poste normale. Une autre de ses activités portait sur les caprices de cœur dont il s'occupait pour les légionnaires contre paiement anticipé, procurant des produits introuvables à Sidi Bel-Abbès, Saigon ou Nouméa – la photographie de telle ou telle actrice, une boîte de crème de marrons, un kilo de stockfish, dix grammes d'opium ou bien, justement, la *Sonate au clair de lune*.

Tantôt ses poches débordaient d'argent, tantôt elles étaient vides, ses affaires étaient soumises à de fortes variations de conjoncture. Son meilleur chiffre d'affaires, il le faisait quand les casernes étaient peuplées de vieux renards aguerris qui savaient s'y prendre et ne craignaient pas si besoin était de soudoyer une sentinelle avec une bouteille d'eau-de-vie ou de mettre un incorruptible hors d'état de nuire en lui assenant un coup bien calculé sur la nuque ; ses affaires étaient au plus mal quand les casernes étaient pleines de pioupious qui considéraient encore le règlement de service comme une loi sacrée.

Emil Fraunholz connaissait aussi des revers de fortune lorsque l'un de ses intermédiaires se faisait prendre, ce qui se produisait plusieurs fois par an. Il lui fallait alors se préparer à la visite de policiers militaires coiffés de couvre-chefs blancs rigides qui posaient des questions désagréables et pouvaient se montrer passablement rustres si on les menait en bateau. Dans ces cas-là, Emil jugeait sage de mettre ses affaires en sourdine pour quelque temps et de disparaître à Nice ou à Cannes chez quelque tante imaginaire.

En mai 1931, à l'époque où il entra pour la première fois dans le magasin de musique de Laura d'Oriano, ses affaires allaient bien. Et comme cet après-midi-là il avait les poches bourrées d'argent et que cette jeune fille derrière le comptoir l'avait subjugué comme aucune avant elle, il rassembla son courage à deux mains, tomba son masque de fier-à-bras et lui demanda tout timidement si elle serait disposée à l'accompagner le dimanche suivant pour goûter sur la grande terrasse de l'hôtel Excelsior.

À compter de ce jour, Laura et Emil passèrent ensemble tous les dimanches et parfois même les jours de la semaine. Laura n'avait jamais rencontré par le passé un homme tel qu'Emil Fraunholz. Sa forfanterie feinte l'avait quitté dès l'instant où il lui avait demandé de lui accorder son premier rendez-vous et il s'était alors révélé être un jeune homme aimable et réservé, mais vif et malin, qui l'écoutait attentivement et aimait la faire rire ; elle était surtout touchée par la douceur naturelle qu'il tenait sans doute de sa paisible patrie que dévastations et catastrophes épargnaient depuis des générations.

Emil ne discourait pas sur la guerre et ne grinçait pas des dents, il ne simulait pas de tentatives de suicide, il ne tranchait pas la gorge aux toutous et ne plissait pas le front inutilement avec l'air de réfléchir, mais racontait gaiement de sa voix aussi claire que celle d'une jeune fille quels beaux yeux avaient les vaches de Bottighofen et quelle douceur avait le jus des pommes tombées des arbres et fraîchement pressées qu'on pouvait ramasser pour rien dans l'herbe mouillée de prairies qui ne vous appartenaient pas.

Mais Emil lui parlait aussi du beau panorama qu'il avait depuis la ferme de ses parents sur le lac de Constance où voguaient majestueusement les yachts des gens riches et lui disait qu'il s'était juré dès sa tendre enfance de quitter cette galère et ce fumier de vache pour boire du champagne à bord de yachts blancs en compagnie de belles femmes. Et quand Laura lui demanda s'il avait atteint son but, il apporta au rendez-vous suivant une bouteille de Veuve Clicquot et emmena Laura au quai des Belges où ils montèrent sur un voilier blanc appartenant sans doute à un ami ou une relation d'affaires qui était son obligé.

Et puisque, pendant l'excursion en bateau, Laura, une main traînant dans l'eau, avait admiré la beauté vallonnée de la côte provençale, il arriva au rendez-vous suivant en Bentley ou en Peugeot et l'invita à faire un tour en voiture. Quand elle fut montée, il l'emmena vers les collines et quand elle eut faim, il choisit un joli endroit où déployer un plaid et sortit d'un panier toutes sortes de produits fins dont il espérait qu'ils lui plairaient. Quand elle n'eut plus de cigarettes, il se trouva pour elle dans la boîte à gants un paquet de sa marque, et quand vint le crépuscule, il la reconduisit chez elle sans lui avoir effleuré le genou une seule fois de toute la journée.

Entre Emil et Laura tout était beau parce que tout se faisait simplement, sans arrière-pensées et sans se forcer. Quand ils buvaient du champagne, ils buvaient du champagne, et quand ils étaient allongés sur le sable de la plage, ils étaient allongés sur le sable de la plage. Il lui narrait ses affaires et ses combines et se réjouissait de voir Laura s'en amuser, et elle lui parlait du grand, de l'ample sentiment qu'elle avait dans la poitrine et du fredonnement de l'univers, quand bien même ces choses-là ne lui importaient pas du tout en ces instants. Et elle était contente s'il écoutait attentivement sans rien dire.

Et quand ils firent l'amour, ils firent l'amour.

Si Laura se produisait dans un club de nuit, elle le lui cachait pudiquement, et s'il en avait vent, il restait toute la soirée à ses pieds en ouvrant de grands yeux, et ensuite il lui couvrait les mains de baisers en jurant n'avoir jamais rien entendu d'aussi beau. Et si elle le traitait de flatteur, il protestait en assurant vouloir tomber mort s'il n'avait pas dit la pure vérité. Alors elle le croyait et était heureuse.

Mais vers la fin de l'été 1931, il leur fut impossible de fermer plus longtemps les yeux sur le fait que Laura était enceinte, et tout devint alors plus compliqué. Laura pleura car c'en était maintenant bel et bien fini de sa carrière dans le chant, et Emil la prit dans ses bras en disant que tout allait s'arranger car il allait mettre un terme à ses combines et demander aux parents de Laura la main de leur fille.

Ces derniers ne furent pas enchantés par ce prétendant inattendu, car ils flairaient le jeune paysan sous le costume de lin blanc et doutaient qu'il fût assez fort et assez accommodant pour se maintenir à la longue aux côtés de leur obstinée de fille. Mais la nature avait créé des faits indéniables ; en parents sensibles, ils n'entendaient pas proposer à Laura de les faire disparaître et donnèrent donc leur bénédiction au couple.

Le mariage fut célébré le 18 août 1931 dans la petite église Sainte-Marie de la Charité, après quoi la noce partit avec deux voitures louées pour une auberge de campagne. L'assemblée était peu nombreuse puisqu'elle ne comptait en plus des mariés que les parents de Laura et ses quatre frères et sœurs. Ils n'en réussirent pas moins, après le repas, à composer un programme complet de variétés. Laura chanta une ballade égyptienne et Emil fit son numéro de bravoure qui consistait à jongler avec cinq verres à vin à la fois. Les frères de Laura exécutèrent des tours de cartes et escamotèrent des pièces de monnaie avant de les ressortir des oreilles de la mariée. Tous plaisantèrent du fait qu'avec ce mariage, Laura était devenue citoyenne suisse. Pour finir, la mère et la fille chantèrent en duo, ce qui n'était encore jamais arrivé jusque-là, et le père les accompagna sur le piano de l'auberge, qui était horriblement désaccordé et auquel il manquait des touches.

Quand tous eurent essuyé leurs larmes, on commanda du café et des digestifs. Et quand tout le monde fut ivre, on regagna la ville.

*

Par une grise journée de l'automne 1931, Felix Bloch descendit du train et se trouva sous l'imposante voûte de la gare centrale de Leipzig, reprit sa bicyclette dans le wagon postal et se rendit à l'Institut de physique théorique situé en bordure de la ville entre un cimetière et une clinique psychiatrique. Il déposa sa valise sous les combles dans une piaule pour assistant, puis fit sa visite de présentation à Heisenberg.

D'emblée, il se sentit chez lui dans ce nouveau lieu. Il monta ses appareils électriques au sous-sol dans une pièce sans fenêtre, le spectromètre restant dans les cartons pour l'instant. Le matin, il officiait comme assistant dans les cours de Heisenberg et dirigeait les travaux pratiques des étudiants de premier semestre, l'après-midi il corrigeait les devoirs des étudiants et se livrait à ses expériences.

Les effectifs de cet institut nouvellement fondé étaient réduits et il ne fallut qu'une semaine à Felix pour connaître tous les étudiants par leur nom. Le bruit ne s'était alors pas encore répandu qu'enseignait ici le jeune Werner Heisenberg, dont les relations d'incertitude avaient ébranlé l'ordre physique universel et qui dirigeait son institut comme on mène un groupe de randonneurs. Les salles de cours étaient surdimensionnées. Les étudiants étaient assis en rond sur les tables, préparaient du thé sur des becs Bunsen et mangeaient les gâteaux que le professeur Heisenberg avait apportés de la pâtisserie au coin de la rue.

Il s'était formé là un groupe de jeunes gens pétulants. Heisenberg avait fait aménager au sous-sol de l'institut une salle de ping-pong à laquelle tous accédaient librement. Felix Bloch était chargé du matériel. Un étudiant hongrois, Edward Teller, qui avait perdu un pied dans un accident de tram à Munich, préparait toujours du thé pour tout le monde. Champion incontesté au ping-pong, le professeur Heisenberg passait pour imbattable au plus tard depuis sa tournée de conférences en Asie de l'Est. Seul un Japonais nommé Yoshio Nishina le battait régulièrement, ce que Heisenberg supportait mal. On dit qu'il lui arriva, après une défaite, de disparaître trois jours durant.

Les week-ends, étudiants et professeurs partaient ensemble à la découverte de la ville, devenue prospère au fil des siècles grâce à ses filatures et ses laineries, ses imprimeries et ses maisons d'édition ainsi que par le commerce de fourrures et de céréales d'Europe orientale. Ils flânaient jusqu'aux carrousels et aux grands 8 du vieux champ de foire ou jusqu'à la Windmühlenstrasse, la rue des Moulins-à-Vent, où le café dansant Rote Mühle avait, comme son homonyme parisien, la forme d'un moulin rouge ; le soir, ils fréquentaient les cabarets politiques qui avaient poussé comme des champignons après la guerre, appelés la Retorte, le Bauch ou la Litfasssäule, l'Alambic, le Ventre ou la Colonne Morris. L'été, on allait à la piscine en plein air de Schönefeld ou à celle de l'IPA près du parc des Expositions, l'hiver à la piste de luge du parc de Schönefeld. À Pâques, Heisenberg invitait ses plus proches amis dans son chalet de ski des Alpes bavaroises.

Felix Bloch passait les dernières heures de la soirée seul dans sa chambre à lire des revues spécialisées ou à écrire à ses parents. Avant d'éteindre la lumière, il devenait songeur et observait l'ampoule à incandescence de sa lampe en se demandant si les électrons faisaient vraiment ce qu'il imaginait à l'intérieur du filament lumineux. Ensuite, une fois couché dans l'obscurité, il entendait à travers les fines cloisons Heisenberg qui, à l'autre bout du couloir, jouait sur le piano à queue couleur acajou qu'il s'était fait livrer par la maison Julius Blüthner, le facteur de pianos lipsien. En cet automne 1927, Heisenberg s'éreintait soir après soir pendant des heures sur l'*allegro vivace* du *Concerto pour piano en la mineur* de Schumann. Jusqu'à ce que le sommeil s'empare de lui, Felix écoutait, étonné que Heisenberg ait choisi précisément ce morceau romantique et mélancolique qui était tout entier une fantaisie sur le désir amoureux de Schumann et le bonheur de son union avec Clara.

Une amitié réservée mais solide se développa entre les deux jeunes hommes. Peu avant la Noël 1927, Heisenberg prit Bloch à part et lui demanda où il en était avec ses électrons.

Tout allait comme il fallait, répondit Felix, les résultats des mesures coïncidant parfaitement avec son hypothèse.

Heisenberg demanda s'il ne serait pas temps de songer à coucher tout cela sur le papier pour en faire une thèse, ajoutant avec un modeste sourire qu'il n'avait encore dirigé aucun thésard durant sa courte carrière de professeur et que ce serait un honneur pour lui que Felix fût le premier.

C'est ainsi que Felix Bloch consacra les six mois qui suivirent à son doctorat, qu'il déposa le 2 juillet 1928 sous le titre *Sur la mécanique quantique des électrons dans les réseaux cristallins.* Il y traitait d'une énigme de physique irrésolue jusqu'alors, le fait que le courant électrique passe très vite même dans des fils métalliques très longs. Il expliquait que la résistance étonnamment faible tenait à ce que les ions métalliques étaient ordonnés dans un métal sous forme d'un réseau cristallin stable, ce qui rendait extrêmement improbable une collision avec les électrons qui le parcouraient ; en outre, plus la température était basse, plus stable était le réseau et plus improbable était une collision. En effet, ses expériences au sous-sol avaient montré que la conductivité électrique augmentait avec des températures en baisse. Peu après, son directeur de thèse Heisenberg devait reprendre l'idée du réseau et formuler l'hypothèse d'un cosmos tout entier organisé en un réseau, comme de multiples rayons de miel.

À sa parution dans la revue berlinoise *Zeitschrift für Physik*, la thèse de Felix fit sensation, tout le monde voulut voir le jeune homme. Au semestre d'hiver 1928-1929, Wolfgang Pauli l'invita à l'ETH de Zurich, après quoi il alla à Copenhague chez Niels Bohr, puis à Berlin chez Max Planck et Otto Hahn, à Leyde chez Paul Ehrenfest et chez Max Born à Göttingen, où il fit la connaissance d'un thésard américain nommé Robert Oppenheimer qui pouvait parler en rafale du sanscrit, de Dante ou de la conception du temps chez le Bouddha et devait jouer plus tard un rôle important dans la destinée de Felix.

On aurait bien aimé être présent à Pâques 1932 quand les jeunes spécialistes de physique quantique de Leipzig se rendirent à Copenhague au congrès de printemps qui se tenait à l'institut de Niels Bohr. Werner Heisenberg et Felix Bloch firent le long trajet en train avec leurs thésards de Leipzig Carl Friedrich von Weizsäcker et Edward Teller ; Max Delbrück, l'assistant d'Otto Hahn, les rejoignit à Berlin. Durant le voyage, les jeunes gens discutèrent en détail le sujet de physique nucléaire le plus excitant de l'année : la découverte du Britannique James Chadwick selon laquelle il existait, en plus du noyau de l'atome chargé positivement et des électrons chargés négativement, des neutrons, donc des particules élémentaires sans charge. Cela laissait entrevoir que chaque noyau atomique ne formait pas un tout indivisible, comme on l'avait supposé jusque-là, mais qu'il pouvait être composé de plusieurs parties susceptibles d'être séparées par fission.

En ces jours-là, on approchait du centième anniversaire de la mort de Goethe et sans doute l'un ou l'autre de ces voyageurs avait-il dans ses bagages son exemplaire de *Faust* ; c'est ainsi que Heisenberg, Bloch, Teller, von Weizsäcker et Delbrück eurent l'idée pendant le voyage d'enrichir le congrès d'une parodie quantique de *Faust*.

L'idée fut aussitôt mise à exécution. Au centre de la pièce, il y avait donc "le noyau du problème", "le contenu du barbet", et "la question de ce qui fait tenir le monde". Elle fut représentée le dimanche de Pâques 1932 avec la contribution de nombreux participants du congrès dans le grand amphithéâtre de l'institut.

Le professeur Paul Ehrenfest de Leyde tenait le rôle de Faust, le Belge Léon Rosenfeld celui de Méphistophélès. Felix Bloch jouait le Seigneur en personne ; il trônait sur un haut tabouret au-dessus de la table d'expérimentation, affublé d'un haut-de-forme et d'un masque de sa fabrication ayant sans ambiguïté les traits de Niels Bohr. Heisenberg, Oppenheimer et quatre autres volontaires formaient le *Chorus mysticus*.

Les rires furent nombreux lorsque Faust, entrant en scène, entama son monologue :

Toutes les valences chimiques,
Peste des groupes, électrodynamique,
De la transformation toute la théorie
J'ai avec ardeur étudiées dans ma vie ;
Et me voici là, tout bêta
Et en pas fameux état !
On m'appelle "professeur" et "maître"
Depuis bientôt trente ans peut-être,
Je promène par le nez çà et là
Mes élèves avec mon blabla.
J'en sais plus il est vrai que les sots,
Docteurs, bonzes et zigotos,
Les scrupules, le doute m'accablent,
Wolfgang Pauli je crains comme le diable.
(…)

La prestation de l'étudiante danoise Ellen Tvede en Gretchen fut un moment saisissant. Déguisée en neutron avec un grand signe plus-moins sur le visage, elle chanta ces paroles sur la mélodie de *Marguerite au rouet* de Schubert :

Ma charge s'en est allée,
Les statistiques, que c'est dur !
Ah ! la paix s'est envolée
De mon âme qui est pure !

Mon départ, mon absence,
Sans formule c'est le cercueil.

Et loin de ma présence
Tout te paraît en deuil.

Avec moi, avec moi seule
Demeure le rayon bêta
Et puis le noyau d'azote
De moi n'est pas trop loin.

Ma charge s'en est allée,
Les statistiques, que c'est dur !
Ah ! la paix s'est envolée
De mon âme qui est pure !

Mon dipôle se presse
Dès qu'il le sent venir ;
Au gré de ma tendresse
Puis-je le retenir ?

Je sens mon cœur qui déprime
Et mon spin qui se débine.
Je t'aime, je n'aime que toi,
Auprès de toi emporte-moi.

Ma charge s'en est allée,
Les statistiques, que c'est dur !
Ah ! la paix s'est envolée
De mon âme qui est pure !

6

Rentré de Copenhague, Felix Bloch nota les premières idées d'un travail sur le ralentissement des atomes à plusieurs électrons. Au même moment à Marseille, Laura d'Oriano se lançait dans ses premières tentatives pour s'habituer à son nouveau rôle d'épouse et de future mère. Techniquement parlant, il aurait été tout à fait possible qu'Emil Fraunholz emménage au-dessus du magasin de musique chez les d'Oriano, c'eût été raisonnable également étant donné la crise économique et le chômage de masse et eût permis de réduire le train de vie du jeune couple et de mettre en commun les revenus. Mais comme tous étaient des gens avisés sachant que cela ne donnerait rien de bon à la longue, Emil entreprit de réaliser un projet qu'il avait préparé quelque temps plus tôt pour le cas où. Un légionnaire, qui avait été pharmacien à Grasse dans une vie antérieure et avait dû, pour on ne sait quelles raisons, renoncer précipitamment à l'existence qu'il menait jusque-là, lui avait proposé de reprendre pour un prix dérisoire son affaire et l'appartement qui allait avec.

Tandis qu'Emil formait ces projets, Laura objecta prudemment, primo que Grasse était un trou perdu au milieu de nulle part, et secundo qu'Emil, à ce qu'elle savait, n'y connaissait rien en pharmacie. Ce à quoi Emil opposa primo que l'air des Alpes-Maritimes serait incomparablement meilleur pour le bébé que celui du port de Marseille et secundo que Grasse, capitale mondiale de la parfumerie, était une destination prisée des riches touristes américains. Tertio, quant à ce qui touchait au métier de pharmacien, ce n'était pas bien sorcier ; contre la toux on vendait du Sirolin et contre les cors au pied des emplâtres à base d'opium, et en cas de difficulté on renvoyait les gens vers leur médecin de famille.

C'est ainsi que le jeune couple rassembla son saint-frusquin, se fit conduire à Grasse par d'Oriano père dans une Fiat de location, passa prendre chez la mère du légionnaire la clé de la maison et emménagea dans son nouveau foyer. Laura et Emil y firent une découverte surprenante : tous les objets nécessaires aux besoins quotidiens, tant dans la pharmacie que dans l'appartement au-dessus, étaient à leur goût et à leur taille, à tel point qu'on aurait pu croire que le jeune couple avait été son propre prédécesseur. Les pantoufles rangées derrière la porte de l'appartement allaient parfaitement aux pieds d'Emil, le peignoir de l'armoire était lui aussi exactement à sa taille. Laura trouva sur la coiffeuse de la chambre à coucher un crayon khôl neuf de sa marque et son parfum favoris, et près du lit il y avait un berceau avec oreiller et édredon qui semblait n'attendre que son bébé.

Qu'est-ce que ça veut dire, Emil, fit Laura.

Incroyable, fit Emil.

Encore un de tes tours ?

C'est une énigme, fit-il. Parole d'honneur, je suis aussi étonné que toi.

Ce n'est pas drôle, Emil. Maintenant dis-moi si tu es déjà venu ici.

Jamais, je le jure.

Et Laura le crut, car Emil avait beau être un malin, il n'était pas un menteur. Il était à Grasse pour la première fois et ne connaissait le légionnaire que par lettre : c'était un pur hasard si cette maison semblait conçue pour eux. Après quoi Laura et Emil ne s'étonnèrent donc aucunement de trouver dans la pharmacie deux blouses blanches leur allant parfaitement, les étagères sans poussière et approvisionnées au mieux, ainsi que, sur le comptoir, le dernier inventaire en deux exemplaires.

Le lundi suivant à 8 heures, il ne resta plus à Emil qu'à enfiler la blouse blanche avant d'ouvrir la porte du magasin. Laura s'occuperait de la maison et du bébé et, quand le bébé dormirait, elle aiderait occasionnellement à la pharmacie. Si les affaires marchaient, ils achèteraient une voiture d'occasion et iraient en week-end à Cannes et Nice, et pour les jours de fête à Marseille rendre visite aux parents et aux frères et sœurs de Laura.

Emil comptait ferme que la pharmacie les nourrisse, lui et sa famille, tant que durerait la crise économique, car les gens étaient malades quelle que soit l'époque et avaient toujours besoin de médicaments en lesquels ils croyaient. Mais il se trompait. Le jour de la réouverture il eut une seule cliente, le deuxième jour personne, le troisième deux. En effet, comme il apparut alors, la crise avait d'abord mis fin au tourisme et les Américains ne venaient plus ; ensuite, le commerce du parfum s'était effondré lui aussi, les gens de Grasse ne gagnaient plus d'argent. Et comme ils ne pouvaient plus se permettre de tomber malades, ils restaient tout simplement en bonne santé. Quant à ceux qui tombaient malades malgré tout, ils le cachaient bien et préféraient porter le peu d'argent qu'ils avaient à la boucherie plutôt qu'à la pharmacie. Car en cas de nécessité, les gens peuvent se passer d'un emplâtre pour les cors au pied et de teinture d'opium, mais pas d'une entrecôte.

Emil passait ses journées à la pharmacie, la sonnette au-dessus de la porte restait muette. Le soir, à la fermeture, la caisse était aussi vide que le matin. Les économies et la dot s'épuisèrent, bientôt Laura ne trouva plus dans la petite ville un seul boulanger ni un primeur qui acceptât de lui faire crédit. Elle s'était déjà par deux fois rendue à Marseille demander de l'argent à ses parents. Elle ne voulait pas y aller une troisième fois. L'enfant vint au monde en avril. C'était une fille, qu'ils baptisèrent du nom de Renée. Les commerçants, pris de pitié, firent de nouveau crédit à Laura. Mais quand ils la revirent quelques mois plus tard attendre dans le magasin, de nouveau enceinte, le ventre rebondi, pour avoir de la charcuterie et du pain, ils firent une mine sévère en regardant à travers elle comme si elle était en verre jusqu'à ce qu'elle comprenne et rentre chez elle le panier vide.

La seconde fille vint au monde en mars 1933. Ils la prénommèrent Anna. La situation de Laura et Emil était désespérée, ils manquaient de tout. Une fois à peu près remise de l'accouchement, Laura téléphona aux trois clubs de nuit que comptait Cannes pour trouver un engagement et s'abaissa en allant jusqu'à chanter dans le combiné pour donner un échantillon de son art. Et quand, à force de quémander, elle obtint de se produire et partit un vendredi soir, en car, vêtue d'une robe de soirée, Emil Fraunholz, pris d'un accès de fureur jalouse tel qu'il n'en avait jamais connu chez lui auparavant, laissant seules dans l'appartement les deux fillettes endormies, déroba la bicyclette d'un voisin et parcourut en pédalant les vingt kilomètres pour descendre jusqu'à Cannes afin de suivre dans le noir le spectacle de Laura puis de lui faire la scène la plus épouvantable parce qu'elle avait montré sous les feux de la rampe sa jarretière et son décolleté.

L'été vint et la vie fut un peu plus facile car le Midi de la France regorgeait de victuailles. Mais un soir d'octobre, alors qu'il fallait de nouveau de l'argent pour remplir le poêle à charbon, Emil Fraunholz demanda précautionneusement à son épouse quand ils furent couchés si elle pouvait s'imaginer plier bagage pour quelque temps et aller attendre la fin de la crise économique dans la ferme de ses parents en Suisse.

Mais alors il faudra que tu ailles à l'armée, répondit-elle à moitié endormie.

Ils ne veulent plus de moi maintenant. Je suis marié et j'ai deux enfants, tu sais.

Laura se redressa alors dans le lit et ralluma la lampe de chevet.

Emil, regarde-moi et écoute-moi.

J'écoute.

Je t'ai suivi à Grasse alors que j'aurais préféré rester à Marseille.

C'est vrai.

Je reste fidèlement à tes côtés pour le meilleur et pour le pire, comme nous l'avons promis au curé.

Je sais.

Mais ce que tu exiges là de moi va trop loin. C'est au-delà de mes forces, entends-tu, plutôt divorcer ou me laisser abattre comme un chien que de me laisser enterrer dans ton village.

Tu en as des manières de parler, ce n'est pas *mon* village. Nous aurions un toit au-dessus de la tête et les enfants auraient de quoi manger. Des pommes de terre et des pommes à profusion et du lait frais.

Comment s'appelle l'endroit, déjà ? Bottikof ?

Bottighofen. Ce n'est pas forcément pour toujours. Un an ou deux, le temps que la crise soit passée.

C'est où, ça, Bottikof, en Russie ? Et qu'est-ce qu'il y a là-bas ? Des vaches ? Des pommiers ?

C'est beau, le lac de Constance, tu verras. Les touristes viennent de loin.

Je reste ici.

Pour toujours dans le Midi ?

Qu'est-ce que tu as contre le Midi ?

Rien, répondit Emil.

Tu as quelque chose contre le Midi.

C'est beau, le Midi.

Mais ?

Mais il a aussi ses mauvais côtés, comme tout.

Par exemple ?

Arrête.

Par exemple ?

Par exemple, le Midi, c'est l'endroit où des serveurs capricieux apprennent à de jeunes étrangers à manger des petits oiseaux au couteau et à la fourchette.

Et c'est pour ça que tu veux aller à Bottikof ?

Eh bien oui, si tu veux. Nous ne mangeons pas de petits oiseaux, mais nous avons des pommes de terre en abondance et du lait frais.

Laura ne voulut plus rien entendre, il était pour elle hors de question de déménager à Bottighofen. Elle éteignit la lumière et se rendormit, et le lendemain matin au petit-déjeuner elle recommença à mettre dans la tête d'Emil qu'il devait renoncer une fois pour toutes à cette idée. Et elle n'aurait sans doute pas cédé si, trois jours plus tard, l'huissier n'avait pas surgi pour poser des scellés sur la porte de la pharmacie et si, encore cinq jours après, le propriétaire de l'appartement ne leur avait pas signifié leur congé pour la fin du mois parce qu'ils avaient six loyers de retard.

*

Au retour de Copenhague, Felix déposa son travail d'habilitation, puis il donna des cours sur la théorie de la relativité générale, la théorie quantique du magnétisme et l'absorption de particules hautement énergétiques par la matière. 1932 fut une année joyeuse pour les sciences, la découverte du neutron avait ouvert des horizons nouveaux dans de vastes domaines. En Allemagne, cependant, cette *annus mirabilis*, comme l'appelaient les physiciens, arriva à sa fin bien avant l'automne.

Felix Bloch s'en aperçut aux drapeaux de plus en plus nombreux dont était pavoisé le centre de Leipzig. Il y avait sans cesse des manifestations et des défilés aux flambeaux, il ne se passait pas quelques jours sans que le sang soit versé dans des échauffourées et des fusillades. À l'université, des postes de garde de la NSDSTB, l'Union national-socialiste des étudiants allemands, occupaient les entrées et les escaliers et passaient à tabac les étudiants d'autres partis qui distribuaient des tracts. Dans les salles de cours prenaient place des étudiants en uniforme qui faisaient du raffut s'ils pensaient qu'un professeur était peut-être juif. Le chahut qu'ils produisaient mit un professeur de radiophysique nommé Erich Marx dans l'impossibilité totale de faire cours et le poussa à la démission. La NSDSTB exigeait que la physique quantique soit rayée des enseignements car selon eux elle propageait des idées juives. Bientôt la théorie de la relativité cessa de pouvoir être enseignée dans les universités allemandes et il fut interdit de prononcer le nom d'Einstein. Le 10 décembre, à la Lehrter Bahnhof de Berlin, Albert et Elsa Einstein montèrent avec six valises dans le train pour Anvers, d'où ils s'embarquèrent pour New York.

Felix Bloch lui aussi fut hué, et peu avant Noël il dut pour la première fois interrompre un cours. Les choses avaient commencé d'une manière apparemment anodine, un étudiant en uniforme ayant laissé tomber une pièce de monnaie en cuivre. Avant même que le bruit du métal ait cessé de résonner, une deuxième pièce tomba, et à de brefs intervalles il en tomba une cinquième, une dixième, une vingtième et au milieu de ces bruits un étudiant frappa un grand coup de la paume sur le pupitre, sur quoi des centaines de mains se mirent à frapper les tables en cadence, produisant un vacarme de bottes. Felix Bloch continua à écrire ses formules au tableau sans se laisser décontenancer. Mais quand les premières pièces volèrent jusqu'à l'avant de l'amphithéâtre, il posa la craie et quitta les lieux.

Ce jour-là, Felix fut forcé de constater que son pacifisme ne le protégeait en rien de la haine aveugle que nourrissaient ces endoctrinés. Il était impuissant face à la bêtise maléfique et à la violence effrénée qui avaient envahi non seulement les salles des universités, mais aussi les rues de Leipzig. Quand il se rendait au centre-ville à bicyclette, il était reconnu par des étudiants qui l'invectivaient, il arrivait que des pierres soient lancées. Bientôt il ne prit plus que le tram et se cacha derrière un journal.

Cette année-là, l'hiver se fit attendre, il fit trop chaud jusqu'au Nouvel An. Nombre de propriétaires de maison crurent pouvoir s'en sortir cette fois avec la moitié de la quantité habituelle de charbon, lorsqu'à la mi-janvier 1933 le grand froid arriva tout de même. Les pigeons tombaient morts des toits, les rivières, les égouts et les canalisations gelèrent. Les vitres du tramway étaient toutes couvertes de fleurs de givre à l'intérieur et à l'extérieur. Felix manqua plusieurs fois sa destination car le contrôleur n'annonçait pas les arrêts.

Il lui arrivait souvent d'aller à la patinoire le dimanche pour fuir les continuelles vociférations de haine ; la piste de luge était encore fermée faute de neige. Le soir, comme il avait trop froid dans sa mansarde, il allait au cinéma. *Le Retour de Tarzan* avec Tom Tyler passait à l'Alberthalle et au Königspavillon, et *Blonde Vénus* avec Marlene Dietrich au Capitol.

Le dernier jour de la vague de froid, vingt mille ouvriers socialistes défilèrent au parc des Expositions, le lendemain matin à 7 heures un violent orage d'hiver s'abattit sur Leipzig. Sous les éclairs et le tonnerre, il tomba trente centimètres de neige, puis les températures remontèrent. L'après-midi, quand l'Union national-socialiste des étudiants allemands fit sa manifestation quotidienne sur l'esplanade de l'université, la neige se transforma en une gadoue grise sous les bottes des hommes en uniforme.

Felix Bloch sut sans doute dès ce moment qu'il ne resterait plus très longtemps à Leipzig. Après les élections au Reichstag du 5 mars, l'université eut un nouveau président qui, lors de sa prise de fonction, hissa lui-même le drapeau à croix gammée sur le toit de sa faculté, devant le personnel rassemblé. De nouveaux cours tels que "Sang et terroir" et "Peuple sans espace" furent inscrits dans les programmes. Le 21 mars, un défilé aux flambeaux de trois mille personnes marcha du parc des Expositions jusqu'à l'Augustplatz. Écoliers, étudiants, soldats, ouvriers, citoyens, paysans – tous participèrent.

Les bruits de bottes et les chants entonnés par des milliers de voix traversaient les rues et parvenaient jusqu'à l'Institut de physique théorique où Felix Bloch et Werner Heisenberg les entendaient, mais s'abstenaient d'en parler. Il n'y avait rien à dire, tant les signes étaient évidents et tant la catastrophe qui s'annonçait semblait inévitable. C'est pourquoi ils se gardaient d'aborder ce sujet quand ils prenaient ensemble leur café en arrivant le matin et discutaient des affaires de la journée. Ils se taisaient aussi le soir pendant leurs parties de ping-pong au sous-sol. Et lorsque Heisenberg et ses amis partirent pour une semaine faire du ski dans les Alpes bavaroises, là encore ils se turent.

Il était déjà 4 heures de l'après-midi quand Heisenberg, accompagné de Niels Bohr et du fils de ce dernier, Christian, ainsi que de von Weizsäcker et Felix Bloch, se mirent en route à la gare d'Oberaudorf, non loin de la frontière autrichienne. Monter jusqu'au chalet de ski qui se trouvait sur la Steile Alm, sur le versant sud du Grosser Traithen, fut épuisant ; en été, il aurait suffi de deux ou trois heures pour parcourir cette distance, mais comme il était tombé un mètre de neige la veille, cela prendrait deux ou trois fois plus de temps.

Le chemin grimpait le versant escarpé à travers la forêt enneigée, les bagages étaient lourds. À la première halte, Heisenberg déclara que de l'"alpinisme inversé" tel qu'il l'avait connu en Amérique dans le Grand Canyon serait bien agréable maintenant. On arrivait en wagon-lit à deux mille mètres d'altitude au bord d'un grand plateau désertique et de là on descendait confortablement jusqu'au Colorado, qui se trouvait pratiquement au niveau de la mer ; il est vrai qu'au retour, il fallait regrimper les deux mille mètres pour regagner son wagon-lit.

La section la plus pénible de l'ascension les attendait après la tombée de la nuit, lorsqu'ils atteignirent une altitude à laquelle la neige n'avait plus de consistance et était si poudreuse que c'en était inquiétant. Heisenberg marchait en silence, en tête, suivi de Niels et Christian Bohr, puis de Carl Friedrich von Weizsäcker, qui éclairait le parcours avec une lanterne. Felix Bloch, étant le montagnard le plus expérimenté et le plus résistant d'entre eux, fermait la marche.

Les hommes haletaient, nul ne disait mot. L'ascension était lente car Bohr, de vingt ans plus âgé, se fatiguait déjà un peu. Peu après 10 heures, Heisenberg eut soudain l'étrange impression de se mettre à flotter dans la nuit noire, comme il l'écrivit plus tard dans *La Partie et le Tout*. Le bas de son corps se trouvait totalement entouré de neige et il n'avait plus aucun contrôle de ses membres, et pendant un moment il fut incapable de respirer, même si sa tête émergeait des masses de neige. Tout s'apaisa ensuite.

Heisenberg se dégagea de la neige et se retourna vers ses amis, mais fut incapable de distinguer quoi que ce soit dans l'obscurité. Il cria "Niels !" et n'obtint pas de réponse. Forcé de supposer que ses amis avaient été entraînés par l'avalanche, il prit peur. Au prix d'efforts démesurés, il dégagea ses skis de la neige, guetta à nouveau dans la nuit et découvrit loin au-dessus de lui une lumière – c'était la lanterne de von Weizsäcker. Heisenberg comprit alors que c'était lui qui avait été pris dans l'avalanche, et non ses amis, restés sur le sentier. Il fixa rapidement ses skis et rejoignit les autres. À bout de souffle, après s'être assurés qu'ils étaient tous là et que tout allait bien, ils reprirent leur chemin en silence.

Ils atteignirent le chalet le lendemain matin au milieu des masses de neige d'une blancheur aveuglante sous un ciel bleu foncé. N'étant pas encore d'humeur à skier après les frayeurs et les fatigues de la nuit, ils dégagèrent le toit du chalet et s'étendirent au soleil. Et lorsqu'ils eurent retrouvé la parole, ils n'évoquèrent pas, par exemple, le préfet de police de Leipzig qui avait interdit par décret la *Leipziger Volkszeitung*, ni les hordes de SA qui avaient fermé le magasin juif Held de la Merseburgerstrasse ; ils n'évoquèrent pas le fait que la ville de Leipzig avait quelques jours plus tôt fait Hitler et Hindenburg citoyens d'honneur ni que huit professeurs de l'université avaient déjà été placés en congé avec effet immédiat.

De tout cela, ils ne parlèrent pas parce qu'ils avaient honte de leur impuissance et parce qu'il n'y avait pas de mots pour dire cette catastrophe. Au lieu de cela, face au superbe panorama alpin, ils débattirent de l'existence possible, en plus des neutrons et des électrons chargés négativement, d'antiparticules chargées positivement, ainsi que l'avaient affirmé quelque temps auparavant leurs collègues, le Britannique Dirac et l'Américain Anderson. Niels Bohr tira de son sac le dernier numéro de la *Physical Review* où était reproduite une photographie prise dans une chambre à brouillard qui paraissait le prouver. On y voyait la trace d'une particule qui avait traversé une plaque de plomb dans la chambre à brouillard et était passée devant un aimant puissant. Ce qui était surprenant sur ce cliché, c'était que la trajectoire s'incurvait dans un sens opposé à celui attendu pour une charge négative.

De cela, les cinq hommes s'entretinrent des heures durant, se passant et se repassant la revue et observant, le front plissé, cette photographie sur laquelle on ne voyait, à part la traînée de condensation, rien d'autre que quatre têtes de vis et la plaque de plomb vue de profil ; et, jusqu'à ce que le soleil se couche derrière les sommets enneigés, ils cherchèrent des explications à la courbe si singulière de cette trajectoire.

Puis ils rentrèrent dans le chalet. Heisenberg fit du feu dans le poêle en fonte. Éclairés par la lampe à pétrole, ils burent des grogs et jouèrent des sommes en jetons au poker en écoutant sur un vieux gramophone de mauvais disques de chansons à succès et, comme un froid cinglant passait par les fentes des murs une fois la nuit tombée, ils s'étendirent bientôt sans parler davantage sur les sacs de paille qui servaient de couche.

Le lendemain matin, comme la neige avait durci sous le soleil, les hommes firent une randonnée à skis, et l'après-midi ils passèrent le temps sur le toit du chalet avec une nouvelle discussion physico-philosophique ; de tout le reste, ils ne parlaient pas. Heisenberg n'évoqua pas le fait qu'il devait ouvrir chaque cours par le salut hitlérien. Carl Friedrich von Weizsäcker garda pour lui qu'il avait beau trouver trivial l'antisémitisme des nazis, il était ravi que le peuple allemand retrouve l'espoir ; il ne leur livra pas non plus qu'il participerait deux semaines plus tard aux festivités du 1er Mai à Leipzig, pour lesquelles était annoncé un discours du Führer. Felix Bloch, pour sa part, ne mentionna pas que la nouvelle loi du 7 avril sur les fonctionnaires l'avait contraint à faire état de ses grands-parents juifs et il n'informa pas non plus ses amis de la bourse Rockefeller d'un montant de cent cinquante dollars mensuels dont il bénéficierait à compter du 1er octobre, qui lui assurerait l'indépendance financière et lui permettrait de poursuivre ses recherches où bon lui semblerait.

Voilà comment s'écoulèrent ces journées. Le 17 avril 1933, qui était le lundi de Pâques, ces vacances prirent fin, les cinq hommes fixèrent leurs skis et redescendirent avec leurs bagages par l'itinéraire ouest, plus court, qui les reconduisit dans la vallée entre Bayrischzell et Landl. La journée était chaude et ensoleillée. La neige était devenue un peu cassante mais formait une base tout de même assez solide. En bas, dans la vallée sans neige, les hépatiques fleurissaient entre les arbres et les prairies étaient parsemées de coucous.

Au relais Zipfelwirt, les physiciens nucléaires firent atteler deux chevaux et, en calèche découverte, ils roulèrent dans le printemps de Bavière jusqu'à la gare la plus proche desservie par la ligne locale, l'Oberlandbahn. Et de même qu'ils n'avaient pas parlé jusque-là de la sombre nuit qui avait recouvert l'Allemagne et Leipzig, les universités et chacun d'entre eux, ils ne parlèrent durant le trajet de rien d'autre que du temps, de la fission du noyau de l'atome et firent l'impasse sur le fait inéluctable que leurs chemins se sépareraient à la gare centrale de Munich. Niels et Christian Bohr, étant citoyens danois, retourneraient au Danemark. Heisenberg et von Weizsäcker, qui ne voulaient pas abandonner leur institut, monteraient dans le train pour Leipzig afin de préserver leur îlot de culture au-delà de l'époque de la barbarie. Felix Bloch, lui, prendrait seul le train pour Zurich et de toute sa vie il ne reposerait plus un pied sur la terre allemande.

*

C'est ainsi que fin octobre 1933, Emil, Laura et leurs deux fillettes se rendirent à la gare et, *via* Cannes, Aix et Lyon, roulèrent vers le nord. Tout se serait peut-être passé autrement s'ils étaient arrivés en Suisse par une de ces belles et claires journées d'automne par lesquelles un vent rabattant fait souffler dans les vallées depuis les montagnes enneigées une dernière brise estivale, lorsque l'air est encore une fois grouillant d'insectes et que les femmes ont revêtu une dernière fois des jupes légères. S'il en avait été ainsi, alors le trajet en train de Genève au lac de Constance aurait pu se transformer en un voyage triomphal pour Emil Fraunholz, qui aurait pu montrer à Laura le spectacle subjuguant des vignobles d'automne rougeoyants ainsi que la majesté de la chaîne blanche des Alpes qui se seraient présentées à la fenêtre de droite pendant tout le trajet, et peut-être auraient-ils fait étape à Zurich où ils auraient pris la Bahnhofstrasse pour descendre jusqu'au lac, où ils seraient allés voir l'Opéra, et où ils auraient peut-être croisé Felix Bloch qui, à cette époque, vivait juste derrière, chez ses parents dans la Seehofstrasse, et préparait son émigration vers l'Amérique, et bien entendu Felix Bloch et Laura d'Oriano ne se seraient pas reconnus et Laura aurait continué sa promenade avec mari et enfants en montant jusqu'au théâtre, puis elle serait passée devant le musée des Beaux-Arts pour se promener dans le Niederdorf avant de retourner à la gare ; sans doute n'auraient-ils atteint Kreuzlingen qu'en fin de soirée, après le dernier car pour Bottighofen, et auraient-ils dû passer la nuit à l'hôtel ; le lendemain matin, le temps étant encore superbe, ils auraient fait sur un coquet bateau à aubes tout blanc une excursion sur le lac de Constance avant de prendre le bus pour Bottighofen et de s'y présenter aux parents d'Emil.

Mais il n'en alla pas ainsi. Il plut à verse pendant tout le voyage et le ciel était si noir que l'obscurité se fit en plein après-midi ; à cela s'ajoutait un vent glacial qui faisait claquer l'eau comme si on lançait des seaux contre les vitres ; Emil et Laura ne songèrent pas un instant à des plaisirs touristiques au moment de leur correspondance et veillèrent uniquement à garder au sec leurs bagages et leurs deux enfants. Le trajet en car de la gare centrale de Kreuzlingen jusqu'à la poste de Bottighofen à la tombée du jour durait vingt minutes, après quoi il fallait un quart d'heure de marche pour monter jusqu'à la ferme des parents.

Ils arrivèrent alors devant la maison plongée dans l'obscurité. Ils avaient laissé leurs valises à l'auberge

Zum Bären et portaient dans les bras leurs enfants endormis. La pluie avait cessé. Emil appela d'abord son père, puis sa mère. La porte s'ouvrit, les parents sortirent en sabots dans la boue devant la maison, la mère les éclairant avec une lampe à pétrole. Suivirent des salutations et des accolades maladroites et les arrivants furent priés d'entrer.

Les enfants furent admirées et mises au lit ; dans la grande pièce, on avait posé du pain, de la charcuterie et du fromage sur la table, ainsi qu'une bouteille de vin et un pot de lait. Le père souhaita la bienvenue à Laura avec des bribes de français saisies au vol pendant son service militaire. La mère adressait à Laura des sourires encourageants, lui tapotait le bras et l'invitait par des gestes à se servir sans hésiter en nourriture et boissons.

Laura souriait elle aussi et fit dire par Emil qu'elle regrettait de ne pas comprendre encore un mot de suisse allemand, après quoi elle se cala sur son siège et écouta la conversation des beaux-parents avec leur fils qu'ils n'avaient pas vu depuis cinq ans. Elle observa leurs visages émus et leurs mains noueuses et songea qu'elle était arrivée chez de bonnes gens, des gens paisibles et travailleurs avec lesquels elle ne devrait pas avoir trop de mal à vivre en paix pendant quelque temps.

Après le repas, Emil et son père descendirent à l'auberge chercher les bagages et la mère montra à Laura les toilettes et la buanderie. Avant de se coucher, elle rangea les vêtements dans l'armoire avec la ferme résolution de s'installer et de ne pas songer tout de suite à repartir.

À Bottighofen, une coutume voulait depuis des siècles que, la dernière semaine d'octobre arrivée, les paysans placent des fenêtres supplémentaires devant les leurs et des coussins en forme de polochon sur leurs rebords. Laura comprit que l'hiver serait long et rigoureux et que les fenêtres solidement closes ne seraient plus rouvertes avant le printemps.

C'était la période la plus sombre de l'année. Les nuits étaient longues et les jours si courts qu'on passait directement du lever à la tombée du jour. De temps en temps, il tombait un peu de neige. Sur les pâturages, des vaches trempées s'abritaient, la tête pendante, sous des pommiers dépouillés. Emil se rendit utile en refaisant avec son père la toiture en tuiles d'une grange. Laura aidait sa belle-mère à la cuisine et faisait de grandes promenades dans les collines qui surplombaient le village pour que les enfants prennent le grand air.

Mais la deuxième semaine, la belle-mère fit comprendre à Laura avec des gestes gentils qu'il faisait froid dehors et qu'elle pouvait laisser les petites avec elle à la cuisine si elle voulait prendre l'air. Et quand Laura rentra d'une longue promenade insouciante lors de laquelle, pour la première fois depuis longtemps, elle n'avait dû que se soucier des endroits où elle, et elle seule, posait les pieds, elle trouva les deux fillettes et leur grand-mère à la cuisine dans une atmosphère tout bonnement vibrante de bonheur. Le lendemain, lorsqu'elle sortit de nouveau, personne ne s'en aperçut et elle alla dorénavant régulièrement se promener seule aussi longtemps qu'elle en avait envie.

Il y avait, dans les hauteurs près de la ruine de Liebburg, un banc depuis lequel Laura s'offrait un beau panorama sur le lac de Constance qui se perdait au loin dans un horizon gris plomb et se confondait avec le brouillard de la rive allemande. Laura s'y asseyait chaque après-midi et fumait des cigarettes en pratiquant les mots de suisse allemand que sa belle-mère lui avait appris, avec une fierté timide, de son âpre idiome rural. Elle gardait ces mots facilement en mémoire – et s'entraînait aux nuances claires et douces du dialecte de Thurgovie qui allait si bien aux femmes et donnait même aux hommes une note féminine ; elle le faisait avec l'opiniâtreté d'une musicienne qui a déjà la note juste dans l'oreille et a l'ambition nécessaire pour la reproduire avec exactitude.

Laura était fermement résolue à apprendre le suisse allemand pour le parler aussitôt que possible sans accent. Elle avait été accueillie à Bottighofen par des gens bienveillants, aimables et généreux. Elle entendait rester auprès d'eux, nulle part elle ne se trouverait aussi bien.

Et si son cœur devenait lourd lorsqu'elle descendait sur les chemins bourbeux entre les champs ou à la vue des fermes tapies dans le paysage et des corneilles sautillant d'un sillon de champ à l'autre en picorant les graines, elle se consolait à l'idée que les jours rallongeraient après Noël et qu'il ne se passerait alors plus guère de temps avant que les mille pommiers des coteaux de Bottighofen, aujourd'hui noirs et semblant morts, ne refleurissent d'une blancheur rosée.

Mais arriva un matin ensoleillé où Laura sortit avec un panier de linge de la buanderie qui se trouvait dans une cabane à quelques pas de la maison d'habitation. L'eau de la neige qui fondait gouttait des toits, sur le chemin qui conduisait devant la maison Emil Fraunholz était arrêté, la main gauche posée sur la joue comme quelqu'un qui a une information à transmettre, pas une très importante, certes, mais tout de même désagréable. Laura s'immobilisa et le regarda.

Tout va bien ? demanda-t-il.

Laura fit oui de la tête.

Tu vas étendre du linge ?

Comme tu vois.

Écoute, Laura. Emil se frotta la nuque en la regardant en biais d'un air gêné. Je me demandais…

Quoi ?

Je me demandais si tu ne pourrais pas à l'avenir ne plus étendre le linge dans le jardin devant la maison, mais derrière. Près de l'étable pour les chèvres.

Il n'y a pas de corde à linge là-bas.

Ma mère vient d'en installer une.

Derrière la maison, c'est à l'ombre et il n'y a pas de vent. Le linge ne séchera jamais.

Les vêtements épais ne sèchent pas, tu as raison. Mais les autres, oui.

Tu veux que j'accroche les vêtements épais devant la maison et le reste derrière ?

Rien que la lingerie. Rien que ta lingerie.

Rien que *ma* lingerie ?

C'est ma mère qui te prie de faire ainsi.

Ta mère a installé une corde à linge exprès pour moi ? Pour *ma* lingerie ?

Emil fit oui de la tête.

Qu'est-ce qu'elle a contre ma lingerie ?

Rien, ne comprends pas ça de travers.

Non ?

C'est seulement que les gens peuvent voir ta lingerie quand elle est étendue devant la maison.

Je porte de la lingerie normale. Elle n'est pas le moins du monde…

Ce n'est pas ça.

Alors quoi ?

Les gens peuvent voir ta lingerie, c'est tout. Donne-moi le panier, je vais le porter à ta place.

Laura éclata de rire et s'écarta pour qu'Emil ne puisse pas lui prendre le panier.

Et le linge de ta mère ? Il est invisible ?

Non. Mais on ne peut pas voir de loin à qui il appartient.

Et pour mon linge, ça se voit ?

On le voit de partout.

C'est ridicule. Mon linge est presque aussi sage que celui de ta mère. Dieu sait que je fais attention.

Ce n'est pas de ça qu'il s'agit. Maintenant, donne-moi ce panier, s'il te plaît.

Alors de quoi s'agit-il ?

Les gens s'aperçoivent au premier coup d'œil que ton linge n'est pas d'ici. C'est comme si tu avais écrit ton nom dessus, tu comprends ? Le linge de ma mère, c'est du linge d'ici tout à fait ordinaire, c'est pour ça qu'on ne voit pas que c'est celui de ma mère. Il ressemble exactement à celui de ma sœur. Ou de la voisine.

Ça, c'est vrai. Ou à celui de ton père.

D'ailleurs, ma mère trouve ton linge très joli. Mais les gens peuvent voir que c'est le tien, voilà.

Je suis désolée que mon linge te gêne.

Il faut que tu comprennes que nous ne sommes pas à Marseille. Les gens regardent notre corde à linge et voient exactement ce qui est étendu. Et alors, le dimanche à l'église, ils se tordent le cou et rient sous cape parce qu'ils savent ce que tu portes sous ta jupe.

C'est vrai ?

Je suis désolé.

Emil et Laura se regardèrent. Le panier était posé entre eux. Nul besoin de paroles supplémentaires, ils avaient tout dit et tout compris. Emil écarta les bras et leva les paumes comme quelqu'un qui implore la compréhension pour quelque chose qui va de soi. Laura acquiesça d'un air pensif.

Alors je vais derrière la maison.

L'après-midi, elle décrocha de la corde son linge sec, l'emporta dans sa chambre et le plaça dans son vieux et élégant bagage à main, avec ses jupes, ses affaires de toilette et son passeport. Puis elle sortit sa valise sans bruit de la maison et la cacha derrière un tas de bois de chauffage.

Après le dîner, elle coucha les enfants, mit dans le poêle le charbon pour la nuit et ressortit de la maison pour faire comme à son habitude quelques pas dans la pommeraie en fumant la dernière cigarette de la journée. Lorsqu'elle arriva devant le tas de bois, elle s'empara de sa valise d'un unique geste rapide, marcha sans hâte jusqu'au bout de la pommeraie, escalada la clôture et longea le cours d'eau, le Stichbach, jusqu'au moulin, avant de gravir la colline. Arrivée à la ruine de Liebburg, elle s'assit sur le banc, regarda en guise d'adieu vers le village de Bottighofen plongé dans l'obscurité nocturne et pleura ses deux filles et Emil Fraunholz. Elle sortit son mouchoir, essuya ses larmes, se leva et reprit sa route vers le sud d'un pas résolu en direction de la gare la plus proche.

7

Plus son séjour en Grèce se prolongeait, plus les poches d'Émile Gilliéron se remplissaient d'argent – pas seulement de drachmes, également de francs or, de livres sterling ainsi que de goldmarks et de dollars. Après dix ans au service de Schliemann, il avait atteint une prospérité largement suffisante pour se faire construire sa maison au bord du Léman, il aurait aussi pu la faire splendidement décorer et vivre un bon moment sans revenus d'une activité professionnelle. Et malgré tout, d'année en année il repoussait le retour au pays. Plusieurs fois l'an, il recevait une lettre de sa mère qui lui demandait s'il avait assez à manger en Grèce et s'il s'habillait chaudement, et si d'une manière générale il n'avait pas le mal du pays. Chaque fois il lui répondait que son souhait le plus cher était de rentrer immédiatement, mais qu'étant marié, il n'était plus seul à prendre les décisions importantes dans la vie.

Ce n'était pas faux. Son épouse lui avait fait comprendre à plusieurs reprises sans ambages que, native d'Athènes, elle ne pouvait guère se faire à l'idée de passer le reste de sa vie dans une haute vallée enneigée en compagnie de loups et d'ours en liberté. De plus, il faudrait emmener sa mère, veuve, et sa sœur restée fille ainsi que leur fils Émile junior qui s'épanouissait avec bonheur à Athènes en batifolant dans les rues.

Tout cela empêchait effectivement Émile Gilliéron de rentrer à Villeneuve. Mais l'obstacle le plus important, qu'il dissimulait honteusement à sa mère, était l'argent. Ses affaires marchaient trop bien pour qu'il y renonce. Car il avait beau aimer la bohème, il n'en était pas moins resté au plus profond de lui-même un fils d'instituteur d'origine paysanne pour qui il fallait cueillir les pommes quand elles étaient mûres. Et comme ses pommes à lui étaient maintenant vraiment mûres et que la fin de la récolte ne se profilait pas encore, il repoussait chaque année son retour et devint malgré lui sédentaire et fortuné.

À cette époque, l'argent coulait à flots vers Athènes. Avec ses découvertes troyennes, Heinrich Schliemann avait déclenché dans l'Occident entier une ferveur inédite pour la Grèce ; s'il annonçait au monde entier qu'il venait de découvrir le trésor de Priam, le monde entier voulait voir ce trésor. Mais comme le trésor de Priam ne pouvait être exposé simultanément dans tous les musées de Berlin, Paris, Londres et Boston, les candidats recalés réclamaient au moins des copies conformes à l'original – et cela à n'importe quel prix.

Or ces copies, nul autre qu'Émile Gilliéron ne les leur fournissait, il était exactement l'homme qu'il fallait pour cette tâche. D'abord, il était présent sur les lieux de fouilles lorsque les précieuses pièces revoyaient la lumière du jour pour la première fois après des millénaires ; ensuite, il avait un regard d'artiste exercé et savait estimer leur valeur. Enfin, il était le premier à nettoyer et recomposer les objets découverts lorsqu'ils étaient brisés. Or, brisés, ils l'étaient presque tous, car des tonnes de terre avaient pesé sur eux durant des milliers d'années.

Recomposer ces puzzles procurait un immense plaisir à Émile Gilliéron, il maîtrisait admirablement ce jeu avec la facilité qui avait tant impressionné Schliemann lors de leur première rencontre ; si une pièce importante du puzzle lui manquait, par exemple le bras gauche d'une statuette en or, il descendait en personne dans la fosse et la cherchait. Si le bras demeurait absolument introuvable, il en produisait une esquisse montrant à quoi il devait ressembler dans la logique des choses, et le faisait réaliser à Athènes par un orfèvre de confiance. Et si un vase était détruit au point qu'on ne puisse plus le sauver malgré la meilleure volonté du monde, il faisait confectionner un vase neuf qu'il peignait de sa main avec des motifs qu'il avait trouvés sur les tessons. Si le résultat lui plaisait, il en faisait réaliser trois ou quatre copies, parfois dix d'un coup. Et avant que ses copies ne soient expédiées de par le monde, il en faisait des aquarelles et des dessins à l'encre qu'il vendait à bon prix à des revues scientifiques, des dictionnaires et des magazines féminins.

Les années passèrent. Son fils, Émile junior, grandissait. L'appartement devint trop petit. De plus, la belle-mère prenait de l'âge et il fallut la prendre chez soi, et avec elle la domestique et la belle-sœur restée célibataire. Aussi Gilliéron fit-il construire pour sa famille grecque une spacieuse villa sur une colline à la périphérie nord de la ville, où paissaient encore des moutons et où les terrains étaient bon marché. Cela lui coûta toutes ses économies, mais il avait un beau panorama sur l'Acropole et c'était de l'argent bien investi, car la ville s'étendait vite et aurait bientôt avalé les champs. Les caisses étaient maintenant vides. Émile Gilliéron, qui peu avant était encore un homme jeune et fortuné avec de brillantes perspectives d'avenir, se retrouvait soudain chef de famille et chargé de lourdes responsabilités et de multiples engagements financiers. Il resterait encore longtemps au service de Schliemann, c'était sûr et certain.

Quand son fils eut cinq ans, le miracle fut évident : il avait hérité du don de son père. Dès qu'Émile junior avait un crayon et du papier à portée de main, il dessinait tout ce qui l'entourait – ses parents, la coupe de fruits sur la table, la vieille qui vendait du bois au coin de la rue – et cela avec une précision, une netteté et un sens du détail incroyables, et avec cette même indifférence envers son propre don qui avait caractérisé son père dans sa jeunesse. Ce dernier observait avec des sentiments mitigés son fils réaliser en un tournemain sous les yeux des touristes des esquisses de l'Acropole tout à fait passables et les vendre pour une jolie somme. D'un côté, il était content que ses capacités se soient transmises à son fils et que ce dernier manifeste de l'habileté commerciale en vendant ses œuvres. D'un autre côté, il se sentait relégué au second plan dans ses mérites personnels si son côté artistique n'était rien d'autre qu'un effet des lois de Mendel. Mais Émile senior entrevoyait aussi les perspectives commerciales qu'ouvrirait une entreprise commune du père et du fils, et il commença tôt à emmener Émile junior avec lui sur les champs de fouilles et l'instruisit dans tous les domaines des arts plastiques.

Peu après la Noël 1890, Heinrich Schliemann mourut dans d'affreuses souffrances d'un cholestéatome purulent dans l'oreille moyenne que ses médecins allemands avaient en vain tenté d'opérer. Sa jeune veuve eut beau annoncer aussitôt au monde entier qu'elle comptait poursuivre dans le même esprit l'œuvre archéologique de son époux, elle conseilla en privé à Émile Gilliéron de trouver rapidement un nouveau gagne-pain, car elle n'avait pas l'intention de continuer à jeter sa fortune par les fenêtres pour des chimères homériques.

Cela fut aisé pour Émile Gilliéron qui, au fil des ans, s'était forgé la réputation confortable de dessinateur d'antiquités le meilleur, le plus fameux et le mieux payé de Grèce. Certes, l'argent lui filait entre les doigts car sa grande famille s'était habituée à un certain train de vie. Mais l'École française d'archéologie d'Athènes, qui l'employait souvent comme conseiller scientifique et comme dessinateur, appréciait ses services car, si on le lui demandait, il délaissait toutes les divagations à la Schliemann et s'entendait à concilier l'habileté de l'artisan avec la précision et la rigueur scientifiques. En plus, il donnait des cours de peinture aux enfants de la famille royale et se rendait si souvent au palais que les chiens royaux n'aboyaient même plus quand il prenait un raccourci par les jardins ; dès la deuxième année, la reine l'autorisa à laisser ses pantoufles dans l'entrée. Et lorsqu'en 1896 eurent lieu à Athènes les premiers Jeux olympiques des temps modernes, le prince Nicolas le chargea au nom du Comité olympique de dessiner une série de timbres pour la Poste grecque.

Néanmoins, depuis la mort de Schliemann, sa branche d'activités la plus lucrative était la réalisation de copies fidèles destinées au marché international. Ce fut donc un coup dur lorsque le Parlement grec vota en 1899 une loi rendant l'exportation d'œuvres antiques ainsi que la fabrication et la vente d'imitations passibles de peines allant jusqu'à cinq ans de prison. Émile Gilliéron n'eut certes aucune difficulté à maintenir une production discrète dans des arrière-cours secrètes et à faire sortir la marchandise du pays en empruntant des voies clandestines ; mais les commandes furent beaucoup moins nombreuses, de grands musées comme le British Museum et le Louvre ne pouvant plus se permettre de posséder dans leurs collections des pièces à l'origine obscure.

Les recettes diminuaient, mais les besoins en argent restaient élevés. Émile n'était plus un jeune homme, il allait sur la cinquantaine, s'était laissé pousser une abondante barbe à l'impériale qui blanchissait désormais et il avait pris goût à certains agréments. Sa femme, sa belle-mère et sa belle-sœur elles aussi avaient des dépenses fixes pour le ménage et leurs affaires personnelles ; quant à Émile junior, qui avait maintenant quinze ans et commençait à porter des vestes bleues, il fréquentait le lycée français et s'adonnait dans son temps libre aux coûteuses distractions de la jeunesse dorée locale.

Ce fut donc un soulagement pour Émile Gilliéron lorsqu'il reçut début avril 1900 une lettre de Crète où on lui demandait s'il était prêt à apporter de toute urgence son aide pour des fouilles. L'expéditeur était un rentier anglais du nom d'Arthur Evans que Gilliéron avait rencontré dans les années 1880 sur les champs de fouilles de Tirynthe et de Mycènes. Émile savait qu'Evans, fils d'un prospère fabricant de papier, touchait une rente généreuse en livres sterling qui lui assurait une richesse pratiquement illimitée dans les pays démunis de la Méditerranée. Depuis que sa femme Margaret était morte de la tuberculose à Alassio, il ne portait plus que des cravates noires, utilisait du papier à lettres bordé de noir et arpentait les rives de la Méditerranée en veuf solitaire féru d'archéologie.

Evans était atteint d'une forte myopie et ne voyait presque plus rien au-delà de son bras, mais il se refusait par vanité à porter des lunettes. Quand il visitait un site archéologique, comme il ne voyait pas où il mettait les pieds, il allait à tâtons en s'aidant d'une canne. Cela dit, de près, ses yeux bleus voyaient les objets avec une très grande netteté et il discernait des détails qui échappaient à d'autres.

Arthur Evans était un homme intelligent, raffiné et patient. Depuis les fouilles de Schliemann, il était tenaillé par le désir de conférer à sa vie qui s'était jusque-là écoulée dans l'oisiveté la grandeur qui lui manquait, et cela grâce à une découverte d'importance comparable. Après la mort de sa femme, il s'était rendu en Crète et, en usant de ruses et de stratagèmes, en se livrant six ans durant à un travail de fourmi, il avait acheté tous les pâturages à moutons et les oliveraies au sud de la capitale Candie, sur la colline de Képhala infestée par la malaria, là où l'on soupçonnait depuis longtemps que se situait à l'âge du bronze la cité de Cnossos.

Et au matin du vendredi 23 mars 1900, une fois les autorisations de fouilles enfin délivrées, il avait quitté la ville à dos d'âne pour se rendre jusqu'à la taverne devant laquelle des centaines de femmes et d'hommes de tous âges l'attendaient et avait engagé trente-deux d'entre eux comme fouilleurs, pelleteurs, portefaix et laveuses. Puis il les avait équipés d'ustensiles pour creuser et nettoyer et conduits dans les oliveraies avec pour mission expresse d'y découvrir une ancienne civilisation européenne qui puisse se mesurer à celle des pharaons et des Sumériens.

Et comme Evans savait si bien ce qu'il cherchait, il le trouva effectivement.

Après quelques jours d'essais de fouilles peu concluants, il orienta les ouvriers vers le sommet de la petite colline qui se trouvait au milieu de la plaine. Un enchevêtrement de murs préhistoriques apparut sur plusieurs hectares, en un agencement troublant de lignes parallèles et perpendiculaires très serrées. Arthur Evans comprit tout de suite ce qui s'offrait à sa vue : le labyrinthe du roi Minos, fils de Zeus et d'Europe, le lieu où Thésée avait abattu le Minotaure mangeur d'hommes et avait, grâce au fil de la pelote de laine rouge de la princesse Ariane, retrouvé la sortie. Quand apparut au pied d'un mur un bassin, Evans l'identifia comme la baignoire d'Ariane. Et lorsqu'on découvrit dans une chambre un siège taillé dans le roc avec un haut dossier pris dans le mur, Arthur Evans fut convaincu d'avoir sous les yeux le trône du roi Minos.

C'étaient là bien sûr des balivernes dans la plus pure tradition schliemannienne, car, observé au grand jour, le trône était simplement un siège de pierre vieux de quatre mille ans et le bassin un vieux bassin, et quant aux murs, d'eux non plus on ne pouvait, avec sincérité, pas dire grand-chose sinon qu'ils étaient en pierres grossièrement taillées et formaient dans leur ensemble un enchevêtrement de mille petites pièces qui avaient sans doute servi d'on ne savait quoi à un peuple inconnu, quatre mille ans plus tôt, avant d'être détruites par un tremblement de terre.

Mais les objets que trouvèrent les ouvriers en creusant dans la terre située entre les murs dépassèrent toutes les attentes : des poteries de qualité restaient en grand nombre dans les tamis, tout comme des bijoux et des sceaux ouvragés, des bassins en pierre et en cuivre ainsi que des figurines en ivoire délicatement ciselées et, par centaines, de petites tablettes de terre couvertes d'une langue jusque-là inconnue qu'Evans interpréta comme les premiers textes de loi en terre européenne. Mais la plus importante des découvertes était que les murs de Cnossos étaient recouverts de bout en bout de fresques colorées sur lesquelles une civilisation riche et sensuelle – Evans la baptisa minoenne – avait laissé des témoignages sur elle-même.

Certaines parties de l'enduit à la chaux portant des peintures tenaient encore aux murs, mais des centaines, des milliers de fragments s'en étaient décrochés et, avec leurs couleurs lumineuses, étaient enfouis dans la terre d'où les ouvriers les avaient mis au grand jour avec leurs pelles puis transvasés dans leurs tamis. Certains fragments montraient des bras, des jambes et des oreilles humaines ou des lys, des roses et des fougères disposés géométriquement, d'autres des cornes de taureaux, des paons et des faisans, des queues de singes, des chiens, des oliviers et des voiles de navires. Certains avaient la taille d'une assiette à soupe et d'autres n'étaient pas plus grands que l'ongle d'un doigt, ils étaient disséminés à travers le terrain et, dorénavant, exposés aux intempéries, aux bottes des ouvriers et aux sabots des chèvres. Pour éviter que ces fragments ne tombent en poussière, il fallait les mettre à l'abri sans tarder, les nettoyer et les assembler. Et Arthur Evans savait que nul n'était plus apte à cette tâche qu'Émile Gilliéron.

Il semble que Gilliéron ait laissé tout en plan à Athènes lorsqu'il reçut l'invitation du riche Anglais. La traversée en vapeur postal du Pirée jusqu'à Candie durait une journée et demie par beau temps, le trajet à dos de mule sur une selle en bois depuis le port jusqu'à Cnossos une heure et demie. Arthur Evans nota dans son carnet à la date du 10 avril 1900 que Gilliéron, aussitôt arrivé sur le champ de fouilles, avait commencé à trier les fragments.

Comme on aurait aimé pouvoir y assister. Ces jours-là, Notos soufflait, ce vent du sud, léger et chaud, apportant du sable du désert de Libye, traversant la mer où il se chargeait d'humidité et donnait au ciel de Crète une mauvaise coloration jaunâtre. On peut imaginer les deux hommes dans l'oliveraie, en sueur, à l'ombre d'un dais blanc, debout devant une grande table et déplaçant en tous sens, tels des écoliers s'amusant avec un puzzle, des fragments vieux de quatre mille ans, mettant les morceaux bleu ciel avec les bleu ciel, les écarlates avec les écarlates, et se serrant les mains, triomphants, quand un morceau s'adaptait exactement à un autre. Mais ce genre de succès était rare, de petites parties formant un tout étaient toujours entourées de vastes surfaces d'un vide béant. Et comme l'homme est ainsi fait qu'il ne supporte pas l'idée du vide, il se passa peu de temps avant qu'Evans et Gilliéron ne se lancent dans des conjectures pour combler les trous entre les fragments, là où l'on voyait le bois de la table.

Nous ne saurons jamais ce qui se trouvait là, disait Gilliéron, habitué à ce genre de conversations et saisissant l'occasion pour explorer les mécanismes psychiques de son nouvel employeur.

Bien sûr que non, disait Evans. Mais quelle misère si nous nous satisfaisons de ces fragments tels qu'ils sont là devant nous ! Cela ne dit presque rien, vous ne trouvez pas ?

Hélas, en effet.

Et pourtant il ne faut pas tant d'imagination que cela pour se figurer la manière dont le dessin continue çà et là.

C'est vrai.

Par exemple, là où il y a un genou, le prolongement sera sans aucun doute une jambe, puis un pied. Et à l'extrémité opposée, il y aura avec quelque vraisemblance, si vous me permettez, le postérieur. Et s'il y a huit palmiers à l'arrière-plan, il n'est pas absurde de continuer la série avec un neuvième et un dixième palmier. Vous ne pensez pas ?

Je comprends très bien. On peut toujours peindre quelque chose, car après tout, le monde a une certaine logique. Je soumettrai seulement à votre réflexion que, d'un point de vue purement scientifique, rien ne doit figurer qui ne soit déjà là. Dans la science, vous le savez, seuls les faits comptent.

Ah, la science, avec ses faits. La science aussi est pleine de lacunes, rétorqua Evans.

Certes. Mais elle a pour devoir d'expliciter ces lacunes et de s'en contenter tant qu'elles existent.

Au contraire, s'écria Evans. Les savants sont les premiers à enrichir – à *devoir* enrichir – leur savoir lacunaire par des rêves ! Ce sont précisément les archéologues et les historiens qui n'auraient rien à raconter du tout s'ils s'en tenaient strictement à leurs données empiriques. Toute science est narration et, d'un fait à l'autre, elle saute par-dessus les lacunes du savoir. Les faits sont les plus petites parties indivisibles de la science, et entre eux s'ouvrent des univers de vide béant. Ou bien connaissez-vous un seul savant qui interprète les faits dont il dispose sans recours à la métaphysique ?

Aucun, confirma Gilliéron.

Savez-vous ce qui reste de la science si elle s'en tient strictement aux faits et n'imagine rien ?

Pas grand-chose.

Rien du tout. Ce chipotage ! Ce chipotage terre à terre et stérile !

Là, vous avez raison, dit Gilliéron.

Vous voyez bien. C'est pour cela que notre devoir est de combler ces lacunes. Le sort de l'homme est que son savoir est toujours lacunaire. C'est uniquement pour cette raison que nous portons dans nos cœurs la foi, l'amour et l'espérance : afin de mettre en relation les fragments de notre savoir et de pouvoir croire que tout a un sens ici-bas. Vous n'êtes pas de cet avis ?

Je suis entièrement de votre avis, répondit Émile Gilliéron, qui avait maintenant compris son employeur et avait seulement besoin de savoir quel genre d'images Arthur Evans avait à l'esprit. Vous croyez donc, demanda-t-il prudemment, que nous avons devant nous le vrai palais du roi Minos ?

Permettez-moi de développer cela, répondit Evans. Il me semble évident que nous avons là le plus grand et le plus beau des palais jamais construits en Crète. Êtes-vous d'accord avec moi ?

Il semble bien, dit Gilliéron.

Se pose maintenant la question du maître d'ouvrage. Qui a bâti le plus grand et le plus beau palais de Crète ? La réponse se trouve chez Homère, Hésiode et Hérodote, qui sont tous les trois d'accord. Alors selon vous, qui a bâti le plus grand et le plus beau palais de Crète ?

Le roi Minos, répondit Gilliéron en cachant son agacement d'être traité par Evans comme un écolier.

Vous voyez. Et où à part en cet endroit de Crète pourrait bien avoir été situé le palais de Minos ? A-t-on trouvé autre part sur cette île un site d'une telle splendeur et de cette taille ? Ou bien, pour formuler la question en sens inverse : qui pourrait bien avoir construit ici ce palais imposant sinon le roi Minos ?

Après ces clarifications, les deux hommes se mirent au travail. La grande table sous le dais blanc fut désormais le lieu de travail de Gilliéron ; les ouvriers lui apportaient tous les fragments qui se présentaient dans leur tamis. Arthur Evans augmenta le nombre d'ouvriers, le portant d'abord à cent, puis à cent quarante. Il se fit dresser une tente militaire en bordure du champ de fouilles et hissa l'Union Jack.

Evans et Gilliéron étaient les premiers sur les champs de fouilles avant le lever du soleil et les derniers le soir à la tombée de la nuit. Les deux hommes, qui avaient le même âge à quelques mois près, travaillaient ensemble comme un couple inégal. Ce qu'Evans, myope, décelait dans les détails, Gilliéron le replaçait dans un contexte qu'ils avaient rêvé tous deux auparavant. Le sol était encore lourd et humide des averses hivernales, les anophèles se multipliaient à plaisir. Gilliéron fut épargné par la malaria, mais Evans tomba sérieusement malade. Quand il ne tenait plus sur ses jambes, il s'allongeait devant sa tente militaire et les ouvriers devaient lui apporter jusqu'à son lit de camp pour un premier examen tous les objets qu'ils avaient trouvés.

Malgré les frissons et la diarrhée, ce printemps 1900 à Cnossos fut pour Evans la période la plus heureuse de sa vie. Les découvertes dépassaient ses plus folles attentes. Il avait bel et bien trouvé une ancienne civilisation inconnue jusque-là, supérieure aux découvertes de Schliemann pour ce qui était de la vivacité et du raffinement. Non seulement les Minoens avaient laissé des témoignages écrits – ce que Schliemann avait cherché en vain à Troie, Tirynthe et Mycènes –, mais leur langage pictural attestait aussi un plaisir de la spontanéité et de l'improvisation, un sens de la beauté fugace de l'instant vécu, face auxquels tout l'art des anciens Égyptiens, Sumériens et Grecs ne pouvait paraître que raide et figé.

À cela s'ajoutait que ce royaume insulaire minoen rappelait à maints égards à Evans, ce natif d'Angleterre, sa patrie victorienne. Pour lui, il était manifeste que Cnossos, pas plus que Londres, n'avait pu accéder à la richesse grâce au sol avare de ses environs. Il en déduisait que les Minoens avaient dû être un peuple de marins et de commerçants, comme les Britanniques, protégeant leur empire colonial mondial par une forte puissance militaire. Et manifestement le royaume du roi Minos avait atteint la prospérité suprême peu avant sa chute, imminente aussi pour l'Empire victorien – “cette pierre précieuse enchâssée dans une mer d'argent – qui la défend, comme un rempart”, ainsi qu'on lit dans Shakespeare.

Ce qui procurait le plus grand plaisir à Evans, c'était que toutes les découvertes correspondaient parfaitement à l'image qu'il s'était faite du palais de Minos d'après la description qu'en donne Homère. Le labyrinthe, le perron, le trône – tout y était. Il ne manquait plus que la salle de danse en albâtre que Dédale avait construite pour la princesse Ariane avant de s'enfuir par les airs avec son fils Icare sur des ailes de sa fabrication.

Grande fut donc l'agitation lorsque, les 3 et 4 mai 1900, les ouvriers trouvèrent dans une salle tout juste ouverte huit fragments d'une fresque qui, assemblés, montraient un buste délicat à la peau bleutée qui, en position penchée, tordait bras et jambes d'une manière particulière. Arthur Evans fut convaincu au premier regard d'avoir devant lui l'image d'une jeune fille dansant, cette salle ne pouvait donc être que la salle de danse d'Ariane, et cela d'autant plus que le sol était en albâtre blanc. Evans nota cette découverte dans son carnet, puis demanda son avis à Gilliéron. Ce dernier avait désormais l'habitude de laisser ses employeurs décider, il ne recommanda pas moins de faire tout d'abord bien nettoyer les fragments. Cela fait, Evans dut convenir que le personnage sans tête était bien trop robuste et étroit de hanches pour être une jeune fille, et que le garçon bleu, ainsi qu'on le nomma dorénavant, ne dansait pas, mais cueillait du safran dans un champ de fleurs. Aussi biffa-t-il la jeune fille dans son carnet et nota-t-il les nouvelles informations tandis qu'Émile Gilliéron touilla du plâtre, du mortier et des pigments, donna un visage humain à la silhouette bleue et compléta le fond pour en faire un champ de safran complet.

Ce portrait passa dans l'histoire de l'art sous le nom de "Blue Boy", exemple émouvant de l'aimable légèreté de l'art minoen – et il conserva sa place même lorsque des pièces supplémentaires du puzzle révélèrent des années plus tard que le Blue Boy n'était nullement un jeune homme, mais un singe qui cueillait du safran, et que Gilliéron, n'ayant pas identifié sa longue queue recourbée, l'avait intégrée loin du singe dans la prairie fleurie.

Le travail progressait. Le 16 mai, les ouvriers découvrirent une chambre dont les parois avaient été décorées avec des dessins de taureaux et des scènes de combat. Arthur Evans en déduisit qu'il avait atteint le cœur du labyrinthe minoen – la chambre même du Minotaure, là où tous les neuf ans sept jeunes garçons et sept vierges envoyés d'Athènes trouvaient une triste fin.

Émile Gilliéron comprit qu'Evans avait à cœur de présenter au monde des scènes de tauromachie vivantes et expressives. Mais la difficulté résidait dans le fait que les fragments étaient très différents par leur structure, leur coloration et leur épaisseur, car ils avaient fait partie de plusieurs fresques sur plusieurs murs. Comme la plupart d'entre eux ne représentaient guère plus que des taches marron et évoquaient à peine plus que des mottes de terre sur le pâturage de chèvres, Émile les rassembla et les déplaça sur la table jusqu'à ce que, nonobstant leurs provenances diverses, ils forment à eux tous une jolie scène de tauromachie savamment composée – c'est-à-dire jusqu'à ce que les pièces du puzzle s'ordonnent dans la scène de tauromachie que Gilliéron avait imaginée au préalable.

Il en résulta un superbe taureau lancé au grand galop, sur le dos duquel un éphèbe faisait le poirier, avec, à gauche et à droite, deux jeunes femmes dont l'une tenait le taureau par les cornes tandis que l'autre se tenait près de son train arrière et tendait les bras comme pour aider l'éphèbe à descendre. Cela allait à l'encontre de tout bon sens, car jamais encore sur terre un être humain n'avait pu songer à retenir par les cornes un taureau adulte galopant, de même qu'il était absolument impossible de faire le poirier sur le dos d'un bovin courant à trente kilomètres à l'heure ; enfin, pour ce qui était de la jeune femme qui s'était placée en position devant les pattes arrière de l'ongulé, elle ne pouvait l'avoir fait qu'avec une intention suicidaire.

Arthur Evans n'en fut pas moins enthousiasmé.

Fantastique ! lança-t-il à Gilliéron. C'est sans aucun doute un sacrifice humain rituel pour le dieu-taureau des Minoens, vous ne pensez pas ?

C'est bien possible, répondit Gilliéron en s'étonnant une fois de plus que tous les archéologues qu'il avait rencontrés dans sa vie aient, face à des images représentant des jeunes gens, aussitôt des fantasmes d'abattage rituel. Mais il pouvait s'agir là aussi, ajouta-t-il prudemment, d'une lutte sportive ou de quelque autre jeu.

Un sacrifice humain rituel, insista Evans. Le cas me semble patent.

Je vous ferais remarquer que nous avons extrêmement peu d'éléments, dit Gilliéron. J'ai dû prendre beaucoup de libertés.

Je comprends, rétorqua Evans. C'est le résultat qui compte.

C'est toujours risqué. On est sur un terrain glissant.

Mais cela en valait la peine, s'exclama Evans, une magnifique tauromachie ! Et qu'aurions-nous sans votre audace – ces quelques taches marron ?

Aussi Émile Gilliéron continua-t-il à travailler de cette façon.

Immédiatement à côté de la salle du trône, au nord, les ouvriers dégagèrent une pièce dont les murs avaient été ornés de nombreux motifs de personnages féminins. De certaines de ces femmes, il ne restait plus que les pieds et l'ourlet de la robe, pour d'autres que les yeux ou une épaule dénudée, mais

Émile Gilliéron leur restitua une silhouette complète, puisque après tout le corps féminin lui aussi a sa logique. Quand il eut fini son ouvrage, la fresque resplendissait d'une fraîcheur où il ne manquait rien, comme si les Minoennes avaient posé la veille ; certaines penchaient la tête l'une vers l'autre comme si elles étaient en train de se raconter les derniers potins minoens, d'autres trinquaient avec des calices, douze d'entre elles étaient curieusement assises sur des espèces de chaises de camping pourvues de fins pieds métalliques, toutes avaient de longs cheveux noirs, et certaines laissaient une mèche coquette leur tomber sur le front. Elles avaient d'immenses yeux en amande et des lèvres sensuelles peintes d'un rouge criard, certaines portaient des chaussures de sport sans talons, une jupe courte et un corsage sans col comme si elles rentraient du tennis, d'autres étaient vêtues d'un boléro ajusté et présentaient fièrement au spectateur leur poitrine nue tandis que d'autres encore portaient une tunique transparente et des rubans colorés tressés dans les cheveux et avançaient le menton avec aplomb avec l'air de dire : Suivez-moi, jeune homme.

Cette fois encore, Arthur Evans fut enthousiasmé et les spécialistes furent dans tous leurs états lorsque les images de Gilliéron furent diffusées de par le monde. Pour l'Europe rassasiée de technique, c'était un bienfait que de retrouver ses racines culturelles dans une civilisation si raffinée, joyeuse et vivante, si étrangère à la sévérité de la Grèce classique. De plus, la culture minoenne, avec ses ornements fleuris, rappelait à bien des spectateurs l'Art nouveau qui était en vogue dans ces années de Munich à New York en passant par Paris, Bruxelles et Londres.

D'aucuns, il est vrai, furent déconcertés devant ces fresques de Cnossos si modernes et si dépourvues de tout archaïsme. "Mais ce sont des Parisiennes !", s'exclama l'archéologue et historien de l'art Edmond Pottier lorsque, passant à Cnossos, il vit les beautés juchées sur leurs chaises de camping, et l'écrivain britannique Evelyn Waugh déclara ne pas vouloir se permettre de porter un jugement sur l'art minoen étant donné que tout au plus un dixième des fresques exposées avaient plus de vingt ans ; dans l'ensemble, en tout cas, on ne pouvait guère se défendre de l'impression que l'enthousiasme du restaurateur pour les couvertures de *Vogue* l'avait emporté sur la précision de l'artisan.

8

Laura d'Oriano, au terme d'une marche nocturne d'une heure trente à travers les prairies et les champs enneigés, arriva sans doute avec sa valise à Weinfelden, d'où le dernier train de voyageurs partait à 22 h 48. Au cas où elle ait attrapé ce train, elle sera arrivée à 0 h 23 à la gare centrale de Zurich et là, puisque le train suivant pour Genève ne partait qu'à 6 h 34, elle aura passé la nuit sur un banc de bois dans la salle d'attente de seconde classe. Elle ne pourra pas avoir croisé Felix Bloch une nouvelle fois cette nuit-là, car ce dernier ne se trouvait déjà plus à Zurich à la fin mars 1934, mais à l'autre bout du monde, où il faisait plein jour.

Felix n'avait pas anticipé sa fuite en Amérique, elle lui était tombée dessus comme l'expérience d'éveil qui l'avait fait passer de la production de plaques d'égout à la physique nucléaire. Après les dernières vacances de ski avec Heisenberg, il était retourné chez ses parents Seehofstrasse à Zurich pour passer l'été sans avoir de frais, en attendant octobre et le début des versements mensuels de la fondation Rockefeller. Il y avait repris ses habitudes de jeunesse, avec baignades dans le lac, randonnées dans les Alpes glaronnaises et, le samedi, football au stade du Letzigrund.

Il est fort possible qu'il ait poussé un jour jusqu'à Küsnacht à bicyclette pour s'informer à la fonderie de Fritz Christen des dernières avancées dans la production de plaques d'égout. Le lundi, il fréquentait le séminaire de l'Institut de physique théorique, où il était question principalement du neutron nouvellement découvert. Le soir, il lisait des revues spécialisées où il en était également beaucoup question.

En cet été 1933, le monde entier parlait du neutron, c'était la découverte de physique la plus excitante depuis longtemps et le plus grand espoir pour la recherche expérimentale. Le neutron n'avait rien d'approximatif ni de flou, et surtout on pouvait l'utiliser comme projectile puisqu'il ne se laissait pas détourner par des particules chargées positivement ou négativement et volait toujours bien droit. Felix Bloch avait l'intuition qu'on pourrait en tirer pas mal de choses en laboratoire – bien plus que des électrons, dont on ne savait toujours pas s'ils faisaient du saut en hauteur ou en longueur ou quoi que ce soit d'autre.

C'est pourquoi il décida d'utiliser sa bourse Rockefeller pour entreprendre une tournée européenne de physique nucléaire et se mettre au courant de l'état le plus récent de la recherche sur les neutrons. Il irait d'abord à Rome voir Enrico Fermi, qui s'était mis en tête de bombarder tous les éléments du tableau périodique l'un après l'autre avec des neutrons et d'observer ce qu'il en résultait. Puis il passerait chez Niels Bohr à Copenhague et lui soumettrait son idée selon laquelle les neutrons, même s'ils étaient neutres électriquement, pourraient tout de même avoir une charge magnétique. Ensuite il irait pour quelques mois à Cambridge chez James Chadwick, qui avait été le premier à prouver empiriquement l'existence des neutrons.

Tel était son projet, mais les choses ne se déroulèrent pas ainsi. Plus on avançait dans l'été 1933, plus il était évident que c'en serait fini pour longtemps des innocents voyages de formation à travers l'Europe. Zurich était pavoisé de quantité de drapeaux et bannières, des escadrons de protection du Front national en uniforme gris patrouillaient dans le hall de l'université. Ses camarades d'étude Fritz London et Walter Heitler s'étaient enfuis en Grande-Bretagne, ses professeurs Erwin Schrödinger et Hans Bethe aussi. Albert Einstein avait officiellement annoncé en Amérique qu'il ne reviendrait pas en Europe avant longtemps. Même Fritz Haber, le patriote allemand et vétéran du gaz toxique de la Première Guerre mondiale, avait renoncé à ses fonctions à Berlin pour protester contre les horreurs national-socialistes et avait accepté une chaire à Cambridge.

Il sautait aux yeux, en cet été 1933, que la machine de guerre s'était remise en branle et que tôt ou tard elle se déchaînerait de nouveau. Chaque matin, Felix lisait dans le journal des informations sur les camps de concentration surpeuplés et les bagarres dans des salles de parlements, les autodafés de livres dans les universités allemandes et les exécutions sommaires de koulaks en Union soviétique, la mise à l'eau de gigantesques navires de guerre et la pénurie de charbon, le durcissement des règles de délivrance des visas, le chômage de masse, la mise au pas, les pogroms, le réarmement et les émeutes dues à la famine.

Telle était la situation lorsqu'il reçut un télégramme par lequel le doyen de l'université de Stanford lui proposait une chaire de physique théorique. Felix n'avait pas la moindre idée de l'endroit où se trouvait Stanford en ce vaste monde ; mais comme le salaire proposé était indiqué en dollars, il supposa que c'était en Amérique.

Les dix jours de traversée de l'Atlantique agité par l'hiver furent le premier voyage en mer de sa vie ; il fallut huit jours pour que son estomac s'habitue au roulage et au tangage. Et quand il put enfin poser le pied sur la terre au port de New York, il fit une expérience intéressante : il fut repris par la nausée car son estomac réagissait au calme soudain de la terre ferme avec une sorte de mal de mer inversé.

Comme il lui fallait tuer le temps avant de continuer son périple vingt heures plus tard, il tourna dans Manhattan en regardant tout – les hauts immeubles, les larges avenues, les grosses voitures –, mais, à sa grande déception, il n'éprouva aucun enthousiasme. Les immeubles, c'est vrai, étaient très hauts et les rues d'une largeur remarquable – sans doute plus larges que maintes ruelles de la vieille ville de Zurich n'étaient longues –, et les voitures étaient énormes et rutilaient comme des arbres de Noël tandis qu'un flot humain dense et continu passait sur les trottoirs.

Peut-être à cause de son état de faiblesse, Felix Bloch trouva ce gigantisme généralisé certes impressionnant, mais pas particulièrement intéressant. À ses yeux, les maisons de Manhattan avaient beau se dresser jusqu'au ciel, elles n'étaient que des maisons fonctionnelles avec des fenêtres et des portes, par lesquelles les gens entraient et sortaient. Les rues avaient beau être à six ou huit voies, elles n'en étaient pas moins des rues où roulaient des voitures et des camions. Les voitures, sous tout leur chrome, leur peinture et leur tôle épaisse de plusieurs millimètres n'en avaient pas moins quatre roues, comme toutes les voitures du monde. Quant aux gens, c'étaient tout bonnement des gens. Certains se distinguaient par la couleur de la peau, des cheveux ou des yeux, et tous étaient inconnus de Felix Bloch, mais ils ne lui étaient pas pour autant étrangers. Ces gens étaient des gens. Pas de quoi s'affoler.

Le lendemain matin, il se rendit à la Grand Central Station, où le train qui devait lui faire traverser le continent pour le conduire jusqu'à l'autre bout de l'Amérique était déjà à quai. Mais au moment où il se trouva sous la voûte de l'immense hall illuminé et d'un blanc immaculé, dont le caractère grandiose ignorait toute mesure humaine, toute raison et toute utilité, il eut pour la première fois la nostalgie de la vieille et grise Europe.

Le voyage dura quatre jours et quatre nuits. Felix traversa les faubourgs de Chicago et les ponts interminables qui surplombaient le Mississippi et le Missouri à une hauteur vertigineuse. Il franchit les Rocky Mountains et longea le Colorado par des canyons orangé et violet rayés de jaune et de blanc ; il aperçut par la vitre de son compartiment des élans qui paissaient, des cerfs qui s'enfuyaient et des aigles qui tournoyaient. Le train s'arrêta à Salt Lake City, Reno et Virginia City, puis il passa poussivement la Sierra Nevada pour redescendre vers les vallées fertiles de Californie où les paysans cueillaient leurs pommes trois fois l'an et où les pépites d'or se trouvaient dans les sillons des champs. À la fin du quatrième jour, le Golden Gate Bridge, encore en construction, apparut dans la fenêtre de droite, puis le train s'immobilisa enfin dans la modeste gare de San Francisco.

Durant ces quatre jours et ces quatre nuits, Felix Bloch avait passé de longues heures à regarder par la fenêtre et, son voyage terminé, il avait appris quelque chose : dans ce pays, il lui faudrait une voiture. Il ne trouvait pas le paysage américain sensiblement plus grand que celui d'Europe car, selon ses observations, en Amérique aussi une montagne était une montagne et un fleuve était un fleuve. Ici aussi, un kilomètre ne faisait pas plus que mille mètres, et la distance séparant New York de San Francisco était, si on la considérait objectivement, bien moindre que celle séparant Lisbonne de Moscou. En outre, d'après ce que Felix Bloch avait pu constater par la fenêtre du train, les Américains vivaient, à l'écart des métropoles, dans de petites villes de dimensions européennes comptant quelques milliers d'habitants, quelques cafés et une église.

La seule différence était que ces petites villes n'étaient pas à portée de vue les unes des autres, mais séparées par des espaces interminables dans lesquels, selon les cas, la Forêt-Noire entière, la moitié de la chaîne alpine ou toute la Toscane auraient pu prendre place, et qu'un père de famille qui voulait chercher du pain frais pour le petit-déjeuner après la première messe devait, pour aller de l'église à la boulangerie, franchir trois canyons ainsi qu'une prairie où paissaient dix mille buffles.

Dans ce pays, Felix Bloch aurait besoin d'une voiture, cela lui apparut clairement à la fin de son voyage lorsqu'il sortit, sa valise à la main, de la gare de San Francisco. Il héla donc un taxi et se fit conduire chez le vendeur de voitures d'occasion le plus proche, où il se décida en un clin d'œil pour une Chevrolet Sportster de 1928 pratiquement sans rouille, avec des roues à rayons en bois et un capot laqué en rouge bordeaux dont le moteur semblait tourner assez bien, à en juger à l'oreille. Comme Felix Bloch n'avait jamais été assis à un volant, le marchand dut lui expliquer le fonctionnement du véhicule et faire quelques tours avec lui sur place, puis Felix quitta la ville avec force soubresauts et cahots et parcourut trente milles vers le sud à travers l'éternel printemps de ce pays béni.

Le trajet sur la Bayshore Highway à quatre voies tout récemment goudronnée dura une petite heure. Quand il regardait par la vitre de droite, il voyait des collines aux pentes douces qui lui rappelaient le Jura suisse. Par la vitre de gauche, il voyait des oiseaux à pattes d'échassiers qui se déplaçaient dans les eaux grises saumâtres de la baie de San Francisco. La route était sans poussière, lisse et dure. S'il regardait devant lui, il voyait de part et d'autre de la bande d'asphalte noir des poteaux télégraphiques, d'immenses panneaux publicitaires et des garages ainsi que des stations-services et des cabanes où manger un en-cas, déguisées des façons les plus improbables ; certaines étaient maquillées en temples hindous, en citrons géants, en maisonnettes de sorcière surdimensionnées ou en wigwams. Devant et derrière lui roulaient de rutilantes limousines où des gens à l'air solitaire étaient assis seuls ou à deux, suivies par des autocars grands comme des cathédrales, et souvent aussi des Ford déglinguées dont les occupants aux visages émaciés avaient fixé avec des cordes quantité de casseroles, de mâts de tente et de valises sur le toit et sur les marchepieds.

Arrivé à Palo Alto, il tourna sur la droite. Passé la gare, il atteignit une allée bordée de palmiers sur des kilomètres, qui traversait ensuite un parc aéré planté d'arbres exotiques pour conduire à l'université. Il gara sa voiture, passa sous un porche roman richement sculpté et se trouva devant une église néo-byzantine d'où partaient des arcades en grès grossièrement travaillées, disposées en rectangle et dont les toits couverts de tuiles en terre rappelaient une *hacienda* mexicaine, un monastère médiéval roman ou la concrétisation de la fantasmagorie historisante d'un magnat des chemins de fer en quête de ses racines.

Bien des années après, quand des journalistes interrogeaient Felix Bloch sur son arrivée à Stanford, il se rappelait les visages aimables, la vigoureuse poignée de main du doyen et l'agréable impression d'être accueilli à bras ouverts, d'être vraiment le bienvenu. Il se souvenait d'une soirée que les professeurs avaient organisée spontanément en son honneur, et de sa stupéfaction à la vue des étudiantes et étudiants halés et visiblement joyeux qui avaient l'air de rentrer à l'instant de la plage et de devoir aller tout de suite à un barbecue.

Effectivement, en ce mois d'avril 1934, Stanford ressemblait à un *country club* pour jeunes gens riches. Ils disposaient sur le campus d'un vaste terrain de golf à vingt-quatre trous qui passait pour le plus beau de toute la côte pacifique, ainsi que de deux lacs artificiels où se déroulaient courses de voile et régates, d'un terrain de polo, d'un stade d'*american football* pouvant accueillir quatre-vingt-dix mille spectateurs et d'un nombre inouï de gymnases, salles d'athlétisme et de sport excellemment aménagés, construits dans un style classicisant en marbre blanc et comprenant des piscines couvertes, des terrains de handball et des pistes de bowling.

Stanford comptait à l'époque cinq mille étudiants et mille étudiantes ; à en juger d'après le registre des noms figurant dans les annales de 1934, presque tous étaient d'origine anglo-saxonne, scandinave ou allemande. La plupart faisaient du sport et avaient des épaules vigoureuses, des jambes musclées et un teint superbe. Les hommes portaient des pantalons en velours côtelé et des chemises de bûcheron, les femmes des jupes coupées droites et des chaussures de tennis ; le code vestimentaire formel des universités de l'Ivy League de la côte est leur était étranger. Il n'y avait là non plus aucune de ces congrégations secrètes de l'élite dont les membres s'efforçaient de parler avec l'accent britannique et se livraient derrière des portes masquées par du lierre grimpant à de stupides rites d'initiation avec têtes de mort et masques sanglants ; les étudiants de Stanford, eux, se rendaient le week-end dans les *foothills* pêcher la truite et chasser le lapin, ou bien ils partaient pour San Francisco dans des voitures bondées danser au Mark Hopkins ou au St. Francis Hotel, qu'ils surnommaient "The Frantic".

Cette année-là, la cinquième de la Grande Dépression, plus de la moitié des étudiants avaient leur propre voiture, certains avaient même leur avion. Et tous vivaient dans la certitude tranquille que l'Amérique était d'une force inattaquable et qu'eux-mêmes, grâce à la richesse héritée de leurs parents, seraient à l'abri de la faim, de la maladie, de la pauvreté et de toute autre forme de malheur jusqu'à la fin de leurs jours.

Felix Bloch comprit qu'il était arrivé du côté ensoleillé de la vie, l'obscurité du monde était derrière lui. Mais Stanford n'avait pas d'Institut de physique théorique. Sa mission était d'en créer un.

Le premier cours que Felix Bloch proposa à Stanford fut un séminaire sur la théorie du rayonnement bêta d'Enrico Fermi. Il trouva dans la salle une douzaine d'étudiants bien nourris, aux visages roses, qui le dévisagèrent avec curiosité, leur crayon bien taillé posé sagement sur la première page de leur cahier flambant neuf. Mais lorsqu'il se mit à parler, les crayons, au lieu de voler sur le papier vierge, restèrent posés en haut à gauche, car les étudiants ne comprenaient pas un mot de ce qu'il disait. Felix Bloch comprit qu'il avait affaire à des novices, de dix ans plus jeunes que lui, qui n'avaient donc même pas vingt ans, et que les bases leur manquaient pour comprendre les présupposés d'une introduction à la physique quantique. Aussi abandonna-t-il ses notes et improvisa-t-il un nouveau programme dans lequel il s'efforça de ne supposer acquis aucun préalable ni aucune notion spécialisée. En premier, il expliquerait à ses étudiants comment il se fait que la pomme tombe de la branche tandis que la lune reste au ciel ; ensuite, il montrerait pourquoi la vapeur de la bouilloire siffle et pourquoi les icebergs fondent mais ne coulent pas ; et à la fin de l'année, si le temps y suffisait, il dirait pourquoi la foudre s'abat toujours sur les cimes des plus hauts sapins, épargnant dans la mesure du possible les plantes plus basses.

Felix Bloch avait eu conscience que la physique nucléaire était dans l'Ouest des États-Unis un champ inexploré, il avait su également que l'université de Stanford était orientée vers la pratique et que l'on s'y intéressait à la théorie avant tout en fonction de ses applications concrètes. Il n'en fut pas moins ébranlé à l'idée qu'il était le seul à deux mille milles à la ronde à s'être jamais occupé de mécanique quantique et que sa mission serait de proclamer dans cette partie du monde l'évangile de ce domaine.

En tant que physicien, Felix Bloch se sentait à Stanford comme un naufragé et, même durant son temps libre, il lui était difficile de prendre part avec l'enthousiasme requis aux rituels mondains qui étaient fréquents sur le campus. S'il devait aller le vendredi soir à l'une des beuveries traditionnelles entre célibataires, il se sentait mal à l'aise, et la pêche à la truite du lendemain matin l'ennuyait. Tirer des lapins lui paraissait banal et répugnant, et le fait que chaque dimanche quatre-vingt-dix mille personnes puissent être prises d'une ivresse religieuse dans un stade de baseball lui demeura toute sa vie une énigme. C'était donc une grande chance pour lui qu'un second apôtre de la mécanique quantique se soit installé non loin de là quelques années auparavant. Robert Oppenheimer, qu'il connaissait de ses années d'études à Göttingen, était devenu professeur à l'université de Berkeley où il avait mis en place la chaire de physique théorique. Felix, ayant besoin d'un interlocuteur avec lequel discuter de sa théorie encore incomplète du magnétisme du neutron, se rendit à Berkeley – en remontant la Bayshore Highway jusqu'à San Francisco et en continuant par le bac jusqu'à Oakland.

La rencontre de ces deux hommes aux tempéraments si opposés aurait pu être un échec total. Felix Bloch était un jeune homme aimable et réservé qui s'intéressait principalement à la physique et consacrait ses loisirs de préférence à des randonnées en montagne ; à Göttingen, il avait vu en Robert Oppenheimer, d'un an et demi son aîné, un dandy fantasque issu d'une riche famille new-yorkaise, fumant des

Chesterfield sans discontinuer et accompagnant les paroles d'autrui d'un "Oui… oui, oui… oui" rythmique pour leur couper la parole à la première occasion et terminer leur pensée parce qu'il croyait savoir mieux que les autres ce qu'ils voulaient dire.

La vérité était qu'Oppenheimer comprenait en effet les idées des autres souvent mieux et plus vite que ces gens mêmes et qu'il possédait un talent marqué pour intégrer des idées nouvelles à sa propre pensée. Et il était également vrai que Bloch et Oppenheimer étaient l'un et l'autre contents d'avoir trouvé un compagnon dans leur solitude californienne en matière de mécanique quantique. Lorsque Felix esquissa sa théorie du magnétisme du neutron, Oppenheimer l'écouta avidement, le fixant de ses yeux bleu clair en faisant "Oui… oui, oui… oui… oui". Puis il l'interrompit et poursuivit l'idée en improvisant exactement dans la direction que Felix avait espéré qu'il prendrait.

Dorénavant, les deux hommes dispensèrent en commun chaque lundi un séminaire doctoral de mécanique quantique – tantôt à Stanford, tantôt à Berkeley –, qu'ils baptisèrent "The Monday Evening Journal Club". Généralement, Felix commençait par présenter aux étudiants un article récent de la *Physical Review* ou du *New Scientist* consacré à la physique quantique, jusqu'à ce qu'Oppenheimer l'interrompe pour remettre en question le véritable apport de l'article. Ensuite, ils cherchaient avec les étudiants les possibilités de faire avancer la recherche dans ce domaine à partir de leurs propres expériences et travaux théoriques.

Les étudiants étaient enthousiastes. Leurs jeunes professeurs ne débitaient pas de certitudes académiques apprises par cœur, mais se concentraient sur des problèmes non résolus, leur donnant ainsi le sentiment d'être à l'avant-garde de la physique en dépassant les limites de la connaissance humaine. Au Monday Evening Journal Club, les étincelles jaillissaient, Bloch et Oppenheimer dispensaient généreusement leurs idées à tous ceux qui étaient en mesure de les recevoir. Qui était en quête d'un sujet de recherche pour son doctorat se voyait proposer chaque lundi un large choix.

Pour Felix Bloch aussi, les discussions avec Oppenheimer étaient enrichissantes, mais il eut tôt fait de sentir que l'intelligence brillante de ce dernier était à la fois la cause et la conséquence d'une curieuse faiblesse psychologique. Oppenheimer était curieux de tout, il comprenait d'emblée toute idée nouvelle et gardait toujours en mémoire tout ce qu'il avait compris. Tout étant simple pour lui, il avait une prédilection pour les choses les plus complexes. S'il avait envie de poésie, il ne se plongeait pas dans Emerson, Yeats ou Rilke, mais dans la poésie médiévale française. Découvrant l'hindouisme, il apprit le sanscrit afin de pouvoir lire les textes sacrés dans l'original. Et quand il regardait l'univers au télescope, il ne se préoccupait pas des noms des corps célestes, mais se délectait de spéculations de mécanique quantique sur les réactions atomiques à l'intérieur des astres.

Il n'était pas arrivé à la physique théorique par penchant, mais parce que, à l'époque où il était étudiant en chimie, il lui manquait la patience et l'application nécessaires aux expériences en laboratoire. Et s'il s'était spécialisé en mécanique quantique, c'est qu'elle était la théorie la plus abstraite et la plus difficile à comprendre que les humains eussent jamais imaginée.

Mais il comprenait si facilement et si vite tout ce sur quoi les autres devaient se casser la tête des années durant qu'il lui était aisé également de penser, pour chaque vérité, quantité de vérités alternatives. Comme il mettait tout de suite le doigt sur le point faible d'une théorie, il ne croyait jamais tranquillement à une idée, mais restait toujours méfiant même envers ses propres idées et ne trouvait jamais la persévérance et l'assurance nécessaires à la réalisation de grands desseins. En fin de compte, la pensée scientifique ne lui procurait pas de plaisir au nom de la connaissance, elle ne faisait que nourrir sa vanité.

Comme il n'était pas capable de sentiments profonds, il lui fallait des excitants forts. Son appartement était garni de tapis navajos du Nouveau-Mexique et de statuettes de divinités hindoues, les fenêtres restaient ouvertes été comme hiver. S'il faisait la cuisine pour ses étudiants, il préparait un *nasi goreng* terriblement épicé que ces derniers, se surveillant mutuellement, se croyaient obligés de manger. Au volant de sa Chrysler, il se livrait à des courses de vitesse avec les trains qui roulaient à côté de la route, et s'il bousillait sa voiture, blessant sa passagère, il lui offrait en guise de réparation un petit Cézanne de la collection de son père.

Les étudiants le vénéraient. Ils le surnommaient Oppie et l'imitaient en tout. Comme lui, ils fumaient Chesterfield sur Chesterfield et portaient des chapeaux à large bord, et ils ne supportaient pas Tchaïkovski car Oppie ne le supportait pas. Ils faisaient "oui… oui, oui… oui" quand quelqu'un d'autre qu'Oppenheimer parlait, et à l'instar de leur maître ils présentaient leur briquet d'un geste élancé du poignet quand quelqu'un sortait une cigarette.

Après le séminaire, Oppenheimer allait avec quelques étudiants choisis chez Frank's à San Francisco, un restaurant chic sur le port, pour manger du poisson. Il leur montrait comment décanter du vin français, comment ouvrir des huîtres et casser une noix de coco, tout cela en récitant du Platon en grec ancien de sa voix de velours et en discourant sur les tapis navajos et la dialectique de Hegel. Et quand l'addition arrivait, il la prenait toujours pour lui.

Au début, Felix Bloch se joignit à ces soirées, mais cela se fit de plus en plus rare, car il estimait en savoir suffisamment sur la manière de décanter les vins français. Désormais, il passa ses soirées seul. Il avait la nostalgie de Zurich et de Leipzig, il regrettait la compagnie de Heisenberg et de ses parents. Pas un jour ne passait sans qu'il lise la *Neue Zürcher Zeitung* dans la salle de lecture de la bibliothèque universitaire.

Les week-ends, il faisait des excursions dans les collines, garant sa Chevrolet au pied de Windy Hill ou au Foothills Park de Palo Alto pour se promener seul sur les collines désertes au milieu de fougères aussi hautes que lui et des séquoias millénaires s'élançant vers le ciel comme des cathédrales gothiques, jusqu'à ce qu'il aperçoive le Pacifique. Il sortait alors de son vieux sac à dos apporté d'Europe un sandwich au fromage, s'asseyait sur une pierre en compagnie de geais bleu saphir, de pics bariolés et de suisses rayés, des tamias striés, contemplait le large et observait longuement le ressac et les ombres des nuages.

9

Quand Laura d'Oriano arriva dans le Midi de la France, c'était la saison des amandiers en fleur. Les hirondelles tournoyaient au-dessus des toits de Marseille, les cafetiers sortaient les tables et les chaises sur les terrasses, les fenêtres ouvertes des grands immeubles exhalaient l'odeur d'eau de Javel et de rideaux lavés de frais. Ses parents furent surpris, mais au fond pas vraiment étonnés de voir surgir leur fille sur le Vieux-Port munie de sa vieille valise, seule et sans famille. Ils prirent Laura dans leurs bras sans lui poser trop de questions et lui rendirent la chambre de jeune fille qu'elle avait quittée le jour de son mariage. Elle ôta son alliance et la plaça dans un poudrier vide qu'elle rangea dans le coin arrière gauche du tiroir supérieur de sa commode. Et alors, un instant durant, il lui sembla n'être jamais partie.

Mais il n'en était rien, bien sûr. À peine fut-elle seule dans sa chambre et eut-elle repris ses esprits qu'elle pleura à chaudes larmes ses deux filles, qu'elle avait encore mises au lit la veille même, et Emil Fraunholz, dont elle avait partagé le lit nuit après nuit pendant trois ans et qui avait toujours réussi, grâce à sa douceur virile, à faire en sorte qu'elle se sente chez elle sur terre. Elle passa cette nuit-là à se tourmenter en se demandant si elle avait vraiment été obligée de quitter Bottighofen, si elle avait bien fait et s'il n'y aurait eu vraiment aucun autre moyen.

À l'aube, elle finit par décider qu'il ne pouvait y avoir eu aucune autre possibilité, sans quoi elle y aurait recouru, et qu'il était temps pour elle de reprendre sa vie en main. Il était évident qu'elle devait désormais subvenir elle-même à ses besoins, car ses parents vivaient chichement de leurs économies. Elle aurait préféré reprendre le magasin de musique, mais ses parents, après le mariage de Laura, l'avaient vendu à un juif polonais resté bloqué à Marseille, les États-Unis n'accordant plus de visa à cette population.

Aussi Laura se rendit-elle au bureau des petites annonces de la *Liberté* et en déposa une où elle proposait ses services de secrétariat, indiquant qu'elle maîtrisait à l'écrit et à l'oral le français, l'italien, le turc, le grec et le russe. Puis elle fit la tournée des cabarets et se présenta comme chanteuse disposant d'un répertoire abondant.

Au retour, elle rencontra devant le magasin de musique le Polonais, un homme taciturne entre deux âges, qui aimait le café turc et avait comme Laura pour habitude d'attendre la clientèle aux heures calmes assis devant son magasin au soleil de l'après-midi. Laura alla prendre une chaise et s'assit à côté de lui, et elle constata au fil des heures que le Polonais s'était lié avec les mêmes habitants du quartier qu'elle-même autrefois – les petits écoliers et les prostituées, les marchands d'huîtres et les serveurs du café d'à côté. Laura fuma, but du café turc avec le Polonais, contente de se retrouver chez elle.

Il lui arrivait de se promener sur le port. Les vieilles embarcations en bois vermoulu de l'avant-guerre avaient disparu, des géants argentés flambant neufs étaient amarrés à la jetée. Les vieux marins méchants avec leurs couteaux à cran d'arrêt et leurs maladies vénériennes avaient disparu, qu'ils soient morts ou retournés à l'hospice. Sur ces modernes navires d'acier servaient désormais de tout jeunes marins joufflus vêtus d'uniformes blancs immaculés qui ne descendaient pas à terre pour arpenter les ruelles seuls, mais en bandes, et étaient dépourvus de mauvaises intentions, sinon celle de passer la soirée entière à boire et à s'amuser le plus possible.

Chaque matin au lever, Laura allait à la boîte à lettres dans l'espoir de trouver une offre d'emploi. Il n'en arriva aucune. Mais au milieu de la deuxième semaine, le patron du Chat Noir la fit appeler et lui proposa un engagement d'une semaine comme chanteuse cosaque.

Or il y avait à côté de la porte d'entrée du Chat Noir une nouvelle vitrine éclairée où figuraient les photographies des artistes qui s'y produisaient. Comme Laura n'avait pas de portrait qui convienne, le patron lui remit le costume cosaque et l'adresse d'un studio de photographe. Et, la voyant hésiter, il lui dit de ne pas faire de manières, il paierait le photographe de sa poche ; de plus, elle pourrait conserver les photos pour la suite si elle voulait faire une tournée. Et le vieux costume aussi, après tout, à bien y réfléchir.

Elle passa donc le costume cosaque, se couvrit d'un manteau et se mit en route. Il faisait bon dans l'atelier, et le photographe lui enleva son manteau avec une courtoisie bien rodée. Il la maquilla et la coiffa, lui plaça dans la main un sabre d'opérette et lui demanda de s'appuyer dessus des deux mains comme sur une canne et de sourire à l'objectif. Ensuite, elle dut mettre le sabre sur l'épaule comme un fusil, rejeter la tête en arrière et replier la jambe gauche, se mettre sur la pointe des pieds, avancer la poitrine et rentrer le ventre, sourire, regarder en l'air d'un air pensif, tenir entre l'index et le médium un interminable fume-cigarette avec une cigarette allumée, se coucher sur le ventre, s'appuyer sur les deux coudes et poser le menton sur ses mains jointes.

Tout cela n'était pas désagréable. Et alla vite. Le photographe était loin et presque invisible sous son drap noir, on n'entendait que sa voix douce qui donnait des instructions. Il finit par ressortir de dessous le drap, aida Laura à enfiler son manteau et lui tint la porte, après quoi elle se retrouva en pleine rue et prit le chemin du retour.

Mais trois jours plus tard, elle eut tout de même une frayeur en voyant les photos bel et bien placardées dans la vitrine du Chat Noir et au-dessus, en lettres grasses pseudo-cyrilliques, "Anouchka, le Rossignol de Kiev". Laura regarda les photos. Elle ne se reconnaissait pas, le personnage en uniforme cosaque était une étrangère, et pourtant curieusement familière. Il fallut un instant pour que Laura s'avoue que celle qui la regardait sur ces photos était sa mère. L'innocence du front arrondi, la coquetterie inconsciente des épaules tendues vers l'arrière, la grâce maladroite de sa jambe libre – Laura ressemblait à sa mère telle que celle-ci était sur les portraits qu'elle avait fait réaliser vingt ans plus tôt pour sa tournée en Orient.

Le soir du premier spectacle arriva vite. Le costume cosaque avec sa parure en fausse hermine allait toujours à merveille à Laura, qui avait retrouvé sa ligne après les deux grossesses. Le trac s'empara d'elle jusqu'aux os, pis que jamais, mais lorsque le pianiste du bar lui adressa enfin le signal convenu et qu'elle s'élança de derrière le rideau, dansa son kazatchok et entonna une chanson d'amour russe, elle fut presque de nouveau heureuse. Le public était en délire, les jeunes marins des navires argentés étaient à ses pieds. Tout était comme par le passé, sauf que le principal – son chant – n'était plus le même.

Laura s'écoutait chanter avec surprise et trouvait que sa voix n'avait plus cette sonorité frêle et voilée, mais était soutenue par une mélancolie pénétrante et sans retenue qui la gênait presque. Elle tenta de se modérer en surveillant sa technique de respiration, en respectant le tempo, en faisant des efforts de justesse et en prononçant proprement toutes les voyelles et les consonnes ; mais elle avait beau s'efforcer de chanter pianissimo avec une voix travaillée, elle se retrouvait toujours en fortissimo et de tout son cœur toujours hors diapason et à contretemps.

Néanmoins, cela semblait plaire aux hommes dans le public, et le pianiste tapait à plaisir, s'amusait sur son clavier comme s'il était à l'enterrement de sa vie de garçon. Aussi continua-t-elle à danser jusqu'à l'épuisement, hurlant ses chants cosaques dans la nuit, et lorsqu'elle finit par une berceuse et fondit en larmes, les marins aussi se mirent à pleurer en braillant à tue-tête *Bajuschki Baju*.

Le patron du Chat Noir était satisfait lui aussi et lui apporta personnellement une coupe de champagne dans sa loge. Il grommela qu'elle avait fait de sacrés progrès depuis la fois précédente et ajouta quelques billets au cachet convenu. Laura les mit dans la poche de son manteau en comptant les envoyer dès le lendemain matin à Bottighofen.

À la fin de cette soirée, un serveur de ses amis l'attendait à la porte arrière et, comme jadis, la protégea d'admirateurs trop fervents en la reconduisant chez elle. Mais quand ils furent arrivés à hauteur du magasin de musique, alors que Laura avait déjà ouvert la porte d'entrée, elle songea à la chambre vide à l'étage et aux heures d'insomnie qui l'y attendaient. Elle referma la porte, passa son bras sous celui du serveur et l'attira à elle en lui disant : "Tu as prévu quelque chose ? Faisons encore quelques pas, la nuit est si belle."

*

En ce printemps 1900, le palais de Minos apporta la célébrité à Arthur Evans et Émile Gilliéron. La nouvelle se répandit à Berlin, Paris et Londres comme un bienfait attendu depuis longtemps : à l'époque où les anciens Égyptiens naviguaient avec une boussole et où les Chinois se mouchaient dans des mouchoirs en papier, les Européens eux non plus n'étaient pas tous sans exception des habitants des cavernes vêtus de peau d'ours.

Gilliéron et Evans travaillaient vingt-quatre heures sur vingt-quatre. La journée, ils étaient sur le champ de fouilles, la nuit ils répertoriaient ce qui avait été trouvé, dessinaient et écrivaient des articles pour des revues d'archéologie. Mais au bout de deux mois, ils durent interrompre les fouilles, le soleil étant trop brûlant au ciel et plus de cent ouvriers ayant contracté la malaria. Le 2 juin 1900, Evans partit pour l'Angleterre donner des conférences et chercher des bailleurs de fonds pour de nouvelles fouilles. Un jour plus tard, Gilliéron prit le ferry pour Athènes, se retira dans son atelier au dernier étage de sa villa et commença la réalisation de reproductions destinées au marché international.

Il réalisa une gravure à la pointe sèche de la fresque tauromachique, qu'il expédia par douzaines sur commande à des quotidiens et des revues spécialisées. Les beautés assises sur leurs chaises de camping, il les envoya sous forme de sérigraphies en quadrichromie à des musées et des particuliers fortunés. Quant au cueilleur de safran, il en fit cinq tableaux à l'huile. Il en envoya un au roi de Grèce, un au Musée national grec et un à Arthur Evans, en accrocha un chez lui et remit le dernier à son fils Émile junior en le chargeant d'en réaliser dix copies identiques.

En février 1901, quand il retourna en Crète, Gilliéron emmena son fils et le présenta à Arthur Evans sur le ferry comme son collaborateur personnel. Evans ne fut d'abord guère enthousiasmé par ce jeunot aux allures de dandy qui, pendant le déjeuner pris en commun, jetait des regards mélancoliques sur la mer grise sans jamais se mêler aux conversations des adultes. Mais Evans, malgré sa myopie, remarqua entre le potage et le plat principal que la main droite du jeune homme allait et venait continuellement à côté de son assiette sur la nappe en papier. Quand Evans se pencha et cligna des yeux pour mieux voir ce que fabriquait Émile junior, ce dernier cacha son crayon avec embarras, posa sa serviette à côté de son assiette et recommença à regarder vers le large. Aussi Evans patienta-t-il jusqu'à la fin du repas et resta-t-il assis jusqu'à ce que le père et le fils Gilliéron se soient retirés dans leur cabine et que le serveur ait débarrassé. Il fixa alors son monocle et se pencha vers l'endroit où s'était trouvée précédemment l'assiette d'Émile junior. Il vit alors que le papier était parsemé de magistrales miniatures au crayon représentant des tauromaques minoens, des prêtresses avec des serpents et des beautés assises sur des chaises de camping réalisées avec autant de désinvolture que si elles étaient non de la main de ce gamin de quinze ans, mais de celle de son père. Arthur Evans alla de l'autre côté de la table et s'assit à la place d'Émile junior pour regarder tout cela de plus près. Il ne put s'empêcher de sourire. Les dessins étaient délicatement colorés avec du vin rouge, des épinards, du jaune d'œuf, de la sauce tomate et du café.

L'arrivée à Cnossos fut un choc, le champ de fouilles s'était changé pendant les pluies subtropicales d'hiver en un immense marécage. Les tranchées péniblement creusées étaient comblées, des chèvres déambulaient partout, broyant de leurs sabots ces précieux gravats millénaires ; on apercevait çà et là des trous dans les murailles car les paysans étaient venus avec des attelages de bœufs chercher les beaux blocs de calcaire taillé pour s'en servir de pierre angulaire pour leurs étables à chèvres. Le sol d'albâtre de la salle du trône gondolait, le trône du roi Minos et le bassin d'Ariane étaient souillés de crottes de chèvre. Les précieux restes de mortier qu'avaient conservés les ruines s'étaient désagrégés et étaient désormais enfouis dans la terre, et bien des murs qui avaient été pendant des millénaires à l'abri dans la terre étaient maintenant délavés, gorgés d'eau et écroulés.

L'ouvrage d'Arthur Evans et d'Émile Gilliéron s'étalait sous leurs yeux, menacé de destruction. Il fallait agir, placer le palais le plus vite possible sous un toit. Evans fit en toute hâte remplacer les vestiges calcinés des piliers de bois vieux de quatre mille ans par des étais neufs en bois et en plâtre, aux angles il fit maçonner sur les anciennes fondations des piliers modernes en briques sur lesquels vint se poser un toit plat en béton. Et quand cela fut achevé, il fit venir de Candie un ferronnier qui clôtura tout le terrain avec une grille en fer forgé telle qu'on en voyait souvent en Crète autour de petits sanctuaires musulmans.

La salle du trône était désormais correctement protégée contre les orages, les ongulés et les paysans mais, par temps ensoleillé, la chaleur était infernale sous le toit en béton nu. À cela s'ajoutait que le palais du roi Minos sous cette nouvelle forme – avec la grille en fer forgé arabisante, les piliers en briques et le toit plat – n'avait pas la moindre ressemblance avec la configuration d'un palais minoen tel qu'Arthur Evans l'imaginait.

La quatrième année, alors que la plus grande partie du palais était déjà exhumée, il fit construire sur le toit plat, pour éloigner la chaleur, un toit en pente bien plus grand, soutenu par des poutrelles en acier importées et couvert de tuiles rouges. C'est ainsi qu'on disposa au-dessus de la salle du trône d'un étage qui servit à entreposer les nouvelles découvertes pendant les mois de fouilles et temporairement de salle de musée. Émile junior y installa dans un coin sa table à dessin où il réalisa dorénavant pour Arthur Evans des aquarelles minoennes et des encres d'après les esquisses de son père.

Mais le toit en pente ressemblait plutôt à un fenil d'Europe du Nord qu'à une résidence royale néolithique méditerranéenne. On peut s'imaginer Arthur

Evans, assis sous un olivier avec les Gilliéron père et fils, par une soirée d'été avec une bouteille de vin, contemplant l'édifice avec dépit.

Je n'arrive pas à voir le palais de Cnossos, dit Evans. Vous le voyez, vous ?

Il se dresse devant nous, répondit Émile Gilliéron senior.

Mais je ne le vois pas. Je ne vois qu'un toit en tuiles. Notre installation est ridicule. Tout ce qui est minoen, nous le dissimulons sous un toit visible à des lieues à la ronde qui n'a rien de minoen. Pourquoi n'avons-nous pas construit un toit minoen ?

Parce que nous n'avons pas la moindre idée de ce à quoi ressemblait un toit minoen, rétorqua Gilliéron père. Sur l'ensemble du site, nous n'avons pas mis au jour un seul toit minoen, ni d'ailleurs aucun étage ni rez-de-chaussée. Rien que des soubassements.

Toujours est-il que ces soubassements sont épais. Nous avons quelques raisons de croire que le palais avait trois ou quatre étages.

Mais nous ignorons à quoi ressemblaient ces étages. Sans parler des toits. Il pourrait y avoir eu à côté de la salle du trône un large escalier surmonté d'un toit, les fondations en forte pente semblent l'indiquer. Mais c'est bien tout, nous ne pouvons rien savoir de plus.

Émile junior, âgé de vingt ans maintenant, était assis à côté des deux hommes et les écoutait silencieusement. Arthur Evans vit qu'il dessinait de la main droite sur la nappe en papier.

Mais nous ne sommes tout de même pas entièrement dépourvus, dit Evans. Nous avons des illustrations de monuments minoens. Sur les fresques. Les vases. Les pièces de monnaie.

Et j'ai là un billet de un dollar américain, continua Gilliéron. Dois-je partir du principe que tous les Américains vivaient au temps d'Abraham Lincoln sous des voûtes en marbre soutenues par des colonnes ?

Ce toit de tuiles ne raconte pas d'histoire, rétorqua Evans. Même pas une fausse.

Pas d'histoire, c'est scientifiquement mieux qu'une fausse histoire, dit Gilliéron.

Je suis de l'avis opposé, comme vous savez, répondit Evans. Comme pour la fresque tauromachique.

On ne peut pas comparer. Tricher un peu pour une fresque, c'est une chose. C'est tout autre chose d'arriver avec une bétonneuse et d'utiliser des murs vieux de quatre mille ans comme soubassements pour des bâtiments modernes sortis de l'imagination.

L'architecture aussi, c'est de la métaphysique, dit Evans. Sans métaphysique, rien n'est rien.

Nul ne sait si cette conversation se déroula exactement ainsi, et il n'y a nulle preuve qu'Émile junior soit resté silencieux tout le temps. Mais on peut se figurer que le jeune homme, pour passer le temps, ait gribouillé au crayon sur la nappe en papier et qu'Arthur Evans, plus tard dans la soirée, quand les Gilliéron père et fils se furent retirés dans leurs chambres, ait emporté la nappe pour l'observer à la lumière de la lampe à pétrole. Il serait alors possible qu'Evans ait vu sur ce papier pour la première fois ce soir-là le palais de Cnossos tel qu'il le rêvait depuis de nombreuses années dans toute sa splendeur – avec ses perrons, ses enfilades de pièces et ses colonnes rouges se resserrant vers le bas, avec leurs chapiteaux si caractéristiques.

En revanche, étant donné que Gilliéron senior commandait et que Gilliéron junior était obligé de suivre, il est historiquement assuré que rien ne fut édifié sur les fondations de Cnossos, à l'exception du grand escalier près de la salle du trône. Et il est véridique également que six mois seulement après la mort soudaine de Gilliéron senior d'un arrêt cardiaque, qui le surprit, comme on l'a dit au début, dans un restaurant d'Athènes peu avant son soixante-treizième anniversaire, les bétonneuses arrivèrent à Cnossos. Enfin, il est véridique également que le palais de Minos ressuscita par la suite sous la houlette d'Émile Gilliéron junior tel qu'Evans l'avait rêvé – avec tous les perrons et toutes les enfilades de pièces et les colonnes rouges aux chapiteaux noirs. Le vieux toit de tuiles qui couvrait la salle du trône fut remplacé par deux étages inondés de lumière et gardés par les colonnes. Au sud, une salle hypostyle, qu'Evans appelait l'Octroi, s'élança vers le ciel, à l'ouest fut construit un bastion dont Gilliéron junior orna l'intérieur d'une fresque comportant un taureau. Et à un jet de pierre de là, Evans fit construire pour lui et ses hôtes une jolie maison de campagne qu'il baptisa villa Ariane.

C'est ainsi que le palais du roi Minos rêvé par Arthur Evans sortit de la plaine au fil des ans, édifice d'acier et de béton, et plus haut il se dressait vers le ciel, plus coloré il devenait, plus les visiteurs affluaient pour se faire une idée de ce qu'avait été le berceau de la culture européenne.

Le palais de Cnossos est aujourd'hui le site archéologique le plus visité de l'Est de la Méditerranée après l'Acropole. Quelques touristes s'étonnent que les fresques rappellent le style Art nouveau de la Belle Époque finissante, tandis que le bâtiment lui-même, avec ses formes élégantes et ses couleurs vives, pourrait passer pour un exemple typique de l'Art déco de la fin des années 1920 et du début des années 1930. Et certains guides touristiques du cru soulignent fièrement que le palais est le plus vieux bâtiment en béton armé de Crète.

Au cours des décennies, le temps a attaqué l'œuvre d'Arthur Evans, le béton s'est fissuré çà et là, laissant voir des poutrelles rouillées et des armatures en fer. Les fresques d'Émile Gilliéron ont souffert elles aussi du climat chaud et humide, le mortier s'est détaché du mur à certains endroits ; les restaurateurs sont face à un dilemme et leur rigueur scientifique doit se décider entre les fragments néolithiques et l'œuvre de Gilliéron.

*

Et puis Felix Bloch reçut dans son exil américain les premières lettres en provenance de son pays. Il reconnaissait au premier coup d'œil les enveloppes européennes dans sa boîte, entre les revues spécialisées et les journaux, car elles avaient une autre couleur et un autre format que les enveloppes américaines.

Tous les trois ou quatre jours, il recevait une lettre de sa mère, qui supportait mal que son seul enfant encore en vie fût si loin. Elle lui parlait de la vie quotidienne paisible de Zurich et évitait discrètement toute question sur la qualité de son logement, sur la nourriture et la santé, et généralement son père ajoutait sous la signature de sa mère quelques lignes tendres mais laconiques.

Felix, comme tous les émigrés, souffrait de recevoir les nouvelles de chez lui avec le retard dû à la distance. Lisait-il dans une lettre de sa mère, par exemple, que celle-ci s'était entaillé le doigt en coupant des oignons, il aurait voulu savoir tout de suite si la plaie avait bien cicatrisé ; mais si, dans les lettres suivantes, sa mère ne disait plus rien à propos de son doigt, Felix devait demander des nouvelles et il se passait un mois avant que l'information n'arrive.

Heisenberg écrivit une fois de Leipzig, Niels Bohr une fois de Copenhague. Il arrivait de plus en plus de lettres de parents souhaitant émigrer en Amérique et demandant conseil à Felix. Sa grand-mère maternelle lui écrivit de Vienne pour savoir si l'on pouvait envoyer seules pour une traversée transatlantique deux jeunes filles de dix-sept ans ignorant l'anglais. Un oncle de Pilsen demandait si l'on produisait déjà du miel à grande échelle dans les plantations californiennes. Un cousin d'Erfurt le priait d'intercéder pour un emploi de professeur d'allemand dans une *highschool*. La plupart de ces lettres étaient rédigées sur un ton sobre et enjoué ; à les lire séparément, il n'y aurait pas eu lieu de se faire du souci... sauf qu'elles avaient toutes ce ton effroyable d'ironie forcée, de gaieté désinvolte et de bonhomie artificielle qui résultait de la pure angoisse de mourir.

Plus le nombre de ces lettres augmentait et plus elles s'entassaient sur la petite étagère au-dessus de son lit, plus Felix Bloch éprouvait l'effroi implicite qui se dégageait d'elles. C'était l'effroi causé par des crimes déjà commis et d'autres imminents ; par des gamins en uniforme qu'on laissait parcourir les centres-villes armés de barres de fer et défoncer les vitrines, par les bruits de bottes et les portes d'appartement fracassées en pleine nuit, par les crosses de fusil qui s'abattaient sur les têtes des grands-mères et des nourrissons, par les pillages et les machines à écrire qui volaient par les fenêtres ; par les barbes arrachées, les synagogues qui brûlaient, les factures d'essence qu'on tendait aux rabbins une fois l'incendie perpétré ; l'effroi devant les lunettes brisées et les éclats de verre qui s'enfonçaient dans les prunelles, et devant les désespérés qui s'empoisonnaient au véronal, se jetaient par la fenêtre ou se lançaient contre des fils barbelés électrifiés.

Cet effroi poursuivait Felix Bloch dans son sommeil, l'attendait encore le matin au petit-déjeuner et le tourmentait d'autant plus qu'il se savait lui-même en sécurité. Il pouvait l'oublier pendant ses heures d'enseignement, mais quand, à midi, il traversait le printemps californien au volant de sa Chevrolet Sportster pour se rendre à Berkeley en laissant pendre le bras gauche nonchalamment par la vitre ouverte, il se sentait tenaillé par cet effroi. Le pire était durant les week-ends, lorsqu'il les passait dans les montagnes à se promener parmi les séquoias.

Il songeait alors à ces malheureux qu'on accrochait à des arbres, les poignets ligotés, pour des délits inventés de toutes pièces, et dont les bras se déboîtaient, causant des souffrances affreuses qui leur faisaient perdre connaissance. Il songeait à ceux qu'on attachait aux arbres la tête en bas jusqu'à ce que leur cerveau éclate littéralement sous leur crâne, et aux cris, audibles pendant des jours entiers à des kilomètres à la ronde, de ceux qu'on attachait dos aux arbres, la pointe des pieds effleurant tout juste le sol. Il pensait à ceux qu'on attachait par deux autour d'un arbre, liés par les mains, si bien que toute faiblesse de l'un redoublait les souffrances de l'autre, et à ceux qui avaient pu s'enfuir dans la forêt jusqu'à ce que les chiens les rattrapent dans les sous-bois et les déchiquettent, sur quoi de jeunes gaillards en uniforme les saisissaient par les jambes et les traînaient jusqu'au camp où ils les jetaient dans une caisse tapissée à l'intérieur de fil barbelé, qu'ils fermaient par des planches et laissaient dehors sous un soleil brûlant et pendant les nuits glaciales jusqu'à ce que les suppliciés, au bout de deux ou trois jours, puissent enfin mourir.

Sur les collines de Palo Alto, la plupart des arbres étaient des conifères de la variété *Sequoia sempervirens*. Felix Bloch en arriva à ne plus supporter la vue de leur écorce rugueuse et rougeâtre. Il ne parvenait pas à se persuader que ces arbres se trouvaient dans un autre monde que les arbres de Dachau ; plus il s'enfonçait dans la forêt et plus longtemps il restait seul, plus il ressentait qu'au contraire, tout ce qui coexiste est présent tout autant que le passé et le futur.

C'est pourquoi il se mit à éviter les arbres. Pour se distraire et ne pas devoir affronter la solitude, il resta dorénavant sur le campus pendant les week-ends et prit même part aux beuveries des célibataires. Et quand il se retrouvait tout de même seul, il s'asseyait à son bureau et essayait de calculer le magnétisme des neutrons. Mais il n'oubliait jamais que ses parents à Zurich, sa grand-mère à Vienne et toute sa nombreuse parenté étaient en danger tandis que lui mangeait des pamplemousses et des grains de maïs soufflés à une distance de sécurité de huit mille kilomètres.

Il supporta cela pendant un an et demi. Mais à l'été 1935, quand les grandes vacances arrivèrent et que le campus se dépeupla car les étudiants rentraient pour trois mois chez leurs parents, Felix Bloch lui aussi, marchant sur ses propres traces, rentra chez lui – d'abord par le train pour New York, puis en bateau pour traverser l'Atlantique.

Cet été-là, les bateaux d'émigrants allant vers l'Amérique étaient remplis de réfugiés juifs, rares étaient ceux qui comme Felix Bloch voyageaient en sens inverse. C'était l'époque des lois raciales de Nuremberg et de l'initiative des Fronts, par laquelle les fascistes prétendaient prendre le pouvoir également en Suisse ; l'époque aussi où la Gestapo enlevait des juifs réfugiés dans ce pays pour les reconduire en Allemagne.

Quand Felix arriva à Zurich, il faisait un temps superbe de fin d'été. Les voiliers voguaient sur le lac et les jeunes cygnes sur la Limmat. Place Bellevue, devant l'Opéra, l'Union des agriculteurs de l'Oberland exposait du bétail, les sommets des Alpes glaronnaises vous adressaient de loin un salut amical. Felix Bloch laissa sa mère le serrer contre son cœur et fit des promenades au bord du lac avec son père, et il tenta, pendant des heures de discussion, de les convaincre qu'il était grand temps de fuir l'Europe et de l'accompagner en Amérique.

Cela mis à part, il reprit ses habitudes de jeunesse, allant au football au stade du Letzigrund et nager dans le lac. Fin septembre, il rendit visite à sa grand-mère à Vienne et tenta de la convaincre elle aussi de la nécessité d'émigrer sans tarder. Début octobre, il se rendit à Copenhague *via* Anvers pour les cinquante ans de Niels Bohr. Werner Heisenberg et von Weizsäcker firent aussi le voyage depuis Leipzig, Otto Hahn depuis Berlin. Ce fut une belle fête entre amis et physiciens, cette fois-là non plus on ne parla pas politique. Felix Bloch raconta son quotidien américain et profita d'un moment de calme pour discuter avec Niels Bohr de son travail sur le magnétisme des neutrons. Bohr lui conseilla de ne pas se casser la tête plus longtemps avec des réflexions théoriques et de retourner dans le laboratoire faire des expériences. "Si on veut travailler sur les neutrons, il faut en avoir, lui dit Bohr. Construisez une machine qui fasse des neutrons. Et puis vous verrez ce qu'on peut en faire."

La fête finie, Felix Bloch rentra à Zurich. La date du retour en Californie approchait, ses étudiants l'attendaient. Et puis il avait des projets concernant le neutron. Durant les premiers jours de 1936, il tenta une dernière fois de convaincre ses parents que la Suisse n'était plus un havre sûr. Enfin, vint le jour où il longea la Limmat jusqu'à la gare centrale, ses bagages à la main, et fit le trajet en train pour Anvers *via* Bâle et Bruxelles. Et au moment où son bateau était à mi-chemin de la traversée pour New York, le cadre du NSDAP suisse Wilhelm Gustloff était abattu à Davos par un étudiant en médecine juif.

10

Laura d'Oriano faisait fureur avec son numéro de Cosaque, les marins affluaient, toujours plus nombreux, depuis leurs vaisseaux d'acier vers le Chat Noir. Le troisième soir, elle eut l'idée d'annoncer ses chansons en épiçant son français d'une pointe d'accent russe. Le quatrième soir, elle se maquilla pour se faire de hautes pommettes slaves. Elle plut ainsi encore davantage aux marins.

Le samedi après-midi, jour de son sixième et dernier spectacle, le patron lui proposa de prolonger son contrat d'une semaine. Le même jour, la *Liberté* consacrait deux colonnes au Rossignol de Kiev et lui attribuait une tragique biographie sur mesure, dans laquelle un domaine en Ukraine et une famille de la vieille aristocratie tenaient une place importante ; ainsi qu'une horde de soudards sanguinaires de l'Armée rouge, un massacre à l'écurie et un fidèle serviteur prénommé Pavlev qui avait emmitouflé la petite Anouchka dans une peau d'ours et l'avait transportée sur un traîneau à chiens pour la mettre en sécurité de l'autre côté de la Volga gelée.

L'article du journal eut pour effet que les spectateurs vinrent encore plus nombreux au Chat Noir la seconde semaine et que le patron proposa une nouvelle prolongation ; de plus, sans que Laura le lui demande, il doubla son cachet. Devant ce succès, Laura d'Oriano fronça les sourcils, mais haussa les épaules ; qu'importait de savoir s'il était mérité ou non, puisqu'elle avait besoin d'argent. Ce que ses professeurs du Conservatoire parisien auraient pu dire de sa prestation, le fait que le public l'aime pour sa voix, pour sa jarretière ou pour sa vie aux allures de saga ne comptait guère ; après tout, des douzaines d'hommes fondaient en larmes soir après soir dès qu'elle entonnait *Bajuschki Baju*, les billets pleuvaient sur scène au moment des dernières strophes et le pianiste les ramassait diligemment pour les remettre à Laura.

Et qu'en était-il du grand, de l'ample sentiment que Laura éprouvait jadis dans sa poitrine et voulait exprimer ? Eh bien, cela ne l'intéressait plus ; que Laura le voulût ou non, un tout autre sentiment se faisait maintenant entendre dans son chant. Ce sentiment n'était peut-être pas aussi grand et aussi élevé que celui de jadis, mais il était réel. Et fort. Et il n'était qu'à elle.

Pourtant, Laura ne pouvait bien sûr prolonger indéfiniment ses spectacles au Chat Noir ; après trois semaines il fallut s'arrêter ; la rumeur ne devait pas se propager dans le public que le Rossignol de Kiev était en vérité la fille divorcée d'un boutiquier de Marseille, qu'elle avait abandonné ses deux fillettes et vivait sur le Vieux-Port chez ses parents, dans son ancienne chambre d'enfant. Mais comme le patron du Chat Noir connaissait quelques tenanciers qui payaient leur dîme à la même famille mafieuse que lui, Laura reçut au bout de quelques mois une invitation pour Cannes. De nouveau quelques mois plus tard, elle eut un engagement à Sète, puis un à Nice, et par la suite même à Barcelone.

Sa réputation la précédait, les établissements faisaient salle comble. Le gros du public était partout composé de marins, et partout ils fondaient en larmes quand Laura chantait *Bajuschki Baju*. Laura avait bien compris que ces rudes gaillards qui trimaient sur les navires d'acier avaient été dans une vie antérieure les fils de leur mère, les frères de leurs sœurs et les petits-fils de leurs grands-mères. Et en fin de soirée, quand le lustre de la salle s'allumait, Laura constatait à quel point tous étaient jeunes – la plupart plus jeunes qu'elle, et certains même plus jeunes que ses frères Umberto et Vittorio qu'elle ne voyait maintenant plus qu'à Noël et à Pâques.

Il arrivait qu'un des marins l'attende à la sortie des artistes. Les plus téméraires, ceux qui avaient commandé un taxi qui était déjà là, moteur en marche, elle les laissait en plan ; les trop timides qui lui lançaient des regards langoureux depuis les porches obscurs des immeubles, elle les dépassait sans s'arrêter. Mais de temps en temps, il y en avait un qui s'était adossé à un réverbère, son béret de marin fourré dans une poche de pantalon, et qui se roulait une cigarette et lui adressait un compliment à son passage. Et s'il ne lui courait pas après mais restait près du réverbère, attendant qu'elle lui fasse signe, alors il se pouvait qu'elle se retourne et le regarde plus attentivement. Et s'il lui plaisait, s'il avait un joli sourire et des chaussures cirées, il pouvait arriver – pas souvent, mais à l'occasion, de temps en temps – qu'elle lui fasse signe.

Ces heures-là, Laura les savourait, car elle savait que les marins devaient regagner leur bateau au petit jour et qu'il ne viendrait à l'idée d'aucun d'eux de vouloir l'épouser pour la séquestrer à Bottighofen. Elle n'avait pas peur non plus d'être seule avec eux, car elle savait que partout au monde, c'était avant tout chez elles, dans le cercle de leur propre famille, que les femmes se faisaient battre, violer et tuer, et que selon les statistiques de criminalité, les filles qui menaient la vie la plus sûre étaient celles qui se tenaient à distance de leur père, de leurs frères et de leurs amis et ne se mariaient jamais, mais sortaient chaque soir de chez elles et choisissaient l'amant d'une nuit parmi les gens les plus étrangers possibles dont elles prenaient congé au plus tard le lendemain matin pour ne plus jamais les revoir.

D'ailleurs, les marins se ressemblaient tous, les gens ne se distinguent pas tant les uns des autres. Tous étaient un peu effrontés et un peu timides avec Laura, comme si elle était une camarade d'école ou la meilleure amie de leur grande sœur, et tous étaient jeunes et prévenants et sentaient une bonne et saine odeur de savon. Bien sûr, la plupart étaient un peu gauches, aucun d'eux n'avait cette assurance virile avec laquelle Emil Fraunholz s'était emparé d'elle, et rares étaient donc ceux qui pouvaient lui tenir chaud toute une nuit ; mais ils avaient en contrepartie la magie de la nouveauté et l'excitation de l'inconnu, et quand ils étaient suffisamment adroits ou se laissaient docilement conduire, ils arrivaient en général, tous deux, là où ils voulaient.

Ainsi passèrent les mois et les années. Laura d'Oriano était satisfaite de sa vie. Certes, elle était rien moins que la grande artiste qu'elle avait jadis voulu devenir et elle était tenaillée à cause de ses filles par un remords qu'elle tentait d'apaiser en envoyant de l'argent à

Bottighofen. Malgré tout, elle chantait ses chansons et dansait ses danses, son portrait était dans les journaux et les hommes se retournaient sur son passage tandis que d'autres femmes de son âge étaient déjà flasques et commençaient à se courber.

Comme plusieurs mois s'écoulaient entre chacun de ses engagements, l'argent ne suffisait pas, elle vivait aux crochets de ses parents, qui eux-mêmes n'étaient guère en fonds ; de plus, le Rossignol de Kiev avait progressivement épuisé les possibilités de se produire sur la Côte d'Azur et devait songer à retourner définitivement en Ukraine. Laura envisagea de reprendre les tournées en s'appelant Svenja, le Lys de Copenhague, ou Carmen, la Rose de Séville, et plus tard peut-être Aïcha, la Reine de Tripoli.

En tout cas, il lui fallait des revenus réguliers. Sa recherche d'emploi étant restée sans résultat, elle passa d'autres petites annonces, proposant ses services comme bonne d'enfants, femme de ménage et serveuse. C'est alors qu'un de ses amis garçons de café lui trouva une place chez une tante à lui, restée célibataire, qui tenait un magasin de chapeaux pour dames et messieurs avenue du 12-Mars et cherchait pour sa clientèle internationale une vendeuse douée en langues.

La tante s'appelait Maria Juarez et était une fringante femme d'âge moyen aux jambes courtes, large de hanches, aux yeux noirs et au teint olivâtre qui révélaient son origine espagnole. Dès l'instant où Laura eut franchi la porte de son magasin, elle conçut une hostilité cordiale envers cette créature aux yeux bleus qui avait une allure si insolemment française et n'avait sans doute même pas à se priver pour être aussi iniquement svelte. Mais comme la tante cherchait depuis longtemps quelqu'un possédant exactement les qualités de Laura – une bonne présentation, de l'aisance, polyglotte –, elle embaucha Laura trois mois à l'essai.

De la vitrine au comptoir, le magasin était séparé en deux moitiés ; la moitié gauche était remplie de chapeaux pour messieurs, celle de droite de chapeaux pour dames. Derrière le comptoir, une petite porte donnait sur l'atelier où trois abeilles ouvrières grises et sans âge confectionnaient muettement des chapeaux du matin au soir, se laissaient tutoyer par leur patronne et accueillaient chacun de ses ordres par un "Oui, madame".

Laura avait son poste de travail à l'extrémité gauche du comptoir, aussi loin que possible de la caisse enregistreuse. Elle était chargée de la correspondance en langue étrangère. Quand entrait dans la boutique une clientèle française, qui était par principe du ressort de la patronne, Laura devait se contenter de sourire et se faire aussi invisible que possible ; elle disparaissait de préférence dans l'atelier. Mais si un Américain, une Italienne ou un Égyptien franchissait le seuil, la patronne se retirait dans l'atelier et abandonnait la place à Laura.

Laura s'acquittait bien de son travail, traitant tous les clients avec l'amabilité familière et retenue qu'elle avait apprise au magasin de musique. Debout derrière la petite porte, la patronne prêtait l'oreille au bavardage sibyllin de Laura et aux grommellements et gloussements approbateurs des clients quand ils pensaient avoir trouvé le chapeau qui convenait. Elle avait tout lieu d'être satisfaite de sa nouvelle employée, il n'y avait guère de client qui sortît du magasin sans avoir acheté au moins un chapeau ; et malgré tout, elle se défiait de Laura – précisément à cause de ses qualités. Pour elle qui de sa vie n'avait presque jamais quitté sa ville natale et jamais posé le pied au-delà des frontières françaises, quelqu'un qui parlait cinq langues était en soi suspect, mais cela passait encore. Mais comment se pouvait-il qu'une même personne soit capable de parler avec apparemment la même compétence de confiseries salzbourgeoises, du smog londonien et des rizières dans le delta du Nil ?

Dans les moments de calme, la patronne toisait Laura d'un air pensif en gonflant les narines comme si elle flairait – comme si elle avait déjà flairé quelque chose et pressentait que ce n'était pas seulement Laura d'Oriano, secrétaire polyglotte engagée pour trois mois à l'essai, qui se tenait derrière le comptoir, mais aussi Anouchka, le Rossignol de Kiev. Et Svenja. Et Carmen. Et Aïcha.

*

Le samedi 26 juin 1926 à 21 h 45, un bref et violent séisme secoua l'Est de la Méditerranée. La pleine lune éclairait les fouilles de Cnossos, la dernière lueur du jour luisait à l'horizon occidental. À la villa Ariane, Arthur Evans était couché et lisait un livre, Émile Gilliéron junior était assis sur la véranda avec une bouteille d'armagnac. La première forte secousse fit gémir et grincer la massive maison de pierre, qui tangua ensuite comme un bateau en pleine mer ; Arthur Evans raconta trois mois plus tard dans le *Times* que ce violent mouvement lui avait donné un véritable mal de mer. Il s'éleva depuis la terre durant les soixante-quinze secondes que dura le tremblement un hurlement sourd comme celui que pousserait un taureau furieux, on entendit à proximité le craquement de toits qui s'effondraient, entrecoupé de cris de femmes et de pleurs d'enfants. Depuis la ville arrivait une sorte de son de cloches inversé, celui de la cathédrale qui se balançait avec ses tours et ses cloches tandis qu'à l'intérieur des cloches les balanciers restaient tranquilles. Et, le tremblement passé, un nuage de poussière s'éleva vers le ciel et cacha la pleine lune.

Arthur Evans et Émile Gilliéron passèrent le reste de la nuit dans le jardin à attendre des répliques. Il n'y en eut pas, et au petit jour ils se rendirent sur le site du palais. La nouvelle construction en béton armé au-dessus de la salle du trône avait résisté au séisme, de même que l'Octroi et le bastion ; mais cinquante jarres furent brisées, deux déesses aux serpents cassées en deux, et les fresques aussi avaient subi des dommages importants. La fresque aux bijoux, plutôt imaginée que restaurée par Émile Gilliéron senior, sur laquelle on voit une Parisienne toucher de ses ongles pointus vernis de rouge le collier d'une autre Parisienne, avait été pulvérisée ; la reproduction du jeune cueilleur de safran était elle aussi endommagée.

Émile Gilliéron se voyait maintenant confronté à la mission de remettre en état les fresques restaurées par son père. Un an et demi plus tôt, dans le port de Villeneuve, il avait confié ses cendres au lac Léman. Il n'était maintenant plus le junior, mais le chef et le nourricier d'une grande famille qui lui coûtait cher. Lorsque les forces de son père avaient commencé à décliner, il avait repris successivement son poste de professeur à l'École royale des beaux-arts, son emploi à l'École d'Athènes et la responsabilité artistique de Cnossos. Il avait dessiné pour la Banque nationale de Grèce une série de nouvelles pièces sur lesquelles figuraient la déesse protectrice Athéna, le chiffre de l'année 1926 et le nom "Gilliéron fils" ; à côté de tout cela, il continuait à diriger l'atelier de son père où un groupe d'orfèvres, de potiers et de tailleurs de pierre réalisaient sur commande des reproductions de statues, de vases, de parures en or et d'épées.

Il avait franchi le dernier pas qui le séparait du monde des adultes en épousant l'une des élèves de sa classe de peinture. Elle s'appelait Ernesta Rossi et était la fille du constructeur des diligences royales, elle l'avait frappé d'abord par le fait qu'elle ne peignait jamais que des huiles de l'Acropole et ne s'intéressait à rien de ce qu'il pouvait enseigner d'autre à ses élèves – ni le dessin de nu à la sanguine ni les portraits au fusain ni les natures mortes à l'aquarelle. Après leur mariage, elle avait installé son chevalet sur le toit en terrasse de la maison Gilliéron et continué à peindre des huiles de l'Acropole – l'Acropole au soleil levant et l'Acropole au soleil couchant, l'Acropole de nuit et l'Acropole dans l'incandescence de midi, l'Acropole sous la neige et l'Acropole sous une pluie battante – et Émile Gilliéron l'avait laissée faire, sachant que l'autolimitation est pour chaque artiste la plus grande défaite, mais en même temps la vertu suprême.

Après le séisme de Cnossos, Émile Gilliéron eut le désagrément de constater que les talents pour lesquels lui et son père avaient été longtemps encensés et grassement payés étaient de moins en moins demandés. La reconstitution hardie, la décoration osée allant jusqu'à la libre imagination – tout cela n'avait plus cours auprès d'une nouvelle génération d'archéologues qui avaient reçu aux universités de Londres, Paris et Berlin une formation plus scientifique qu'artistique ou littéraire. Ces jeunes chipoteurs terre à terre travaillaient de manière sobre, méthodique et empirique, les coups de génie à la Schliemann et les fantasmagories à la Evans leur étaient suspects ; de même, ils voyaient d'un œil très critique les Parisiennes préhistoriques de Gilliéron avec leurs chaises de camping et leurs chaussures de tennis.

Émile Gilliéron constatait cela avec un haussement d'épaules ; si c'était le souhait d'un client, il était prêt à faire preuve de toute la minutie scientifique. Seulement, il était regrettable que ce sage et méthodique travail de forçat fût sensiblement plus mal payé, car son exécution n'exigeait ni génie ni même talent, mais simplement un peu de zèle et de conscience professionnelle.

Mais quand Gilliéron se mit à restaurer la fresque du Blue Boy d'après le dernier état de la recherche – c'est-à-dire non pas avec un personnage de jeune cueilleur de safran, mais comme singe bleu dans un champ de fleurs –, il se heurta, avec cette nouvelle version, au rejet non seulement d'Arthur Evans, mais aussi de toute l'équipe du chantier et de tous les touristes. Le Blue Boy était déjà trop célèbre pour qu'on puisse le faire disparaître ; il s'était à tel point gravé dans l'imagerie collective de l'humanité comme une icône plausible de l'art minoen que le portrait d'un singe bleu aurait toujours été perçu comme une contrefaçon.

La volonté nouvelle d'authenticité eut pour conséquence que les affaires de Gilliéron périclitèrent. Les commandes de reproductions pour l'atelier cessèrent car les grands musées du monde étaient dirigés par des universitaires qui ne se sentaient plus assujettis aux rêveries romantiques et colorées, mais à la scientificité fragmentaire et exacte. Le British Museum et le Louvre mirent fin à leurs commandes de reproductions minoennes à la fin des années 1920, et le Metropolitan Museum of Fine Arts de New York, qui avait été pendant un quart de siècle l'un des acheteurs les plus fidèles, passa sa dernière commande en 1931. Les reproductions de Gilliéron étaient passées de mode, les conservateurs de musée les ôtaient honteusement de leurs vitrines d'exposition et les entreposaient dans les magasins d'où elles ne ressortiraient plus jamais.

Mais l'atelier d'Émile Gilliéron n'en continua pas moins de produire, les tailleurs de pierre, orfèvres et potiers avaient à faire. Des reproches s'élevaient de temps en temps, selon lesquels il ne fabriquait pas des reproductions, mais des faux. Mais personne ne put jamais le prouver, parce que Émile menait ses affaires sans se cacher et parce qu'il aurait fallu qu'il présente ses reproductions comme des originaux pour qu'on puisse l'accuser de faire des faux.

Il s'en abstenait. Tant que ces bonnes pièces étaient encore dans l'atelier de Gilliéron, elles étaient bien sûr considérées comme des reproductions et il ne serait venu à personne l'idée d'y voir des originaux. Mais une fois vendues et envoyées de par le vaste monde, et si à un moment ou un autre sur les voies tortueuses qu'emprunte le commerce international des antiquités un intermédiaire oubliait de mentionner que l'objet présenté à la vente n'était pas vieux de plusieurs millénaires, mais qu'il s'agissait d'une copie fidèle à l'original – si une telle chose se produisait à Paris, New York ou ailleurs à des milliers de kilomètres de Cnossos, cela était soustrait à la sphère d'influence de Gilliéron et pouvait difficilement lui être imputé.

Malgré tout, il y eut à l'occasion des perquisitions policières en présence d'experts. Les descriptions qu'on y lit nous apprennent que l'atelier était un fabuleux bric-à-brac d'objets préhistoriques à tous les stades de la fabrication et du processus de vieillissement. Des vases peints se trouvaient à côté de tessons bruts, des bobines de fil d'argent à côté de parures en or achevées, des boîtes à savon remplies de pierres fines gravées ou non travaillées à côté de mottes de terre non cuites et de pointes de lance tout juste forgées, de haches bipennes et de coutelas.

Une branche de production particulièrement prospère fut pendant des années la fabrication de personnages féminins hauts de dix à trente centimètres portant dans chaque poing un serpent et présentant leurs seins nus au spectateur ; appelées déesses ou prêtresses aux serpents, ces statuettes étaient considérées parmi les conservateurs de musée et les collectionneurs privés comme des symboles représentatifs de la société minoenne, qu'Arthur Evans s'était représentée depuis toujours comme matriarcale. Si les premières déesses aux serpents, trouvées en 1903, au commencement des fouilles de Cnossos, étaient encore des personnages de terre cuite ou d'albâtre simplement ouvragés, des sources indéfinies firent apparaître au cours de la Première Guerre mondiale des statuettes de plus en plus richement travaillées, en ivoire et en or, pour lesquelles les musées payèrent vingt ans durant des sommes élevées en dépit de leur origine obscure.

On trouvait dans l'atelier de Gilliéron des déesses aux serpents à tous les stades de la fabrication, depuis l'ivoire brut jusqu'à la déesse vieillie artificiellement prête à être livrée. Comme le goût nouveau du public l'exigeait, on donnait aux personnages tout juste fabriqués et recouverts d'or la patine des millénaires passés en les plongeant dans un bain d'acide dans lequel les parties molles de l'ivoire se dissolvaient comme si les déesses aux serpents avaient séjourné dans la terre acide depuis des temps préhistoriques ; Arthur Evans lui-même n'arrivait pas à faire la différence avec de l'ivoire vraiment ancien. Une méthode plus simple et moins onéreuse consistait à enfouir les déesses aux serpents à un endroit précis du jardin et à demander à la maisonnée de venir y uriner pendant quelque temps.

Dans une dernière phase, on achevait le processus de vieillissement en causant de petits dommages à petits coups précis de marteau aux trop impeccables déesses. En général, on leur cassait un bras ou leur brisait une jambe. On essayait d'éviter les coups sur la tête, car les déesses aux serpents privées de tête ou au visage abîmé n'atteignaient pas de bons prix. Mais si un personnage au visage abîmé se retrouvait malgré tout sur le marché, les spécialistes voyaient là une preuve certaine de son authenticité, car un dommage diminuant à ce point la valeur de l'objet ne pouvait guère être le fait d'un faussaire.

Vingt années durant, le palais du roi Minos demeura le lieu où se concentrèrent les aspirations du monde archéologique. La reine Victoria avait fait

Arthur Evans chevalier, Émile Gilliéron avait gagné avec ses illustrations et reproductions plus d'argent qu'aucun dessinateur d'antiquités avant lui. Quand des femmes de millionnaires britanniques, des barons de l'acier allemands ou des actrices de cinéma américaines étaient en croisière en Méditerranée, une visite de Cnossos était inévitable. On se faisait alors guider par Arthur Evans dans le palais et inviter sur la terrasse de la villa Ariane, et quand le crépuscule tombait sur le site à la fin d'une longue et chaude journée, d'aucuns s'attendaient à voir d'un moment à l'autre une déesse aux serpents couronnée de plumes ou le roi Minos en personne descendre le grand escalier. Cette vision onirique était si séduisante que la danseuse américaine Isadora Duncan ne put s'empêcher lors de sa visite d'exécuter une danse minoenno-mycénienne improvisée où, pieds nus, elle faisait onduler ses larges vêtements sur le grand escalier entre les colonnes rouges aux chapiteaux noirs.

Tout cela se termina brutalement quand, le 4 novembre 1922, à mille kilomètres au sud de Cnossos, l'archéologue britannique Howard Carter découvrit dans la Vallée des Rois la tombe de Toutankhamon. D'un seul coup, les yachts des millionnaires n'allèrent plus en Crète mais en Égypte. Tous voulaient voir maintenant le masque mortuaire en or, les yeux bordés de lapis-lazuli, le sarcophage en or massif et les nombreux coffres dorés, le trône en or et les deux statues de gardes. Il se déclara alors dans les journaux, les musées et les universités du monde entier une égyptomanie qui devait durer de longues années. Et le palais du roi Minos sombra totalement dans l'oubli lorsqu'un autre Britannique, nommé Leonard Woolley, découvrit en Mésopotamie la ville biblique d'Ur qui, outre ses mille années de plus que Cnossos, avait le piquant d'avoir le sol jonché de tablettes de terre couvertes d'une écriture cunéiforme sur lesquelles on pouvait lire de manière convaincante que les petits écoliers sumériens avaient déjà dû faire des calculs avec les racines carrées et cubiques.

Se voir rétrogradé de la sorte causa beaucoup de peine à Arthur Evans – lui qui avait rêvé toute sa vie de découvrir un jour à Cnossos la tombe du roi Minos, voire sa bibliothèque. Il les avait cherchées pendant de longues années, balayant des cercles de plus en plus larges autour de Cnossos, parcourant l'île en tous sens, montant et descendant les montagnes à dos d'âne sur une selle de bois à la recherche de la sépulture royale, jusqu'à la rive sud et en sens inverse, entrant à plat ventre dans d'innombrables cavernes et visitant le moindre îlot situé face à la côte escarpée.

Après le grand tremblement de terre de 1926, ses sorties à dos d'âne furent plus rares, le poids des ans se faisait sentir. Il entreprit de plus en plus rarement le voyage par mer d'Angleterre en Crète, passant de plus en plus souvent des années entières dans l'Oxfordshire dans sa propriété campagnarde de Youlbury. Mais en mars 1931, lorsqu'il retourna à Cnossos peu avant son quatre-vingtième anniversaire pour voir comment les choses se passaient, Nikolaos Polakis, le prêtre de Forteba, lui proposa de lui vendre un énorme anneau sigillaire en or massif qu'un enfant de paysan, nommé Michael Papadakis, avait prétendument trouvé en jouant dans un vignoble. Dans l'une des versions de l'histoire, l'anneau scintillait dans la terre, dans une autre il était accroché à la tige d'une jeune plante sortant tout juste de terre.

Sur l'anneau était gravé un personnage redressé, à l'allure royale, avec un bateau ayant la forme d'un hippocampe et se dirigeant, entre deux murs, vers un coteau couvert d'une oliveraie ou d'un vignoble au sommet duquel se dressait un bâtiment ressemblant à un petit temple ou à un monument funéraire. Arthur Evans écrivit qu'il avait été aussitôt convaincu de l'authenticité de cet anneau car les motifs gravés lui étaient familiers par les fresques de Cnossos, d'autant plus que le poids de vingt-sept grammes d'or massif laissait supposer que le porteur du sceau était très certainement de sang royal. Si la vente ne s'était pas réalisée, c'est que le prêtre en voulait vingt millions de drachmes ; toujours est-il qu'il avait décrit à Evans gratuitement et sans contrepartie le lieu exact où l'anneau avait été découvert.

Début avril 1931, Evans se rendit avec une petite équipe de fouilles à l'endroit dit, dans un vignoble situé à trois kilomètres au sud de Cnossos. Il trouva à cet endroit un petit cimetière grec et, en dessous, une grande construction manifestement minoenne qui se révéla être après quelques jours de fouilles un temple soutenu par des colonnes, avec une avant-cour pavée recouvrant un caveau dont les parois étaient peintes en rouge et le plafond en bleu.

Arthur Evans fut transporté. Cette sépulture était plus grande que toutes les tombes qu'il avait pu voir en Crète. Le caveau avait beau être vide et sans ornements, cela ne le déconcerta pas et le renforça même dans la conviction qu'il avait devant lui la véritable sépulture du roi Minos. Car n'était-il pas bien connu que Minos, traquant Dédale en fuite, était parti vers la Sicile sur un bateau à voile et y avait été assassiné et enterré, raison pour laquelle sa dépouille ne pouvait se trouver en Crète ? Le fait que le caveau fût vide était donc une preuve, ou du moins un indice, que cette tombe avait été effectivement construite pour le roi Minos.

L'anneau sigillaire en or, qui avait mis Arthur Evans sur les traces de la sépulture royale et que les archéologues connaissent depuis sous le nom d'anneau du roi Minos, fut acheté par le Musée national de Candie mais fut plus tard identifié comme étant un faux et rendu au prêtre, qui le confia prétendument à la garde de sa femme qui l'enterra prétendument quelque part et ne put ensuite se rappeler l'endroit – mais tout cela se passa après qu'Émile Gilliéron eut dessiné et photographié l'anneau et en eut fait réaliser dans son atelier une copie destinée à Arthur Evans, copie qui doit avoir été identique au faux original perdu.

Par la suite, le silence se fit autour de l'anneau du roi Minos, jusqu'au jour où, quatre-vingts ans plus tard, le petit-fils du prêtre Polakis s'adressa au Musée archéologique d'Héraklion et annonça que l'anneau avait refait surface. Le directeur du musée l'acquit pour une somme inconnue et il est présenté depuis 2002 dans l'exposition permanente à un emplacement de choix.

*

De retour en Californie, Felix Bloch coucha sur le papier en quelques jours sa théorie du magnétisme des neutrons. Il avait longuement couvé cette idée, elle était maintenant clairement exposée sous ses yeux. Soudain, tous les doutes, les luttes, les décisions des dernières années semblaient loin, comme si c'était un autre qui les avait vécus. À sa parution dans la *Physical Review* en juillet 1936, l'article fit sensation, Bohr et Heisenberg écrivirent pour le féliciter. Mais le magnétisme des neutrons n'avait maintenant plus guère d'importance pour Felix ; il était presque surpris d'avoir pu se casser la tête si longtemps sur cette question. Mise sur le papier, l'idée lui paraissait banale et dépourvue d'intérêt, également parce que nul ne la comprendrait mis à part quelques originaux tels que lui.

La physique nucléaire en général lui était devenue indifférente du fait qu'elle était dénuée de sens et de but, raisons mêmes pour lesquelles il l'avait aimée autrefois. Face à la catastrophe qui menaçait de s'abattre sur le monde, il trouvait vain et même obscène de gaspiller son temps à des introspections complaisantes. La nuit, quand il ne trouvait pas le sommeil dans son bungalow de célibataire et que lui parvenait depuis les *foothills* le hurlement des coyotes, il se sentait étranger et inutile, car il se considérait comme incapable de quoi que ce soit de sensé, n'avait pas d'ami et ne pouvait pas prêter assistance à ses proches depuis chez lui. Son voyage en Europe n'avait servi que son bien-être personnel et n'avait apporté aucune aide à ceux qui se trouvaient dans la détresse. Il avait honte des mois passés à paresser dans son lit d'enfant à Zurich et à la table de cuisine de sa mère et il avait honte des dix dernières années de sa vie, qu'il avait gâchées sans utilité pour le bien commun.

Mais comme il avait signé un contrat de travail avec l'université et avait besoin d'argent pour la nourriture, l'essence et le loyer, il se levait chaque matin, se douchait et se rasait avant de se rendre à la salle de cours de l'Institut de physique pour raconter à ses agneaux blonds et musclés quelque chose sur les spectres des atomes ou la construction du système périodique. C'était un bon professeur, aimé de ses étudiants, qu'il prenait gentiment par la main pour les conduire fermement d'un bloc de glace à un autre sur l'océan de leur ignorance.

Mais lui-même avait perdu sa curiosité. Il ne voulait plus découvrir si les électrons faisaient du saut en longueur ou en hauteur ou quoi que ce soit d'autre, et le caractère ambivalent de la théorie quantique ne lui apparaissait plus que comme de la coquetterie. Il cessa de se rendre à Berkeley aux séminaires avec Oppenheimer et ne lut plus qu'occasionnellement des revues spécialisées.

Il avait donc beaucoup de temps libre et trop peu d'occupation pour son intelligence. Il aurait pu se mettre à boire, mais l'alcool n'arrêtait pas ses pensées qui tournaient à vide, il les accélérait plutôt ; de plus, il n'aimait pas la bière américaine, trop légère, qu'il aurait dû boire, grand et robuste comme il était, dans des quantités peu ragoûtantes pour éprouver l'effet escompté.

C'est ainsi qu'il partit un samedi matin d'avril 1936 pour San Francisco, acheta au Cole Hardware Store un jeu de clés à molette de la meilleure qualité et passa désormais son temps libre à remettre en état sa Chevrolet Sportster. Il démonta les pare-chocs et les déposa dans un bain de chrome au laboratoire de l'Institut de chimie. Il ponça les ailes qui montraient des taches de rouille et les repeignit avec une laque rouge pompier. Il peignit en blanc le toit noir de l'habitacle pour qu'il absorbe moins la lumière du soleil.

Il regarnit les sièges fatigués, puis il ponça et revernit les rayons en bois. Il démonta le couvercle de la culasse et découpa dans une fine plaque de liège, en trois jours de travail de précision, un joint de culasse neuf, alors qu'il aurait pu en commander un à Detroit pour peu d'argent. Il graissa ensuite tous les paliers et remplaça la courroie, agrandit la soupape d'admission et passa des journées entières à ajuster le delco, et pour finir il raccourcit le pot d'échappement, le rallongea, puis le raccourcit encore une fois.

Quand il en eut terminé avec tout cela, la Chevrolet semblait neuve et le moteur était plus performant que le jour où il avait quitté l'usine de Detroit. Felix Bloch écouta le bourdonnement du moteur en se réjouissant de la beauté inhérente à une machine qui fonctionne et, à sa grande surprise, ce n'étaient pas les composants électriques complexes comme l'alternateur, le delco ou le rupteur qui lui plaisaient le plus, mais des pièces mécaniques aussi simples que les essuie-glaces avec leur indolent mouvement pendulaire, ou les jolis interrupteurs en bakélite sur le tableau de bord, ou encore l'arbre à cardan, qui transmettait si élégamment la rotation du moteur au pont arrière.

Le travail manuel lui avait fait du bien, mais, avec la meilleure volonté du monde, il n'y avait maintenant plus de travaux d'entretien à effectuer sur le véhicule. Il chercha donc une nouvelle tâche artisanale et eut l'idée de construire au laboratoire de l'Institut de physique une machine destinée à produire de petits neutrons libres. Il trouvait tentant de créer de ses mains quelque chose qui n'existait pas dans la nature, et il avait encore dans l'oreille ce conseil de Niels Bohr qui lui avait dit que si l'on voulait travailler sur les neutrons, il fallait avoir des neutrons. Il en fabriquerait donc. Et l'on verrait bien alors que faire avec eux.

Il trouva dans les armoires à ustensiles du laboratoire toutes sortes de jouets de physique comme des tubes de Crooke ou la pompe hydraulique de Léonard de Vinci, puis aussi quelques bobines de cuivre et quelques transformateurs, toutes sortes de récipients pour la calorimétrie ainsi qu'une pompe à vide, quelques prismes et surtout un tube à rayons X que l'on pouvait alimenter avec une tension maximale de deux cent mille volts. Deux cent mille volts, ce n'était pas mal du tout, cela offrait des possibilités. Il commencerait par fabriquer de l'eau lourde pour freiner les neutrons, et peut-être serait-il possible avec l'aide du tube à rayons X de produire un rayonnement un tant soit peu constant. L'idée de Felix Bloch était de polariser le rayonnement des neutrons en le faisant passer devant deux puissants électroaimants afin de démontrer, et peut-être même de mesurer, le magnétisme des neutrons.

Il se lança dans ce travail avec fougue. La perspective, après si longtemps, de faire de nouveau s'accorder l'une de ses propres idées et le monde réel lui apportait un grand réconfort. Il souda et vissa jour et nuit, comme autrefois à Zurich lorsqu'il avait construit son spectromètre dans la cave de l'ETH. Puis vint le moment où, pour faire un essai, il plaça sa source de rayonnement, un mélange de quelques milligrammes de radium et de béryllium, à l'intérieur du tube à rayons X.

Felix Bloch déclara plus tard au sujet de sa machine qu'elle avait été plus une source d'inspiration qu'une source de neutrons. Il avait pu de temps en temps, avec un peu de bonne volonté, l'espace de quelques secondes, prouver qu'il y avait tel ou tel neutron libre avant qu'il ne soit capturé par un noyau ; mais la production avait été bien trop faible, un faisceau de neutrons à peu près stable n'avait jamais été produit. Et puis Felix n'était même pas le seul qui ait le droit de disposer du tube à rayons X, il devait le prêter plusieurs fois par semaine aux médecins qui s'en servaient pour radiographier avec leurs étudiants des moutons morts ou leurs propres mains.

Il était évident pour lui qu'il avait besoin d'une machine plus grande – beaucoup plus grande. Le laboratoire de son ami Robert Oppenheimer possédait certes une machine nettement plus grande, qui avait été baptisée cyclotron et passait pour être l'accélérateur de particules le plus grand du monde ; mais elle non plus ne produisait des neutrons que de manière très irrégulière et peu fiable, et elle aussi devait être prêtée chaque semaine aux étudiants en médecine.

Felix Bloch s'assit donc à son bureau, dessina la première ébauche du plan de son propre cyclotron et se hasarda à estimer le coût en matériel. Puis il prit son téléphone et commença à collecter de l'argent. Le doyen de l'université lui fit savoir que l'université n'avait pas de moyens à disposition pour son expérimentation qui semblait purement théorique, mais qu'on suivait ses activités avec intérêt et lui souhaitait bonne chance. La Rockefeller Foundation lui fit don de quatre mille dollars et le Rotary Club de San Francisco de mille, à quoi vinrent s'ajouter cinq cents dollars venant d'une boulangerie industrielle locale qui espérait devenir le fournisseur de l'université en pain.

Mais vint alors le jour qui devait mettre fin à ces amusements et après lequel rien ne fut plus comme avant – pas seulement dans la vie de Felix Bloch, mais pour l'avenir de l'humanité et de tous les êtres vivants sur la terre.

Ce jour fut le 26 janvier 1939.

Felix Bloch se trouvait sur Hamilton Avenue au Pietro's Barber Shop et les informations de midi passaient à la radio. Il était un client régulier de Pietro car ce dernier, un bel et taciturne Italien, connaissait son métier et avait une prédilection pour les petits engins électriques de sa confection. Lorsqu'on montait les deux marches menant à son salon et foulait le paillasson, la porte s'ouvrait automatiquement, et une fois qu'on avait pris place sur le fauteuil, Pietro réglait la hauteur du siège par pression sur un bouton grâce à un moteur électrique. Il utilisait pour faire mousser le savon un malaxeur électrique de sa fabrication et pour affûter son rasoir une petite machine munie de pierres décrivant des mouvements de rotation à contresens. En revanche, Pietro faisait peu de cas des tout nouveaux rasoirs à sec Remington car il en avait testé un sur lui-même et était parvenu à la conviction, prophétique, que même cent ans plus tard on ne pourrait jamais raser comme il faut avec ces appareils-là.

Mais quand il s'agissait de couper les cheveux, il misait totalement sur son couteau à lame rotative marchant à l'électricité, dont il épargnait si possible à ses clients le spectacle hasardeux. Pour raccourcir les cheveux sur le haut du crâne il employait une machine, et une autre encore pour éclaircir les tempes, pour tailler les poils du nez et des oreilles, et pour raser la nuque encore une autre, et pour débarrasser la nuque des cheveux coupés tombés sous le col, il utilisait un petit aspirateur muni d'un embout de sa fabrication rembourré avec du velours. Pour finir, Pietro massait toujours à la main les tempes de ses clients à l'Acqua di Parma.

Felix Bloch, les yeux fermés, écoutait les informations. Le speaker annonça que la cour suprême de l'État fédéral de Californie avait condamné à mort le valet de ferme Claud David. Les troupes du général Franco avaient pénétré dans Barcelone. Le ventilateur ronronnait au plafond, et dans un coin du salon le distributeur de Coca-Cola. Le speaker lut les prévisions météorologiques. Un week-end gris et frais attendait le Nord de la Californie. Tout à coup la voix du speaker s'anima, une nouvelle importante venait de lui parvenir. On entendit des bruits de papier. À Berlin, le chimiste allemand Otto Hahn avait obtenu la fission d'un noyau d'uranium en le bombardant avec des neutrons, ce qui était considéré jusque-là comme impossible du point de vue de la physique. Cette nouvelle avait été transmise par le prix Nobel danois Niels Bohr en ouverture de la cinquième conférence de physique théorique de Washington. La désintégration du noyau d'uranium avait produit l'élément baryum et dégagé l'énergie énorme de deux cents millions d'électronvolts.

Felix Bloch sut tout de suite ce que cela signifiait. Il arracha la serviette qu'il avait autour du cou et se précipita hors du salon, courut jusqu'à sa Chevrolet et fonça jusqu'à Berkeley. Il se gara au pied de l'escalier extérieur du LeConte Hall aux allures de château et monta quatre à quatre au troisième étage, où se trouvait le bureau d'Oppenheimer, auquel il rapporta, hors d'haleine, ce qu'il venait d'entendre.

On peut se figurer Oppenheimer, assis sur le coin de son bureau, faisant “Oui… oui, oui…, oui” et coupant la parole à Felix Bloch à la première occasion.

Quels produits de fission Hahn a-t-il trouvés ? demanda Oppenheimer.

Du baryum.

Rien d’autre ?

C’est ce qu’ils ont dit à la radio, mais c’est bien sûr impossible. Uranium, 92, moins baryum, 56, donne 36, donc du krypton. Si Hahn a trouvé du baryum, il a forcément trouvé aussi du krypton.

Et des neutrons libres ?

Oppenheimer s’alluma une nouvelle Chesterfield avec le mégot de celle qu’il venait de terminer.

Il n’a pas été question de neutrons.

Tant qu’il n’y a pas de neutrons libres, ce n’est pas un drame.

Je crois qu’il y en a.

Un neutron par fission du noyau, cela veut dire la machine à uranium, répondit Oppenheimer. De l’énergie illimitée pour l’humanité entière jusqu’à la fin de ses jours.

Mais deux neutrons, cela veut dire la bombe, dit Bloch. Que faisons-nous, maintenant ?

Oppenheimer haussa les épaules.

Si la bombe est faisable, quelqu’un la fabriquera.

C’est probable, continua Bloch.

C’est certain.

La question est de savoir qui.

Quelqu’un qui en est capable, continua Oppenheimer. Il n’y en a pas tant que ça. Nous ou les autres, n’est-ce pas ?

Felix Bloch acquiesça d’un hochement de tête.

Où se trouve Hahn actuellement ?

Encore à Berlin.
Et votre ami Heisenberg ?
Encore à Leipzig.
Et von Weizsäcker ?
Encore à Berlin.

11

Émile Gilliéron fit son dernier voyage à Cnossos, à l'âge de cinquante ans, lorsque Arthur Evans devint citoyen d'honneur d'Héraklion. Ce 15 juin 1935, dix mille personnes bordaient la rue tandis que le défilé remontait depuis le port vers le palais du roi Minos. Le vice-ministre de la Culture était venu tout exprès d'Athènes pour rendre hommage aux mérites d'Evans sur la grande esplanade située devant le site des fouilles et exprimer la gratitude de la Grèce envers l'œuvre de sa vie. Après lui, l'ambassadeur du Royaume-Uni et le maire d'Héraklion prononcèrent eux aussi un discours. Et quand le soleil fut à son zénith, l'évêque grec orthodoxe de Crète célébra une messe.

Ensuite, il revint à Arthur Evans de dévoiler une statue de bronze le représentant avec son socle en marbre et une plaque commémorative. Une fois que les applaudissements eurent diminué, il s'avança jusqu'au pupitre de l'orateur. Il parla comme toujours avec un fort accent anglais un mélange de grec moderne et de grec ancien que les Grecs ne comprenaient qu'à grand-peine et les non-Grecs pas du tout. De toute l'assistance, seul Émile Gilliéron suivit ce discours facilement, ayant ce sabir dans l'oreille depuis trente ans.

Arthur Evans évoqua d'abord l'époque où Cnossos, avant d'être un palais royal, était une oliveraie. Puis, désignant d'un large geste l'œuvre de sa vie, il s'exclama que le palais n'était certes que la ruine d'une ruine, mais qu'il restait habité à jamais par l'esprit d'organisation du roi Minos et la liberté artistique de Dédale.

Depuis le second rang, Émile Gilliéron suivait avec mélancolie la manière dont celui qui avait été son patron pendant des années arrivait à se tenir droit sous le poids de ses quatre-vingt-six ans et présentait imperturbablement sa vision du royaume minoen. Rien n'était nouveau pour Gilliéron, il avait entendu tout cela mille fois – l'histoire de la puissance maritime pacifique, le rêve d'un matriarcat possédant l'écriture, la légende de la disparition subite après des tremblements de terre et des éruptions volcaniques. Il se réjouissait de tout cœur pour ce vieil homme des honneurs qu'on lui rendait, regrettant seulement que, comme souvent, ils arrivent avec vingt ou trente ans de retard.

Si l'homme qu'on fêtait ce jour-là n'avait eu que cinquante ou soixante ans, il aurait peut-être été à même de renoncer à ses visions dépassées et d'entamer un dialogue avec la jeune génération scientifique. Mais, irréparablement prisonnier de son obstination de vieillard, il ne faisait plus que provoquer une irritation attendue chez de jeunes archéologues pourtant venus avec la ferme intention de rendre hommage à ce vieil homme célèbre. Ils regardaient avec embarras la pointe de leurs souliers tandis qu'Evans pérorait sur l'esprit du roi Minos et, quand il eut fini, ils se donnèrent des coups dans les côtes en ricanant, lancèrent des regards de travers en direction du palais en marmonnant que sous tant de béton et de peinture à l'huile seul l'esprit d'Arthur Evans lui-même pouvait survivre.

Les applaudissements n'en furent pas moins nourris et sincères. Après la cérémonie, les invités se rendirent au banquet donné sur la terrasse de la villa Ariane, et en fin d'après-midi ils retournèrent au port où attendait le vapeur pour Athènes. Les adieux furent cordiaux, mais hypocrites ; quelle que fût sa vénération pour Arthur Evans, qui avait donné ses forces et sa fortune personnelle pour Cnossos, la communauté archéologique crétoise était contente malgré tout d'être débarrassée une bonne fois pour toutes de ce vieil homme qui barrait la route et faisait de l'ombre à ses successeurs. Et quand les passagers furent à bord et que les marins eurent largué les amarres, Émile Gilliéron comprit que lui aussi avait fait son temps en Crète.

Quand le bateau eut quitté le port, quand on eut cessé de s'envoyer des signes et de se saluer, les compagnons de route prirent un thé au petit salon.

Vous rappelez-vous notre première traversée, il y a trente ans de cela ? demanda Arthur Evans. Quand vous dessiniez sur la nappe ?

J'avais quinze ans, répondit Gilliéron sur un ton d'excuse. Mon père s'est moqué de moi à cause de cela pendant des semaines.

Eh oui, votre père. Combien de temps cela fait-il qu'il n'est plus parmi nous ?

Onze ans. Il est mort quatre jours avant le quatrième anniversaire de mon fils.

C'est donc que le petit Alfred a déjà quinze ans, n'est-ce pas ? A-t-il hérité de votre talent, dessine-t-il déjà sur les nappes ?

Pas que je sache, répondit laconiquement Émile.

Après un instant, Evans toussota et regarda autour de lui comme s'il cherchait quelque chose.

Dites-moi, Gilliéron, n'avons-nous pas fait cette traversée voici trente ans exactement sur ce bateau ? N'était-ce pas sur une nappe posée précisément sur cette table-ci que vous dessiniez ?

Hélas non, *sir*. Le hasard veut que je sache que ce bateau a été mis à la ferraille il y a plusieurs années.

Êtes-vous sûr ?

Absolument.

Comme c'est regrettable, dit Evans en passant les deux mains sur le bord de la table comme s'il voulait caresser le bateau. J'aurais juré...

Puis il regarda autour de lui d'un air embarrassé et hagard.

Gilliéron eut pitié du vieil homme.

Bien sûr, ce n'est pas le même bateau, mais je suis tout à fait d'accord avec vous. Le bateau de jadis avait une grande ressemblance avec celui-ci.

Ah oui ?

Une ressemblance étonnante. Comme deux gouttes d'eau.

N'est-ce pas ? Arthur Evans hocha la tête avec satisfaction. D'ailleurs les bateaux se ressemblent tous beaucoup, vous ne trouvez pas ?

Absolument, répondit Gilliéron en regardant les eaux grises de la mer. Un bateau est un bateau, voilà qui est sûr.

Ensuite, la conversation tarit. Arthur Evans regardait la nappe en levant les sourcils, et Émile Gilliéron s'en voulait d'éprouver de la pitié.

La journée avait été fatigante, ils allèrent se coucher de bonne heure. Le lendemain, lorsqu'ils prirent congé l'un de l'autre au port du Pirée, ils se serrèrent la main et se promirent de se revoir bientôt tout en sachant l'un et l'autre qu'ils ne se rencontreraient plus dans cette vie. Il est bien possible qu'Émile Gilliéron ait versé une larme sur le trajet du Pirée à Athènes, car il disait adieu non seulement à Arthur Evans et son époque, mais aussi à l'époque de son père, peut-être aussi à la sienne propre.

Car c'était ce jour-là la première fois en trente ans qu'il revenait de Crète sans un succès professionnel – sans la moindre commande, sans contrat ni invitation. Ce n'était pas un hasard et ne resterait pas une exception, Gilliéron ne se faisait pas d'illusions. En ce jour de festivités, les jeunes chipoteurs terre à terre n'avaient pas seulement mis Arthur Evans à la retraite, mais également lui, Émile Gilliéron, avec un désaveu tacite. C'était dans l'ordre des choses, Émile Gilliéron n'éprouvait aucune amertume car il ne se voyait pas en perdant et ne voyait pas les chipoteurs en vainqueurs ; ce n'était qu'un changement d'équipe. Aux jeunes maintenant de montrer ce que valait leur scientificité péremptoire.

Arthur Evans et Émile Gilliéron, eux, avaient du moins fait renaître le palais du roi Minos – qu'avaient-ils à présenter de leur côté, ces chipoteurs terre à terre ? Quelques tas de pierres minutieusement inventoriés. L'un se trouvait, isolé, en périphérie de Palekastro et un autre derrière la plage de Kato Zakros, les Italiens avaient trouvé quelque chose à Phaistos et les Français avaient déterré à Malia un tas de pierres, et tout cela était consciencieusement mesuré, archivé et répertorié. Mais à qui ces décombres racontaient-ils quelque chose ? La moindre histoire ? Et qui voudrait encore les voir après avoir vu le superbe palais de Cnossos ?

Arthur Evans et Émile Gilliéron étaient les créateurs du palais de Cnossos, on n'y changerait rien et ce serait encore ainsi cent ans plus tard quand les jeunes puristes, ces maîtres d'école archéologues et leurs comptables seraient couchés dans leur tombe, pourris et oubliés, côte à côte avec les conservateurs de musées, les fonctionnaires ministériels et tous les autres pinailleurs, pisse-vinaigres et parasites ternes et exsangues qui n'avaient pas de passion dans la vie, se pavanaient aux frais de l'État et n'avaient jamais dépensé une drachme de leur poche pour autre chose que pour leur propre bedaine. Dans cent ans encore, Émile Gilliéron en était convaincu, la mémoire collective de l'humanité se souviendrait de la préhistoire de la Crète telle que lui et Arthur Evans l'avaient créée – avec ses salles du trône, ses escaliers extérieurs et ses fameuses colonnes rouges se resserrant vers le bas, et avec les beautés à chaises de camping, les cueilleurs de safran et les prêtresses aux serpents.

En des décennies de travail, il avait créé une œuvre totale qui méritait sa place dans les grands musées de ce monde indépendamment de sa vérité historique. Émile Gilliéron savait bien qu'il ne deviendrait pas docteur *honoris causa* pour ce qu'il avait accompli, qu'il ne serait fait ni chevalier ni citoyen d'honneur d'aucune ville, car il devait au contraire s'estimer heureux de ne pas finir sous les verrous comme faussaire ou fraudeur. Mais même si le monde ne savait pas rendre hommage à son œuvre artistique, il pouvait tout de même se targuer d'être le plus grand faussaire de tous les temps ; car loin de s'être contenté de copier quelques croûtes, figurines d'ivoire et billets de banque, il avait au contraire inventé rien de moins que le portrait vivant de la plus haute civilisation d'Europe – avec sa joie de vivre délurée et son penchant pour l'Art nouveau et l'Art déco.

Émile Gilliéron n'avait plus rien à se prouver et n'avait pas à briguer la reconnaissance des jeunes chipoteurs. Le seul désagrément était qu'il n'avait pas encore quatre-vingt-cinq ans et devait encore gagner de l'argent pendant un bon bout de temps. Ses affaires n'allaient pas mieux à Athènes qu'en Crète, les grands musées et les institutions ne lui achetaient plus rien. L'année précédente, il s'était imposé une dernière fois face aux jeunes archéologues et avait aménagé une salle entière du Musée archéologique national avec des objets minoens de sa propre production. Mais c'en était fini, aucune nouvelle commande n'était en perspective.

La route menant du Pirée à Athènes avait été goudronnée et on avait en outre construit un tramway. Dans la file dense d'automobiles on ne voyait plus guère d'attelages ni de charrettes à âne. Cela faisait quelques années que les automobiles avaient envahi la ville et que de lourds nuages de gaz d'échappement flottaient dans les rues durant les mois d'été. La plupart des contrôleurs de tramway parlaient le français, de nombreux garçons de café l'allemand. La maison de la famille Gilliéron ne se trouvait plus sur un pré à chèvres, mais au beau milieu d'une ville bruyante qui croissait rapidement.

En l'espace d'un demi-siècle, le père et le fils Gilliéron avaient connu les évolutions de l'archéologie à tous les stades. Avec Schliemann, ils avaient parcouru la mer Égée en archéologues chasseurs et collectionneurs, puis avec Evans ils s'étaient sédentarisés à Cnossos comme les paysans. Quand les champs à cultiver étaient venus à manquer, ils s'étaient réorientés vers l'artisanat spécialisé à destination d'une classe supérieure fortunée, et quand ce luxueux petit marché s'était effondré, ils avaient gagné de plus larges couches d'acheteurs en installant une manufacture et en baissant le coût des pièces. Quant au dernier pas vers l'industrialisation, ils l'avaient franchi lorsqu'ils avaient commencé à faire reproduire leurs copies par des machines et en série dans une usine du Sud de l'Allemagne.

La Württembergische Metallwarenfabrik de Geislingen fabriquait par galvanoplastie sur la base des modèles fournis par Gilliéron des têtes de taureau minoennes et des gobelets mycéniens en or et argent dans les quantités souhaitées, ainsi que toutes sortes de vases, lampes à huile et calices, épées et poignards, monnaies et masques mortuaires ainsi que des bagues en or comme l'anneau du roi Minos qui avait conduit Arthur Evans jusqu'au temple-tombeau. Le catalogue richement illustré donnait la liste des cent quarante-quatre articles, les commandes devant être passées auprès d'Émile Gilliéron, 43, rue Skoufa, Athènes. Dans l'introduction, le professeur munichois Paul Volters écrivait que les objets n'étaient ni tordus, ni écrasés ni brisés, mais rendus dans leur forme d'origine.

Les objets minoens de Geislingen assuraient l'existence d'Émile Gilliéron, ils étaient bon marché et se vendaient bien. Mais peu à peu, la demande diminua, le marché semblait saturé. De plus, la Württembergische Metallwarenfabrik devait honorer un nombre croissant de commandes de la Wehrmacht et ne trouvait plus guère de temps pour les demandes spéciales de Gilliéron.

Pour éviter que cette source de revenus ne se tarisse elle aussi, Émile devait constamment renouveler l'assortiment. Deux fois par an – généralement à l'automne et au printemps –, il se rendait à Geislingen pour y apporter de nouveaux objets et donner des instructions pour leur reproduction. Il passait en général plusieurs jours à l'usine à surveiller la fabrication des moules et à contrôler les premiers exemplaires avant de s'en retourner à Athènes.

Les voyages en bateau et en train devenaient d'année en année plus pesants et il cherchait comment faire pour s'en passer. Ce serait un jour ou l'autre son fils qui reprendrait ces voyages, mais quelques années encore s'écouleraient d'ici à sa majorité.

Au matin du 2 septembre 1939, comme il allait partir pour son habituel voyage d'automne, Émile Gilliéron lut dans le journal alors qu'il prenait son petit-déjeuner qu'une guerre avait éclaté entre l'Allemagne et la Pologne. Il reposa sa tasse, appela la Lloyd Triestino et repoussa de quatre semaines sa traversée pour Trieste. D'ici là, selon le journal, la guerre serait terminée, la Pologne ne tiendrait pas deux semaines.

Un mois plus tard, le moment du départ fut de nouveau imminent. La veille au soir, il dîna avec sa femme Ernesta sur la terrasse de sa maison d'une daube de poulpe au vin rouge. C'était une chaude soirée de fin d'été, l'Acropole rougeoyait au sud, la lune se levait. Après le café, Ernesta posa une lampe près de son chevalet et reprit son dernier tableau, une vue de l'Acropole à la pleine lune ; devant décider quelle position serait la plus expressive, elle ébaucha la ligne des ombres portées par la lune montante.

Émile Gilliéron la regardait travailler en sirotant son armagnac. Il était marié avec elle depuis vingt ans et depuis vingt et un ans il la regardait peindre. Il appréciait ses tableaux pour leur facture de qualité, même s'ils étaient trop sages et manquaient d'audace artistique. Il y avait quelque chose de tragique dans le fait que les Acropoles peintes par Ernesta, de trop bonne qualité pour être vendues à des touristes, étaient trop insignifiantes pour susciter la curiosité des galeristes et des collectionneurs. N'importe quel barbouilleur, n'importe quel branquignol et n'importe quel génie trouvaient des acquéreurs sur l'insatiable marché athénien, seules les œuvres d'Ernesta étaient invendables et s'entassaient par centaines dans la maison de Gilliéron. De temps en temps seulement, l'une d'elles trouvait à sortir de la maison pour finir comme prêt perpétuel dans le salon d'amis ou de relations où elle prenait la poussière.

Comme toujours, la lune se détacha rapidement de l'horizon. Lorsqu'elle fut à son zénith et que l'Acropole ne projeta quasiment plus aucune ombre, Ernesta rangea ses ustensiles et se retira. Émile se versa un dernier armagnac, sa valise était déjà faite. Il faudrait bien partir, cette fois, quand bien même la guerre n'était pas terminée ; les stocks s'épuisaient.

Émile redoutait ce voyage. Les contrôles douaniers seraient plus pénibles que jamais, les trajets en train plus longs et les heures d'arrivée plus incertaines. Il n'était pas sage dans de telles conditions de transporter dans ses bagages des objets aussi peu discrets que la hache de guerre de Ménélas ou l'espadon de Thésée. Il n'emporterait cette fois en Allemagne que des bagues minoennes en or et des monnaies mycéniennes et laisserait le reste chez lui.

Une fois la bouteille vide, il rentra dans la maison et se lava le visage et les mains, puis il se dévêtit et régla son réveil à 6 h 30. C'était peu après minuit, le 30 septembre 1939 commençait à peine. Il s'étendit sans bruit auprès de sa femme et s'endormit comme toujours très vite. Il n'y avait guère eu de nuit dans les cinquante-quatre années de sa vie où il n'ait pas trouvé facilement et rapidement le sommeil.

Mais deux heures plus tard, sa femme se réveilla car il ne ronflait plus. Lorsqu'elle le secoua, il était déjà froid.

*

Bien entendu, il arrivait souvent à Laura d'Oriano de songer que son devoir serait de retourner à Bottighofen auprès de ses filles et d'Emil Fraunholz. C'était surtout pendant les longs après-midi passés derrière le comptoir, quand la clientèle était rare au magasin et que les heures s'écoulaient péniblement entre les chapeaux pour dames et pour messieurs, que l'envahissait la sensation de se réveiller d'un profond sommeil et de se trouver au mauvais moment au mauvais endroit en compagnie d'étrangers avec lesquels elle n'avait rien à voir. Il lui arrivait d'être sur le point de prendre son sac et son manteau sous le bras et de s'en aller sans un mot d'adieu ; mais, ne sachant pas où ni chez qui aller, elle s'en abstenait.

Elle était sûre d'une chose : cela ne ferait de bien à personne qu'elle retourne à Bottighofen – à ses filles très certainement pas, puisqu'elles grandissaient sur la rive sereine du lac de Constance et deviendraient, élevées par leur grand-mère, de jeunes paysannes bien nourries, paisibles et travailleuses ; à son époux non plus, qui surmonterait d'autant plus facilement sa jalousie et la douleur de la séparation que Laura ne se montrerait pas ; et à elle-même non plus, car jamais elle ne se résoudrait à passer une vie de ménagère thurgovienne en sabots entre les pommiers et les cordes à linge.

Et autre chose aussi lui était apparu : si elle avait quitté Bottighofen, ce n'était pas parce qu'elle voulait chanter, mais l'inverse – elle voulait chanter pour se tenir éloignée d'endroits tels que Bottighofen. Il n'était pas vrai que Laura poursuivît un but élevé dans sa vie ; seulement, elle avait toujours su ce qu'elle ne voulait *pas*. Elle n'avait pas voulu être une enfant docile ni une adorable adolescente, pas plus qu'une fiancée désirable, une épouse loyale, une femme d'intérieur irréprochable ni une mère attentionnée – c'était pour cela, rien que pour cela, qu'elle s'asseyait jadis sur le marchepied et chantait.

Refusant tous les rôles de marionnette que le monde aurait eus pour elle en réserve, elle était restée forte et inflexible. Mais dès qu'elle-même devait s'écrire un rôle sur mesure, elle était perdue, comme d'ailleurs la plupart des gens, et s'abandonnait à la force des circonstances en accomplissant les tâches quotidiennes aussi bien que possible.

C'est ainsi que Laura d'Oriano resta année après année au magasin de Maria Juarez à vendre des chapeaux à des étrangers, chantant quelques fois par an dans un club de nuit costumée en Svenja, Carmen ou Aïcha. Eu égard aux ambitions de sa jeunesse, c'était une défaite ; mais une défaite élégante ; car Laura n'avait de comptes à rendre à personne quant à la couleur de sa lingerie et elle était libre d'aller quand elle voulait où bon lui semblait. Nul ne la retenait, personne ne la bâillonnait ni ne la bridait – et à vrai dire elle devait s'estimer contente qu'on ne la renvoie pas, car les temps étaient durs. Les clubs de nuit n'avaient quasiment plus de clients qui payaient et la chapellerie de Maria Juarez faisait de moins en moins de chiffre d'affaires.

Tout cela changea brusquement à l'été 1940 lorsque la ville regorgea soudain de gens venus de tous les coins de la terre. Après l'invasion du Nord de la France par la Wehrmacht, des millions de Français s'étaient réfugiés dans ce qu'on appelait la zone libre, et avec eux plusieurs centaines de milliers de personnes fuyant le nazisme qui avaient jusque-là trouvé asile dans le Nord et affluaient dorénavant vers le sud en quête d'un bateau qui les mette, par-delà l'océan, à l'abri des assassins.

Chaque train en provenance du nord arrivant à la gare Saint-Charles déversait un flot de nouveaux arrivants sur le grand escalier puis sur la Canebière. Seul un petit nombre d'entre eux étaient vêtus avec élégance et faisaient porter leurs bagages par des porteurs en livrée jusqu'à un taxi, la plupart portaient aux pieds des chaussures élimées et sous le bras des valises en carton cabossées et tenues fermées avec de la ficelle de chanvre ; tous avaient la crainte, la privation et l'épuisement inscrits sur le visage et les riches se souciaient tout autant que les pauvres du temps que durerait le pécule qu'ils tenaient caché quelque part sous leurs vêtements.

Dans l'ensemble, les arrivants apportèrent beaucoup d'argent à la ville. Chaque nouveau train faisait augmenter la demande en nourriture, en logements et en produits d'usage quotidien, et comme l'offre était maigre, les prix grimpaient jusqu'à des hauteurs inaccessibles. Quant au commerce de Maria Juarez, il profitait de ce que les réfugiés avaient souvent perdu leur chapeau et se préoccupaient à leur première halte de le remplacer pour se sentir à nouveau un peu comme des êtres humains. La cloche de la porte sonnait sans répit. Les affaires marchaient superbement, du matin au soir les abeilles ouvrières de l'atelier confectionnaient de leurs doigts agiles des chapeaux pour dames et pour messieurs. Et comme la plupart des clients étaient des étrangers et parlaient des langues étrangères, Laura d'Oriano était plus indispensable que jamais derrière le comptoir.

À cela s'ajoutait que les clubs de nuit se remplissaient de nouveau. Laura avait des engagements à volonté. Certains soirs, elle se produisait sur la scène de trois endroits différents dans trois mascarades différentes – d'abord ici en Svenja, le Lys de Copenhague, puis là en Carmen, la Rose de Séville, et encore ailleurs en Aïcha, la Reine de Tripoli.

L'argent qu'elle gagnait lui filait entre les doigts. La vie était devenue chère à Marseille et elle continuait à envoyer à Bottighofen ce qui lui restait. Depuis qu'Emil Fraunholz refusait ses virements, elle envoyait l'argent à sa belle-mère, qui en contrepartie lui envoyait tous les quelques mois sans commentaires des photographies sur lesquelles ses deux fillettes joufflues regardaient l'appareil d'un air radieux en présentant leurs nattes blondes. Laura appréciait ce geste muet de solidarité entre femmes, mais le comprenait aussi comme une manière de lui signifier que ses filles allaient bien et que Laura ne devait pas se mettre en tête de resurgir à Bottighofen.

Laura d'Oriano eut vingt-neuf ans en cet été 1940. Elle fêta son anniversaire seule dans sa vieille chambre d'enfant sur le Vieux-Port. Son père s'était déjà fait un peu vieux et laissait Laura agir à sa guise à la seule condition qu'elle ne reçoive pas de visites masculines, et sa mère aussi s'était résignée à ce que sa fille refuse tous les rôles de marionnette – si tant est que devenir peu à peu une vieille fille vivant encore chez ses parents, entretenant avec des messieurs des liaisons sans avenir et vaquant depuis des années à un emploi qui avait été censé n'être qu'une solution provisoire ne fût pas un rôle de marionnette.

Laura ne se sentait pas mal à l'aise dans ce rôle. On peut imaginer qu'elle l'aurait joué encore longtemps si les circonstances l'avaient voulu. Mais quand l'Italie déclara la guerre à la France et quand Mussolini rappela ses concitoyens dans leur patrie, les parents de Laura firent leurs bagages et appelèrent leurs quatre plus jeunes enfants auprès d'eux, après quoi ils vendirent l'appartement et s'embarquèrent sur le ferry pour Rome – non pour obéir à Mussolini, mais pour échapper à une arrestation par la police française qui n'accordait plus de permis de séjour aux ressortissants italiens.

Laura resta seule. Elle ne prévoyait pas de difficultés avec les autorités pour l'instant, ayant obtenu la nationalité suisse par mariage. Mais elle dut quitter l'appartement du Vieux-Port et chercher un nouveau domicile. Cela se révéla difficile, car hôtels et pensions étaient tous complets tandis que les loyers des chambres les plus inconfortables atteignaient des sommets insensés.

Un matin d'été en juillet 1940, Laura d'Oriano se retrouva à la rue et emporta au travail dans sa vieille et élégante valise tout ce qu'elle possédait. La patronne afficha une mine sévère, les abeilles ouvrières chuchotèrent. Lorsque la patronne, peu avant la fermeture, se rendit à la banque porter les recettes de la journée, l'une des abeilles ouvrières se faufila hors de l'atelier, glissa un papier à Laura et lui souffla qu'elle pouvait loger chez elle jusqu'à nouvel ordre car elle avait encore dans sa mansarde un coin pour dormir.

Laura accepta la proposition avec gratitude. La mansarde se trouvait rue du Tapis-Vert au sixième étage et le coin pour dormir était un vieux canapé Empire défraîchi à côté d'une fenêtre qui laissait passer un courant d'air. Le lit de l'abeille ouvrière se trouvait derrière un paravent dressé au milieu de la chambre. Les deux femmes se couchèrent tôt. Elles restèrent ensuite, dans l'obscurité, chacune protégée des regards de l'autre, à bavarder un moment entre femmes. Elles passèrent pareillement la soirée du lendemain. Elles se lièrent vite d'amitié, chacune sut bientôt tout de l'autre. À l'échéance suivante du loyer qui se payait à la semaine, Laura donna la moitié, et de même la fois d'après, et ainsi de suite.

Ainsi passèrent six mois.

L'après-midi du 10 janvier 1941, un petit homme rondouillard entra dans le magasin de chapeaux, une mèche de cheveux tombant sur le front et ressemblant pour tout dire à Napoléon Bonaparte. Quand la patronne le salua, il répondit d'un air revêche en italien et chercha de l'aide autour de lui, sur quoi la patronne, d'un geste délicat et élégant de son bras potelé, désigna Laura et se retira dans l'atelier.

Dès les premiers mots prononcés par le petit homme, Laura avait entendu qu'il parlait l'italien avec un accent français, mais elle joua le jeu et lui demanda en italien ce qu'il souhaitait.

Il me faut un feutre noir pour la saison froide, dit le petit homme. Du cinquante-quatre, s'il vous plaît.

Laura prit sur l'étagère un choix de feutres et les posa sur le comptoir en expliquant leurs caractéristiques tandis que le petit homme les essayait l'un après l'autre.

Je prends celui-ci, finit-il par dire. Ne l'emballez pas, je le mets tout de suite. Au fait, vous parlez un italien très soigné.

Mes parents sont italiens, répondit Laura.

Alors vous avez sans doute noté que je suis moi-même corse.

Laura fit oui de la tête.

Mon italien est affreux, mais vous, vous semblez avoir un don pour les langues. On m'a dit que vous parliez aussi le grec, le turc et le russe. Est-ce vrai ?

C'est vrai.

Et l'allemand ?

Laura resta silencieuse et toisa l'homme avec une attention accrue.

Et l'allemand, *signora* ?

Je regrette, je ne parle pas l'allemand.

Ça ne fait rien, reprit le petit homme. Je dois vous parler, *signora*, c'est d'une extrême importance.

J'écoute.

Pas ici. Je vous attends ce soir à 19 heures au bar de l'hôtel Select.

Pour qui me prenez-vous, monsieur, répondit Laura. Je ne me laisse pas convoquer dans des bars d'hôtels, encore moins…

Pas si fort.

… encore moins par un faux Italien qui ne me dit pas son nom.

Je vous conseille instamment de venir ce soir au Select, *signora*. Votre permis de séjour expire bientôt, le savez-vous ?

Laura fit oui de la tête.

Vous ne devriez pas laisser les choses en arriver là, on pourrait vous arrêter sans raison dans la rue. D'ailleurs, vous avez omis de signaler au consulat suisse votre nouveau domicile, veillez à y mettre bon ordre. Et avez-vous une licence pour vos spectacles ?

Quelle licence ?

Pour les spectacles commerciaux en public. Ordonnance du 12 novembre de l'année dernière.

Je ne le savais pas.

Vous devriez régulariser votre situation et rester très prudente d'ici-là, *signora*. Venez ce soir à 19 heures au Select. Je peux vous aider.

Je ne sais toujours pas qui vous êtes.

Il est mieux pour vous que vous ne connaissiez pas mon nom.

Je ne donne pas rendez-vous à des inconnus.

Signora…

C'est mon dernier mot.

Mon nom est Simon Cotoni, je suis commissaire à la Surveillance du territoire de Nice. Ne parlez de ma visite à personne, ne mentionnez pas mon nom. Combien vous dois-je pour le chapeau ?

Cela fera quatorze francs et cinquante centimes, monsieur, s'il vous plaît.

Ce soir à 19 heures. Soyez ponctuelle.

Quand Laura eut remis la facture et rendu la monnaie sur le comptoir, il posa à côté une liasse de billets.

Ceci est pour vous, pour couvrir les frais les plus urgents. Mettez-le dans votre poche. Allez, vite. Le loyer de la rue du Tapis-Vert arrive à échéance. Envoyez quelque chose en Suisse, si vous voulez. Et pas un mot de ma visite. À personne. M'avez-vous compris ?

Une fois le petit homme parti, Laura compta les billets. Il y avait trois cents francs. Assez pour une semaine.

*

Vint l'année où Felix Bloch fit la connaissance à un congrès du Massachusetts Institute of Technology de Boston d'une jeune physicienne nommée Lore Misch, qui avait passé à Göttingen son doctorat consacré aux rayons X et avait fui aux États-Unis en 1938. Leur mariage eut lieu le 14 mars 1940. Les premiers temps, ils habitèrent le bungalow de célibataire qu'occupait Felix sur le campus, puis ils emménagèrent à Palo Alto dans une jolie petite maison sur Emerson Road. Le 16 janvier de l'année suivante, naquirent les jumeaux George et Daniel. Pour la jeune mère, la première année avec ces deux nouveau-nés fut une période fatigante, elle eut bientôt besoin de repos. Felix Bloch s'occupa des préparatifs pour passer l'été 1942 avec sa famille sur la plage de Carpinteria au sud de Santa Barbara.

C'est alors qu'il reçut un appel téléphonique de Robert Oppenheimer qui le priait de participer à son séminaire d'été à Berkeley.

Pas cette fois, dit Bloch.

C'est important, répondit Oppenheimer.

Je regrette, reprit Bloch. Nous avons déjà mis les maillots de bain et les langes dans les valises. Et versé un acompte pour la maison sur la plage.

Déballez les langes et les maillots de bain, dit Oppenheimer, et ne vous faites pas de souci pour l'acompte. Donnez le bonjour à Lore de ma part. Dites-lui que je lui revaudrai ça.

Je ne peux pas. L'hiver a été dur.

Je suis désolé. Il s'agit des neutrons, Bloch, j'ai besoin de vous à mon séminaire. Votre participation est obligatoire. Je ne peux pas en dire plus au téléphone.

Que dois-je comprendre ? fit Bloch.

Écoutez. Le séminaire aura lieu de toutes les façons, que cela nous convienne ou pas à vous et moi. Si nous ne le faisons pas, ce sont les autres qui le feront. Nous ou les autres, Bloch, vous me comprenez ? Les autres s'en occupent probablement déjà. Nous n'avons pas de temps à perdre.

Je comprends.

Le président Roosevelt souhaite personnellement que vous en soyez. Nous commençons début juillet. Quelques-uns de nos vieux amis de Copenhague seront là eux aussi.

Qui ?

Hans Bethe et Edward Teller. Van Fleck. Mon assistant Robert Serber. Et quelques-uns de mes thésards. Teller n'a-t-il pas fait son doctorat avec vous à Göttingen ?

Avec Heisenberg. Sur l'ionisation des molécules d'hydrogène. Pour moi, il préparait seulement le thé. Au sous-sol, dans la salle de ping-pong.

C'est ainsi que Felix Bloch passa l'été 1942 non sur la plage de Santa Barbara, mais au dernier étage du LeConte Hall de Berkeley. L'objectif du séminaire était d'explorer de manière purement hypothétique, en réfléchissant librement à plusieurs, à la question de savoir s'il était en principe concevable de construire des armes possédant une grande puissance de destruction en libérant une part de l'énergie de cohésion du noyau.

Neuf hommes prirent part à ce séminaire. Ils faisaient partie des chercheurs de premier plan dans ce domaine. Leurs rencontres restèrent secrètes. Elles se tinrent au dernier étage dans une salle dont seul Oppenheimer possédait une clé. Deux portes-fenêtres donnaient sur un balcon devant lequel était tendu un filet d'acier pour des raisons de sécurité.

Le matin du premier jour, Robert Oppenheimer, pour mettre ses collègues dans les dispositions d'esprit voulues, évoqua la plus grande catastrophe par explosion causée jusque-là par des hommes, qui s'était produite le 6 décembre 1917 dans le port de Halifax. Après la détonation de cinq mille tonnes de TNT sur un navire français transportant des munitions, une énorme boule de feu s'était formée, l'onde de choc avait rasé la ville sur un territoire de deux milles carrés et demi, faisant deux mille victimes. Et lorsque le calme revint sur Halifax, un nuage de fumée en forme de champignon s'élevait vers le ciel.

La puissance destructrice de l'explosion avait été énorme. Mais une bombe à l'uranium – les participants du séminaire en furent d'accord dès le premier jour – aurait au moins dix fois cet effet. Le champignon de fumée serait dix fois plus haut, la boule de feu dix fois plus grosse et l'onde de choc suffirait à rayer de la carte non seulement une petite ville comme Halifax, mais une métropole comme Berlin ou Hambourg. Ou Rome. Et elle ne tuerait pas seulement deux mille personnes, mais vingt mille. Ou deux cent mille.

Les participants du séminaire comprirent très tôt que réaliser une bombe assez petite et maniable pour être transportée sur une longue distance jusqu'à destination par un bombardier B-29 était un défi technique. Mais cela semblait en principe faisable. Dans un premier mémorandum, Oppenheimer nota qu'un récipient de vingt centimètres de diamètre rempli d'uranium 235 suffirait pour une rapide réaction en chaîne, ce à quoi il fallait bien sûr ajouter bien davantage en volume et en poids pour le mécanisme d'allumage et les gaines.

Tout l'été, sous le toit du LeConte Hall, les neuf hommes firent des calculs et projetèrent leur bombe hypothétique. Il s'agissait de déterminer avec précision quelle quantité minimum d'uranium 235 serait nécessaire pour déclencher une réaction en chaîne fiable. Un problème résidait dans le mécanisme d'allumage qui devait être construit de telle sorte que la masse devienne critique aussi vite que possible et que la réaction en chaîne se déroule intégralement sans être interrompue auparavant par une détonation précoce. La question de la quantité d'énergie que dégagerait la réaction en chaîne était aussi particulièrement importante. Des calculs détaillés montrèrent que l'explosion d'une bombe atomique ne serait pas de dix fois celle de Halifax en violence, mais au moins de cent, sinon de mille fois, et que le nombre de morts pourrait donc s'élever non pas à deux mille ou vingt mille, mais à deux cent mille.

Felix Bloch était chargé, dans son domaine spécifique, du problème de la diffusion des neutrons ; il devait établir quel serait le comportement des neutrons rapides lors de la réaction en chaîne. Il put élucider certains points, d'autres questions demeurèrent non résolues. Mais aucune difficulté fondamentale d'ordre théorique ou technique ne surgit au cours du séminaire. La bombe était réalisable, tous les participants s'accordaient là-dessus.

Une fois seulement, des doutes s'élevèrent : ce fut en ce matin de juillet où Edward Teller entra en claudiquant dans la salle de réunion, demanda la parole à Oppenheimer et exprima sa crainte que la chaleur d'une explosion atomique puisse produire un effet d'amorçage initial pour un incendie de l'atmosphère terrestre entière qui se propagerait sur l'eau des océans et éteindrait toute vie sur la planète.

Cette remarque fut un choc. Laissant leurs calculs de côté, Oppenheimer, Bloch et Bethe se penchèrent sur ce nouveau problème. C'était un fait connu que l'hydrogène devenait instable à de hautes températures, et de même l'azote, dont l'air est composé aux trois quarts. La question était de savoir à quelle température une réaction en chaîne se déclencherait et ferait prendre feu à la Terre.

Nul n'avait eu cette pensée avant Edward Teller, nul ne sut répondre. Oppenheimer chargea Bethe de reprendre les calculs de Teller. Au bout de quelques jours, Bethe sonna la fin de l'alerte, indiquant que la probabilité d'un embrasement global de l'air et de l'eau tendait "fortement vers zéro". Une réaction en chaîne ne pourrait pas se produire non plus avec une très haute température de départ étant donné que les noyaux atomiques étaient éloignés les uns des autres dans l'air et l'eau et que la perte d'énergie serait bien trop grande.

Bethe ne put donner aucune garantie et chacun des participants resta avec ses doutes. Mais Robert Oppenheimer respira, car les événements des derniers temps l'avaient plus que jamais conforté dans la conviction que la bombe était absolument indispensable pour mettre Hitler à genoux. Quelques jours plus tôt en URSS, la Wehrmacht, dans son avancée vers les champs de pétrole du Caucase, avait attaqué Stalingrad, et dans l'Atlantique le sous-marin allemand U-201 avait coulé l'*Avila Star*, paquebot britannique non armé.

Le séminaire continua, tous poursuivirent leur travail.

L'été s'écoula. Le séminaire était agréable, les discussions restaient animées. Mais un après-midi d'août, alors que le soleil déjà bas entrait par les portes-fenêtres, il se produisit un épisode dont l'assistant d'Oppenheimer, Robert Serber, devait se souvenir toute sa vie. Oppenheimer interrompit la discussion et déclara :

Jésus, regardez-moi ça.

La pièce entière était dans l'ombre de ce filet d'acier tendu devant le balcon pour protéger les participants du séminaire. Le motif noir à carreaux s'étalait sur les murs et les bureaux, les tables et les piles de papier, et les mains et les visages des physiciens nucléaires eux aussi en étaient prisonniers – l'ombre obscure de ce filet s'était posée sur toutes choses.

12

L'après-midi du 7 juin 1941, Laura d'Oriano était assise dans l'autocar qui reliait Toulouse à Mont-de-Marsan. Il faisait très chaud, le car roulait à travers les vignobles et les champs de maïs vers le soleil déjà bas à l'ouest. Toutes les vitres coulissantes du car étaient ouvertes, les rideaux claquaient au vent. Laura avait mis un fichu et lisait un livre, son petit sac de voyage placé dans le filet au-dessus d'elle ; elle avait laissé à Marseille son élégante, mais peu discrète valise.

Le chauffeur l'examinait dans le rétroviseur. Peut-être la prenait-il pour une veuve de guerre toulousaine se rendant dans la famille de son mari pour des affaires de succession, ou pour une institutrice allant rendre visite à ses parents à la campagne et qui passait le temps en lisant Verlaine ou Stendhal.

Si des gendarmes étaient montés dans le car pour un contrôle, Laura aurait sorti de son sac sa nouvelle carte d'identité et se serait présentée sous le nom de Louise Fremont, de nationalité française, domiciliée à Paris, née le 27 septembre 1912 à Marseille. État civil : célibataire. Taille : 1,61 m. Métier : danseuse et chanteuse. Et ce faisant elle aurait soigneusement évité du regard son sac de voyage, dans la doublure duquel étaient cousus sept mille francs et quantité de tickets de rationnement.

Le car avait été assez plein au départ de Toulouse, puis il s'était progressivement vidé ; la zone littorale interdite se rapprochait, Laura était la dernière passagère. Le chauffeur ne lui prêtait plus attention, il s'était fait son idée. Elle descendit à l'avant-avant-dernier arrêt précédant la ligne de démarcation, dans un village de vignerons nommé Aire-sur-l'Adour, et se retrouva dans l'étroite grand-rue avec ses boutiques aux rideaux tirés, entre lesquelles partaient sur la gauche et la droite de petites rues transversales. Plus loin, les cloches de l'église sonnaient la messe. Le pavé était encore brûlant du soleil de l'après-midi.

Quand le bus démarra, un vieux paysan émacié au nez rouge et à la barbe grise de plusieurs jours lui fit signe de l'autre côté de la rue. Celui-ci la salua joyeusement en l'appelant bien fort "ma petite Louise" comme si elle était sa nièce favorite ou sa petite-fille, puis il traversa la rue, saisit Laura par les épaules et lui appliqua des baisers vigoureux sur les deux joues. Il la débarrassa de son sac de voyage, passa son bras sur ses épaules et l'entraîna vivement dans une rue transversale au bout de laquelle un chemin de terre conduisait à un coteau.

Un tracteur rouge était arrêté sur le coteau. Le paysan se plaça d'un bond derrière le volant, Laura monta sur le petit siège placé au-dessus de la roue arrière droite. Ils roulèrent jusqu'à l'extrémité du coteau, d'où un autre chemin de terre menait au coteau suivant puis encore à un autre, et c'est ainsi que Laura et le paysan furent cahotés deux heures durant à travers les coteaux d'Aquitaine en direction de l'ouest et du soleil qui se couchait jusqu'à dépasser la ligne de démarcation avant de disparaître dans la forêt de pins clairsemée qui s'étendait sur des dizaines de kilomètres de sables marécageux jusqu'à l'océan Atlantique et vers le nord jusqu'à la Gironde.

L'après-midi suivant, Laura apparut seule à Bordeaux, les cheveux en bataille et les chaussures éraflées. Elle fit une première promenade dans le centre-ville, s'acheta des chaussures de ville neuves et alla chez le coiffeur faire arranger sa coiffure, puis elle but un café à une terrasse. En fin de journée, elle se rendit à la pension d'une certaine Mme Blanc au 4, rue du Quai-Bourgeois, dont elle avait noté l'adresse sur un papier. La pension se trouvait au bord de la Garonne, non loin du port. Il y avait encore des chambres et les prix étaient bas. Depuis que les réfugiés s'étaient enfuis à l'approche de la Wehrmacht, beaucoup de chambres étaient libres à Bordeaux.

Laura donna son premier spectacle le samedi suivant dans le club de nuit nommé Le Singe Dansant. Elle revêtit de nouveau son vieux costume cosaque, montra de nouveau sa jarretière et chanta de nouveau *Bajuschki Baju*, et de nouveau les marins présents dans le public fondirent en larmes ; la seule différence avec ses spectacles d'autrefois était qu'ici les marins portaient des uniformes de la marine de guerre italienne car ils étaient membres de l'équipage des trente-deux sous-marins stationnés dans le port de Bordeaux sous haut commandement allemand et se préparaient à leur intervention dans la bataille de l'Atlantique. Et comme ils devaient être de retour dans leurs sous-marins avant minuit, aucun d'eux n'attendit Laura lorsqu'elle sortit par la porte arrière à minuit et demi.

Malgré tout, sa mission se révéla facile, un pur rôle de marionnettes. Tout était si simple que Laura aurait pu en être attristée si elle n'en avait été si soulagée. Il lui suffit le lendemain de se maquiller devant son miroir en se faisant légèrement des pommettes slaves et de jeter sur les épaules sa veste cosaque pour que les marins italiens la reconnaissent lorsqu'elle alla flâner près de l'entrée du port pour la promenade dominicale.

Laura n'eut même pas à balancer les hanches pour troubler les jeunes gaillards, il lui suffit amplement de s'arrêter quai du Sénégal et de se mettre une cigarette aux lèvres. Quand elle fouilla dans son sac à main à la recherche d'allumettes, toute une horde de marins se précipita vers elle pour lui offrir du feu et faire la roue, chacun à sa manière, et lorsqu'elle remercia dans un italien parfait et fit par-dessus l'épaule un signe aux garçons avec le bout des doigts en y ajoutant un *arrivederci* avec un sourire dégageant ses dents blanches, l'enthousiasme ne connut plus de limite.

Tout était si prévisible, ce spectacle vieux de millions d'années. Mais Laura joua le jeu car cela la servait. À compter de ce samedi, elle fut célèbre parmi les marins des sous-marins italiens. Quand elle commandait un martini à une terrasse, il était toujours payé d'avance. Quand elle traînait ses courses, un cavalier se présentait toujours pour les lui porter jusqu'à la rue du Quai-Bourgeois. Et quand elle s'asseyait sur un banc du jardin botanique avec son Stendhal ou son Verlaine, l'un d'eux la priait toujours de le laisser s'asseoir un instant près d'elle.

C'est ainsi que Laura engagea la conversation avec eux. Il lui fallut plusieurs fois avouer qu'elle n'était pas une vraie Cosaque dans la vie, mais la sage fille d'un instituteur de Marseille et qu'elle ne s'appelait pas en réalité Anouchka, mais Louise, que ses amis la surnommaient Loulou, et que si elle parlait si bien l'italien, c'était que sa mère était italienne. Et quand Laura demandait sans transition aux marins si la vie sous l'eau était très dure, chacun d'eux inspirait profondément et se mettait à raconter.

Ils parlaient de la chaleur étouffante à bord, de l'air vicié et du silence inquiétant après la plongée quand le sous-marin reposait, machines à l'arrêt, au fond de l'océan parmi des épaves vieilles de plusieurs siècles et devait faire le mort des semaines durant pour échapper aux guetteurs ennemis. Ils racontaient le bonheur indicible de réémerger, lorsqu'on se retrouvait au grand air sur le pont et que les embruns vous éclaboussaient le visage, et la jubilation mauvaise qu'on éprouvait lorsqu'on avait mis dans le mille et fait périr corps et biens dix mille tonneaux de jauge bruts.

Tout cela était très simple. Les marins se mettaient d'eux-mêmes à parler et il ne venait ensuite à l'esprit d'aucun d'eux que Laura leur avait tiré les vers du nez ; car elle ne posait guère de questions, se contentant par quelques sporadiques exclamations de surprise d'encourager ses accompagnateurs à poursuivre, ce contre quoi, comme tous les hommes, ils étaient sans défense. Alors ils parlaient, ils parlaient. Ils expliquaient à Laura comment on immerge puis fait réémerger un sous-marin, et d'où venait l'air qu'on y respirait et où se trouvaient les lits des hommes d'équipage. Ils énuméraient les sous-marins mouillant dans le bassin du port de Bordeaux – vingt-deux à ce moment-là, mais pas tous prêts au combat, et uniquement des sous-marins italiens, pas allemands –, et ils donnaient les noms des navires sur lesquels ils avaient déjà servi.

Il arriva quelquefois qu'un sous-marin entre justement dans le port ou le quitte alors que Laura était assise sur le quai avec son accompagnateur. Elle se faisait alors montrer le massif avec le sas d'embarquement, observait les ballasts sur les côtés et les Flak escamotables sur le pont, retenait leur calibre et faisait un oui de la tête poli et intéressé. Mais si Laura proposait de faire un tour sur le port à sous-marins très surveillé, ses accompagnateurs secouaient la tête avec un air de regret et la priaient avec des phrases apprises par cœur de ne pas leur en vouloir. Strictement confidentiel, l'ennemi est aux aguets. L'arme la plus tranchante et la plus importante d'un sous-marin est son invisibilité. Un sous-marin dont la position ou le cap sont connus de l'ennemi est pour autant dire perdu.

Laura retenait tout cela et, le soir dans sa chambre, elle le notait. Deux ou trois fois par semaine, elle écrivait une lettre à un ami de Toulouse qu'elle n'avait jamais rencontré. En dehors de cela elle n'avait aucune obligation. Le samedi, elle chantait ses chansons cosaques au Singe Dansant. Le dimanche, elle allait en car à la mer, à Lacanau ou au Cap-Ferret, et faisait de longues promenades solitaires dans les dunes. Cet été-là fut long et paisible en Aquitaine. La guerre était éloignée et le temps était beau, et l'océan faisait souffler constamment vers les terres une brise rafraîchissante. Et si Laura était reconnue par un marin à un arrêt d'autocar avant de rentrer à Bordeaux, elle se laissait volontiers inviter à manger une assiette de moules avec des frites.

Mais dehors, sur l'océan, la guerre faisait rage, partout de par le monde des flottes entières étaient coulées une fois de plus et des dizaines de milliers de jeunes matelots jetés dans leur sépulture maritime. On peut imaginer que parmi eux se trouvaient aussi quelques-uns de ceux qui avaient tenu compagnie à Laura, car en cet été 1941 un nombre inhabituel de sous-marins italiens partis en mission ne regagnèrent pas Bordeaux.

Le *Glauco* partit le 24 juin 1941 en direction de la Méditerranée, fut attaqué trois jours plus tard dans le détroit de Gibraltar et sombra à l'ouest de Tanger. Huit membres de l'équipage périrent noyés, quarante-deux furent faits prisonniers.

Le 4 juillet, le *Michele Bianchi* partit en mission pour une destination inconnue, mais fut coulé dès l'estuaire de la Gironde avec soixante hommes à bord.

Le *Maggiore Baracca* fut coulé le 8 septembre au large de Gibraltar. Vingt-huit matelots périrent noyés, trente-deux furent faits prisonniers.

Début octobre 1941, ce fut au tour du *Guglielmo Marconi* de quitter le port. Il sombra au large des côtes portugaises pour des raisons inconnues, avec soixante hommes à bord.

En octobre, l'automne s'abattit soudainement sur l'Aquitaine avec des tempêtes et des semaines entières de pluie. Laura présenta sa démission au Singe Dansant et prit congé de sa logeuse. Puis elle partit vers le sud avec son sac de voyage en direction des pinèdes à l'extrémité opposée desquelles le paysan au tracteur rouge vint probablement l'attendre le lendemain.

Quant à la flottille de sous-marins italiens stationnés à Bordeaux, elle ne réduisit pas son nombre de missions mais n'eut plus de pertes à déplorer dans les mois qui suivirent.

*

Alors la bombe atomique, ayant été pensée, dut aussi être construite.

Felix Bloch n'avait plus aucun contact depuis le début de la guerre avec ses amis physiciens en Allemagne. Mais il avait sans nul doute lu dans le journal que Heisenberg et von Weizsäcker travaillaient à Berlin sur une machine à l'uranium, et peut-être aussi avait-il appris que les deux hommes avaient évoqué lors de leur dernière visite à Copenhague chez Niels Bohr la victoire finale qui approchait et la nécessité biologique de la guerre. Il est possible qu'il ait su également que von Weizsäcker à Berlin avait fait une demande de dépôt de brevet pour une bombe au plutonium et que la Wehrmacht, dans sa mise à sac de l'Europe, s'emparait de tout l'uranium disponible. Certes, depuis Pearl Harbour et au plus tard depuis Stalingrad, il était évident pour tout être doué de raison que l'Allemagne ressemblait à un joueur d'échecs qui a sur l'échiquier deux tours en moins que son adversaire ; mais il était tout aussi évident qu'une bombe atomique remettrait les deux tours en jeu. Et peut-être aussi une dame.

Telle était la situation lorsqu'un jour du printemps 1943, Robert Oppenheimer vint à Palo Alto et pria Felix Bloch de renoncer cette année encore aux vacances d'été à la plage et de l'accompagner dans le désert du Nouveau-Mexique pour construire une bombe atomique dans un lieu secret ne figurant sur aucune carte. Et pas seulement pour l'été, mais pour le restant de l'année et au-delà, pour une durée indéterminée.

On ignore quelle fut la première réponse de Bloch. On ignore si Oppenheimer formula cette demande à l'université ou au domicile de Bloch sur Emerson Road, et si la rencontre eut lieu le matin, l'après-midi ou le soir. On ignore si l'épouse de Felix, Lore, était présente, et si les jumeaux étaient encore réveillés ou s'ils dormaient déjà. On ignore si la conversation eut lieu au jardin, dans la véranda ou si les deux hommes firent une promenade pour se garder d'auditeurs indésirables.

On ignore aussi si la conversation fut brève ou longue, si ce fut un dialogue laconique entre hommes ou la discussion passionnée de deux savants débattant du sens le plus profond de leur science. On ignore tout de cette conversation, alors qu'elle fut sans nul doute la plus importante et la plus difficile de toute la vie de Felix Bloch puisqu'il dut trouver en cette heure-là une réponse définitive à la question de savoir si – oui ou non ? – il pouvait prendre la responsabilité devant sa conscience, au service de la liberté, de l'humanité et de la paix dans le monde, non seulement de réfléchir à la plus terrible machine à tuer de l'histoire humaine, mais aussi de la construire effectivement ; et si, en tant que juif européen, il était – oui ou non ? – de son droit, voire de son devoir, de combattre par tous les moyens à disposition le génocide perpétré par les nazis, même si ce devait être par la construction d'une arme de destruction massive dépassant de loin dans son efficacité égalitaire le gaz toxique de Fritz Haber durant la Première Guerre mondiale.

De tout cela on ne sait rien, car Felix Bloch n'a pas eu un seul mot pour évoquer ce cas de conscience dans l'ensemble de ses écrits posthumes qui comptent plusieurs milliers de pages. Dans aucun des articles, des lettres ou des notes qu'il légua à la postérité, soigneusement ordonnés, en les déposant à la Stanford Library, on ne trouve un mot de lui sur la bombe atomique. Le sujet demeure si fondamentalement à l'écart – si soigneusement, est-on tenté de supposer, que le moindre morceau de papier s'y rapportant a été ôté – que même le nom d'Oppenheimer, qui fut pourtant son ami le plus proche et son confident scientifique pendant dix ans, n'y est pas mentionné.

Néanmoins, on peut retenir avec certitude le plus important de cette conversation : premièrement, qu'elle eut vraiment lieu, et deuxièmement que Felix Bloch répondit par oui et oui aux deux questions qui se posaient à sa conscience. Et au cas où il se serait demandé si trois siècles de recherche en physique devaient vraiment atteindre leur sommet dans la construction d'une bombe atomique, Oppenheimer aura écarté ses scrupules en terminant par la remarque selon laquelle, dans la situation géostratégique actuelle, au-delà de toutes les considérations philosophiques, il n'y allait en fin de compte que d'une chose – en l'occurrence de la question de savoir qui disposerait en premier de la bombe : Hitler ou l'Amérique.

Cette conversation dut se dérouler ainsi ou d'une manière très semblable. Car le fait est qu'au printemps 1943 – peut-être fin juin, au début des vacances de fin de semestre –, Lore et Felix Bloch firent leurs bagages et partirent avec leurs jumeaux âgés maintenant de deux ans et demi pour un voyage dans le désert du Nouveau-Mexique.

Oppenheimer avait enjoint à Bloch, pour des raisons de confidentialité, de ne pas acheter de billets pour Santa Fe à la petite gare de Palo Alto, et de se procurer de nouveaux titres de transport à chacune des correspondances, à Bakersfield, Albuquerque et Lamy. Le voyage dura en tout et pour tout vingt-quatre heures. En fin de matinée du deuxième jour de voyage, Felix Bloch et les siens arrivèrent dans la vieille capitale du Nouveau-Mexique.

Santa Fe était à ce moment encore une petite ville hispanique paisible, sortie d'une autre époque. La Plaza était plantée de vieux arbres dispensant leur ombre au-dessus de bancs publics en fonte sur lesquels à toute heure du jour des hommes de tous âges faisaient leur sieste. De petits groupes de jeunes femmes aux cheveux noirs, aux lèvres rouge vif et vêtues de jupes colorées paradaient autour de l'obélisque qui se dressait au milieu du jardin public et lançaient des regards farouches à la recherche d'éventuels admirateurs. Il n'y avait pratiquement aucune voiture, des chevaux et des mules étaient attachés devant l'hôtel La Fonda. Des enfants jouaient sur les marches de la cathédrale Saint-François, des femmes indiennes étaient assises sur le perron du palais du gouverneur et vendaient des poteries et des bijoux, leur bébé attaché dans le dos par des tissus colorés.

Durant l'été 1943, un nombre inhabituel d'étrangers arriva dans cette ville endormie. La plupart étaient des citadins à la face blême venus du nord, dont aucun ne parlait espagnol et beaucoup l'anglais avec des accents européens. Certains étaient seuls et d'autres par deux, beaucoup avaient des enfants et traînaient, en plus de leurs valises, d'étranges objets tels que des balais, des seaux, des miroirs, des plantes en pot ou des voitures d'enfant.

Chaque matin, ces citadins étaient attendus sur East Palace Avenue par un vieux car scolaire sur lequel était écrit en caractères rouges voyants "US Army". Un soldat trapu aidait les femmes à charger leurs ustensiles ménagers en se laissant nonchalamment mener à la baguette par elles. Une fois que tout était bien rangé à bord, il se hissait derrière le volant et attachait la poignée de la portière au tableau de bord avec une corde en chanvre. Puis il passait la première et démarrait.

Le car était réservé aux hôtes de Robert Oppenheimer, qui furent plus de mille au début de l'été 1943 à parcourir les deux heures de route pour monter jusqu'à Los Alamos. C'étaient pour la plupart des physiciens accompagnés de leur famille, mais aussi des chimistes, des experts en explosifs, des biologistes, des mécaniciens de précision, des ingénieurs électriciens, des balisticiens et des ingénieurs métallurgistes. La route non goudronnée traversait des terres rouges et longeait des rochers violets et des falaises ocre en direction du nord-ouest avant de monter jusqu'à l'ancien internat pour garçons de Los Alamos situé à deux mille trois cents mètres au-dessus du niveau de la mer, au bord du cratère d'un immense volcan éteint. Au loin s'étendaient, couleur de lavande, les contreforts méridionaux de la chaîne Sangre de Cristo, à côté de laquelle se trouvait le basalte noir du sinistre haut plateau de la Black Mesa. Les rochers abritaient des *pueblos* indiens. Certains étaient abandonnés et en ruine, d'autres habités. Çà et là, des piments rouges séchaient accrochés aux murs de glaise et les cours étaient jonchées de maïs jaune, bleu, blanc et noir séchant sous le soleil.

Un étroit pont de bois traversait les flots rouges du Rio Grande, après quoi commençait une pente escarpée. Les cactus étaient en fleur, les crotales se réfugiaient en rampant sous l'armoise tridentée. Et puis, soudain, derrière un virage, dans d'immenses nuages de poussière, de gigantesques bulldozers de l'US Army vrombissaient, dégageant les rochers violets et les falaises ocre pour niveler la voie et permettre la circulation d'engins lourds.

L'autocar n'en finissait plus de monter péniblement la côte. Une fois qu'il était arrivé au bord du cratère, la route conduisait tout droit à Los Alamos, qui avait perdu en l'espace de quelques semaines toute ressemblance avec un internat pour garçons et s'était transformé en une cité de baraquements capable d'héberger mille habitants. La ville était entourée dans un rayon de six kilomètres d'une clôture complète en fils barbelés, à l'est et à l'ouest se trouvaient une porte d'entrée et un barrage routier. Des policiers militaires armés de mitraillettes vérifiaient les laissez-passer en lançant des regards dans le car sans dire un mot. Puis un *sergeant* donnait le signal pour que le car redémarre.

Quand le car s'arrêtait devant l'ancien bâtiment scolaire, Oppenheimer se tenait prêt à saluer les arrivants. Aux hommes, il donnait une tape sur l'épaule et demandait aux femmes comment le voyage s'était passé, disait "oui… oui, oui… oui" et présentait son briquet à la ronde, après quoi il faisait signe à des soldats de venir se charger des bagages et de montrer à chacun son logement.

Felix et Lore Bloch habitèrent non loin du château d'eau dans l'Apartment House T124, une maison en bois de deux étages construite en vitesse et peinte en vert tilleul comprenant quatre appartements. Les cuisines étaient pourvues de fourneaux à bois provenant des stocks de l'armée, qui fumaient.

Les salles de séjour étaient toutes aménagées chichement, les chambres pourvues de lits de camp. Les couvertures et les draps portaient, bien visible en caractères noirs, l'inscription USED, pour "United States Engineer Detachment".

Felix et Lore Bloch ne se trouvèrent pas seuls à Los Alamos. Les cloisons étaient minces, les voisins qui habitaient derrière elles étaient de vieux amis. À côté d'eux, au rez-de-chaussée, logeait Edward Teller, qui préparait jadis du thé pour Felix dans la salle de ping-pong du sous-sol de Leipzig et avait naguère effrayé le séminaire estival secret de Berkeley avec sa vision d'un incendie universel. À l'étage s'était installé le physicien Robert Brode, que Felix avait rencontré déjà comme étudiant à Göttingen et plus tard à Berkeley où il était membre du Monday Evening Journal Club. Tout près de là vivaient aussi Robert Oppenheimer et Hans Bethe, un peu plus loin le physicien zurichois Hans Staub et le mathématicien John von Neumann, avec lesquels Felix avait fait ses études à l'ETH.

La plupart étaient venus avec leur épouse, beaucoup avec leurs enfants, et aux yeux de tous il était clair qu'ils étaient devenus à Los Alamos les porteurs de secrets d'État de premier ordre et devraient rester sur place jusqu'à la fin de la guerre. La moyenne d'âge était de vingt-neuf ans, presque personne n'avait plus de quarante ans ; le taux de natalité à Los Alamos pendant toutes les années de guerre fut bien supérieur à la moyenne nationale. Oppenheimer et Bloch étaient, avec Serber et Bethe, parmi les plus âgés, du moins jusqu'à l'arrivée d'Enrico Fermi et de Niels Bohr.

Tous étaient venus pour travailler, il n'y avait à Los Alamos aucun retraité ni aucun malade, aucun flâneur, aucun artiste ni spéculateur, aucun vaurien, parasite ni pickpocket, aucun simulateur, captateur de testament ni tire-au-flanc. À 7 heures du matin, les sirènes hurlaient, les hommes gagnaient alors en hâte les laboratoires situés en bordure de la cité dans des zones strictement isolées. Les enfants allaient à l'école ou étaient conduits à la crèche, les femmes travaillaient dans les bureaux de l'administration, les cantines, les bibliothèques ou les écoles. L'atmosphère était celle d'un *summer camp*.

Chaque jour de nouveaux spécialistes arrivaient, chaque jour les camions de l'armée convoyaient des tonnes d'appareillages venus des coins les plus reculés des États-Unis ; durant le seul mois de juillet, les quatre accélérateurs de particules les plus performants et les plus gros du monde arrivèrent à Los Alamos où ils furent installés dans des baraquements construits tout exprès sur des dalles de béton coulées tout exprès.

Felix Bloch travaillait avec Edward Teller et John von Neumann à un mécanisme d'allumage dans lequel l'isotope radioactif était en forme de balle creuse et pouvait arriver très rapidement par implosion à une concentration très élevée afin d'atteindre sans détonation prématurée la masse critique permettant une réaction en chaîne complète. Leur mission était d'établir théoriquement puis de démontrer empiriquement que c'était possible. Le calcul des ondes de choc rentrantes venant de toutes parts se révéla d'une extrême complexité mathématique et, comme on ne disposait pas encore de machines à calculer, il prit plusieurs semaines.

Quand le calcul fut terminé, la démonstration empirique suivit. Felix Bloch et ses collègues réalisèrent de petites bombes en balles creuses de métal entourées d'explosif, les descendirent au fond d'un canyon aux parois à pic et les déposèrent sur une lourde chape de béton armé. Puis ils allèrent se mettre à couvert dans un abri construit tout exprès et se bouchèrent les oreilles.

Quand l'écho du tonnerre se fut tu entre les parois rocheuses et que la fumée se fut dissipée, ils ressortirent et collectèrent les débris des balles de métal. Ces premiers essais furent décourageants. Les balles n'étaient pas compressées régulièrement par la détonation, mais déchiquetées en fragments aux formes les plus imprévisibles.

Les hommes regagnèrent donc leur laboratoire, rangèrent les balles et se lancèrent dans le projet de bombes cylindriques dans l'espoir de modifier la dimension de l'espace pour mieux focaliser les ondes de choc.

À 18 heures, les sirènes annonçaient la fin de la journée de travail et tous rentraient chez eux. Le soir, on se retrouvait à des cocktails dans la salle à manger de l'ancien internat de garçons. La plupart des habitants de Los Alamos étaient accoutumés à la convivialité des villes universitaires ; comme il n'y avait guère de distractions dans le désert du Nouveau-Mexique, ils organisèrent par leurs propres moyens une succession interminable de concerts, projections de cinéma, spectacles de théâtre et soirées dansantes, de temps en temps aussi des spectacles de danse donnés par les Indiens qui, le jour, travaillaient pour les chercheurs comme ouvriers-chauffeurs, artisans ou domestiques. Un jour, un groupe de physiciens passionnés de théâtre représenta *Arsenic et vieilles dentelles*, Oppenheimer jouant le premier cadavre caché dans un coffre et Edward Teller le second. On rentrait chez soi vers minuit sur le gravier des routes sombres, sans éclairage public. Quand la lune brillait, les pins projetaient des ombres noires.

La nuit, le calme se faisait à Los Alamos, tout le monde dormait sous la protection de la clôture en fils barbelés qui entourait la cité dans un large rayon. Des soldats silencieux patrouillaient devant les barbelés, au loin hurlaient les chacals. De temps en temps, un coup de feu retentissait. Ces nuits-là, Felix Bloch demeurait longtemps éveillé, s'étonnant d'être maintenant comme un petit écolier à allumer de petites bombes dans des ravins reculés. Lui qui avait toujours absolument voulu faire dans sa vie quelque chose de pacifique et de totalement inutile du point de vue de la technique guerrière constatait maintenant avec surprise qu'il se retrouvait quand même derrière des barbelés. Et il lui arriva de se demander qui ces barbelés protégeaient – s'ils protégeaient Los Alamos du monde ou bien le monde de Los Alamos.

Son voisin Edward Teller lui aussi veillait souvent tard le soir. Il avait l'habitude, à l'heure où tout le monde dort, de jouer sur le piano Steinway de concert que sa femme avait acheté aux enchères dans un hôtel et fait venir de Chicago par des voies mystérieuses. Teller était un pianiste virtuose et passionné, à l'automne 1943 il jouait avec persévérance la *Rhapsodie hongroise n° 12* de Liszt. Les sons traversaient les minces cloisons et, dans le silence de la nuit, on les entendait de loin dans la plaine, jusqu'en haut des collines et à l'intérieur des sombres canyons où dormaient les vieux *pueblos* abandonnés des Indiens.

13

Le 12 octobre 1941, quand Laura d'Oriano regagna la zone libre, elle se rendit directement à Nice et alla trouver le commissaire Cotoni à son bureau, situé près de la gare. Elle vit avec surprise le petit homme corse se lever et saluer lorsqu'elle entra dans son bureau, avant de lui donner une tape sur l'épaule comme à un soldat qui s'est distingué au combat par sa bravoure.

La Surveillance du territoire est très satisfaite de votre travail, lui dit-il en lui tendant une enveloppe contenant sept mille francs. Le général de Gaulle vous transmet ses remerciements exprès.

C'est moi qui vous remercie, répondit Laura en empochant l'enveloppe.

Je dois vous prier de ne pas quitter la ville dans les temps qui viennent. Il se pourrait que nous ayons une nouvelle mission à vous confier.

Elle acquiesça de la tête et se tourna pour partir, mais Cotoni la retint par le coude.

Dites-moi, Laura, est-ce que vous allez bien ?

Mais oui, merci de vous en inquiéter.

Vous allez me trouver indiscret. Mais vous avez cette expression particulière sur le visage que je connais par ma femme.

Exactement, répondit Laura. Il doit s'agir de cela.

Oui. Sauf que ma femme n'a pas toujours cette expression. Vous, en revanche, vous l'aviez déjà lors de notre dernière rencontre. Et l'avant-dernière aussi, je crois.

Que faire ? C'est le sort des femmes.

Depuis combien de temps ?

Un an, peut-être un an et demi. Laura haussa les épaules. Parfois c'est plus fort, parfois moins.

Alors ôtez votre manteau et asseyez-vous, dit Cotoni en décrochant le combiné téléphonique. Ces choses-là, il faut s'en défaire. Vous ne m'êtes pas utile dans un état pareil.

Le 19 octobre, il conduisit Laura dans sa voiture de fonction à l'hôpital Sainte-Jeanne, où elle fut opérée le lendemain. On ne peut savoir de quoi elle souffrait exactement. Mais quelques semaines plus tard, elle déclara lors d'un interrogatoire qu'elle avait subi une ablation de l'appendice et que, l'abdomen étant déjà ouvert, on avait aussi enlevé l'utérus. Il semble qu'elle n'ait plus eu de douleurs par la suite.

La facture de l'hôpital, d'un montant de sept mille francs, fut réglée par le commissaire Cotoni. Après l'opération, Laura passa onze jours à l'hôpital, puis elle poursuivit sa convalescence dans une chambre d'hôtel. Cotoni passait chaque jour et apportait des fruits et du lait frais. Il l'emmenait manger de temps en temps et insistait alors pour qu'elle commande un bon morceau de viande.

À cette époque-là, la viande et le lait étaient des denrées rares, une grande part de la production agricole allant à l'occupant allemand. Mais octobre 1941 était également l'époque où les chars allemands s'embourbèrent pour la première fois en Russie. En

Méditerranée, Churchill procédait aux préparatifs d'une campagne contre l'Italie, et dans l'Atlantique, les navires de guerre américains avaient reçu du président Roosevelt l'ordre de tirer sans sommation sur tout navire allemand ou italien.

Une fois Laura d'Oriano remise, Cotoni la convoqua à son bureau et lui exposa les détails de sa prochaine mission. Elle devait partir pour l'Italie sous un faux nom et visiter Gênes et Naples, villes ayant des bases navales. À Gênes, elle n'aurait qu'à dresser un bref état des lieux, tandis qu'elle devrait rester six semaines à Naples et livrer régulièrement des informations sur les bateaux qui entraient dans le port et le quittaient.

Le 6 décembre 1941, il conduisit Laura jusqu'à un agent de liaison, nommé Ćosić. Ce dernier se rendit avec elle dans une Panhard gris métallisé à Briançon, la ville la plus haute de France dans la partie la plus orientale des Alpes françaises, à seulement dix kilomètres et cinq cents mètres de dénivelé de la frontière italienne.

Arrivés là, ils prirent deux chambres mitoyennes à l'auberge de la Paix et vécurent en touristes. Ils se promenaient dans les forêts enneigées et se baladaient dans la vieille ville. Il lui acheta un pull norvégien, un pantalon de ski en laine et des chaussures de montagne. Ils choisissaient des cartes postales à un kiosque puis allaient prendre un café à une terrasse ensoleillée. Le soir, ils dînaient à l'hôtel-restaurant Chateaubriand avec une bonne bouteille.

Cela dura cinq jours. Le deuxième jour, la bourgade fut en effervescence, les stations de radio ayant annoncé l'attaque japonaise sur Pearl Harbour. Le cinquième jour, il y eut une nouvelle effervescence, l'Allemagne venant de déclarer la guerre aux États-Unis.

Ce soir-là, le 11 décembre 1941, Laura d'Oriano resta longtemps à sa fenêtre à regarder vers la ruelle. Elle était vêtue de son nouveau pull norvégien et de son pantalon de ski en laine. Elle avait pris congé de Ćosić. Il lui avait remis une fausse carte d'identité italienne au nom de Laura Fantini ainsi qu'un permis de conduire falsifié et une carte de membre de la Fédération nationale des Associations fascistes de propriétaires immobiliers, ainsi qu'une épaisse enveloppe contenant neuf mille lires italiennes en l'exhortant à les utiliser avec parcimonie pour ne pas éveiller inutilement l'attention.

Peu avant minuit, un jeune homme avec bonnet rouge à pompon surgit dans la ruelle, s'arrêta sous la fenêtre de Laura et se frotta les mains comme s'il avait froid. C'était le signal. Laura laça ses chaussures de montagne, descendit bruyamment l'escalier et fit un signe au portier de nuit comme si elle sortait faire une promenade nocturne en traîneau ou une partie de curling. Elle n'avait aucun bagage avec elle.

Le jeune homme au bonnet à pompon ne se présenta pas et ne demanda pas non plus comment elle s'appelait, mais la conduisit sans un mot à travers la ville jusqu'à la route du col, où il avait caché derrière une congère deux paires de raquettes et deux bâtons de montagne. Il lui montra comment fixer les raquettes pour marcher sur la neige profonde en ménageant ses forces, puis il la précéda en montant jusqu'au col de Montgenèvre, en fermeture hivernale depuis deux mois.

Cette marche nocturne dans la neige profonde pour franchir ce col escarpé dura sans doute entre sept et neuf heures et dut être épuisante pour Laura d'Oriano, qui avait vu peu de neige et guère de montagne jusque-là. Selon les informations de la station météorologique française, la nuit du 11 au 12 décembre 1941 n'était pas exceptionnellement froide, mais il soufflait un fort vent de nord-ouest et il tomba environ trente centimètres de neige à une altitude de mille huit cents mètres.

Laura et son guide montagnard durent atteindre le col peu après le lever du jour et passer la frontière dans une tourmente de neige avant de redescendre du côté italien jusqu'au village frontalier de Cesana. Là, ils étaient attendus à la pension Croce Bianca par une patronne qui, sans poser trop de questions, donna une chambre à Laura pour qu'elle s'y repose quelques heures. Laura remit à son guide le pull-over norvégien, le pantalon de ski et les chaussures de montagne. Il devait garder ces affaires jusqu'au retour de Laura six semaines plus tard, lorsqu'elle repasserait le col en sens inverse.

Quant aux raquettes, elle les laissa à la pension comme si elle les y avait oubliées. À midi, elle descendit sur la route qui va à la ville et monta dans le car de 12 h 20 qui la conduisit jusqu'à la plaine puis à la gare centrale de Turin. Elle prit là le premier rapide pour Gênes et, lorsque la Méditerranée apparut et que le train entra dans la gare de Piazza Principe dans la vieille cité portuaire, elle se sentit de nouveau presque comme chez elle.

Ćosić lui avait remis une lettre de recommandation pour une certaine Maria Talia, qui tenait une petite pension non loin du port au numéro 2 de la via San Donato, à la lisière de la vieille ville. Lorsque Laura y entra, deux hommes se trouvaient à quelques pas de là à côté d'une voiture garée et fumaient en gesticulant et en parlant football. Laura ne fit guère attention à eux.

Les deux hommes étaient des fonctionnaires de la police secrète italienne, ainsi que Laura devait l'apprendre deux semaines plus tard. Ils avaient attendu toute la journée via San Donato, un agent du contre-espionnage leur ayant indiqué depuis Nice qu'une espionne française du réseau d'un certain Ćosić se présenterait à la pension de Maria Talia. Quand Laura eut disparu à l'intérieur, ils s'assirent dans la voiture et ne quittèrent pas la porte des yeux. Il n'y avait pas de sortie par l'arrière, comme ils l'avaient vérifié dans l'après-midi. À l'heure du repas, ils s'installèrent à l'*osteria* du coin et observèrent par la fenêtre ce qui se passait dans la rue. Puis ils reprirent place dans la voiture et fumèrent des cigarettes. À minuit, on vint les relever.

Laura ne réapparut pas avant le lendemain matin, douze minutes avant 9 heures. Elle descendit la via San Donato, passant devant la faculté d'architecture et le Teatro nazionale, jusqu'à la rue du Port, où elle commanda un café et une brioche au bar Santa Lucia. Elle regarda souvent avec insistance par la fenêtre vers les bassins du port, mais n'eut de contact avec personne. Elle n'échangea également que quelques mots avec le garçon de café.

Elle retourna ensuite au centre-ville et, suivie patiemment par les deux agents de la police secrète, elle courut les magasins les plus divers, ce qui dura de 9 h 30 jusqu'à 12 h 30, heure à laquelle les magasins fermaient pour la pause du déjeuner. Elle acheta en premier, après avoir longuement examiné les différents modèles, un sac de voyage léger pour dame de la marque Il Ponte, puis quantité de vêtements et d'articles de toilette de première qualité qu'elle rangea dans son nouveau sac de voyage. Elle n'eut de contact avec personne pendant ces trois heures et, même avec le personnel des magasins, elle n'échangea pas plus que les formules ordinaires de politesse.

Sur le chemin du retour via San Donato, elle s'acheta dans une boulangerie un *panino al prosciutto crudo* qu'elle mangea dans sa chambre. Le papier d'emballage et la couenne de jambon furent saisis dans la corbeille à papier après son départ. Elle passa l'après-midi et la soirée du samedi à la pension. Au dire de Maria Talia, elle ne reçut aucune visite et n'eut pas non plus de contact avec d'autres clients de la pension.

Le dimanche 14 décembre 1941 au matin, elle sortit de l'immeuble à 9 h 53 au moment où les cloches de San Donato sonnaient la messe. Elle se rendit à l'église et s'assit sur le troisième banc en partant du fond dans la travée gauche. Elle y resta seule. Elle prit part activement au culte, les chants et les prières en langue italienne lui semblaient familiers, elle s'avança jusqu'à l'autel avec les autres fidèles et reçut la communion.

Après la messe, elle alla jusqu'au port, comme la veille, et commanda un café et une brioche au bar Santa Lucia. Ensuite, elle se promena jusqu'à l'entrée du port de la marine de guerre. Deux soldats étaient postés devant la barrière. Quand d'Oriano leur parla, ils lui refusèrent l'accès.

Ensuite, retour à la pension Talia. Pas d'autre événement à signaler jusqu'au soir. À 22 h 18, d'Oriano ressort de l'immeuble, munie cette fois de son sac de voyage neuf et se rend directement à la gare Piazza

Principe. Elle achète dans le hall un billet de seconde classe pour le train de nuit à destination de Naples. Peu avant le départ du train, elle met une lettre à la boîte dans le hall de la gare, sur quoi les deux agents de la police secrète se séparent. L'un la suit sur le quai et prend place dans son compartiment après le départ du train à 23 h 14, tandis que l'autre ouvre la boîte et s'empare de la lettre. Celle-ci était glissée dans une enveloppe rose et adressée à un dénommé Emilio Brayda, Turin.

Mon chéri,

J'attends impatiemment de tes nouvelles, donne-m'en assez vite, je t'en prie. Tu me connais et tu sais que sinon je serai malheureuse et que j'imagine tout de suite le pire. Si seulement tu savais les angoisses que j'endure ! Je t'en prie, écris-moi que tout va bien et que tu ne m'as pas oubliée. Je prie chaque jour la mère de Dieu avec l'espoir fervent qu'elle exauce mes prières.

Je t'embrasse, je t'embrasse, je t'embrasse,

Ton Antonia

L'agent de la police secrète porta la lettre au commissariat et la chauffa avec un fer à repasser ordinaire qui se trouvait là à cet usage jusqu'à ce que le papier commence à brunir et qu'apparaisse entre les lignes de la lettre d'amour une seconde information invisible jusqu'alors, qui avait été écrite en script avec une solution d'eau salée et qu'on peut consulter encore de nos jours dans les archives d'État à Rome.

Port de Gênes STOP
4 vedettes rapides STOP

Croiseur Roma transformé en porte-avions STOP
Tout très difficile à distinguer STOP
Suite du voyage Naples STOP FINAL.

Le voyage de nuit en chemin de fer pour Naples se déroula sans incident, le train arriva le lundi matin 15 décembre 1941 à 10 h 30 à Napoli Centrale. Tandis que Laura d'Oriano cherchait un taxi sur la place de la gare, un soldat lui adressa la parole et l'invita à prendre un café. Elle refusa en le remerciant, mais lui demanda si le port était accessible aux civils. Comme il ne put la renseigner sur ce point, elle héla un taxi et y monta.

À la suite de cela, le soldat fut interpellé par la police et conduit au commissariat de la gare pour y être interrogé. Il déclara de manière convaincante qu'il ne connaissait pas cette femme et qu'il lui avait adressé la parole uniquement parce qu'il l'avait remarquée à cause de ses cheveux blondis et de ses vêtements élégants.

Le taxi se rendit directement à la pension Lombardi dans la via Angiporto, où Laura prit une chambre pour une période indéterminée et paya un mois de loyer. Les deux jours suivants, elle flâna à plusieurs reprises dans la vieille ville et se promena le long du port sans avoir de contacts avec quiconque.

Le soir du 16 décembre, elle alla au cinéma et lia conversation avec un sous-officier en uniforme. Lui aussi, interrogé ensuite par la police, certifia n'avoir jamais vu cette femme auparavant et n'avoir pas parlé avec elle de questions militaires.

Après le cinéma, Laura d'Oriano retourna directement à la pension, seule. Aucun autre fait ne fut relevé pour le restant de la nuit.

Au matin du 17 décembre, elle quitta subitement la pension avant même le lever du jour, se rendit à la gare centrale et acheta un billet pour l'express de 7 h 30 à destination de Rome. À nouveau, elle mit une lettre à la boîte peu avant le départ du train.

Cher cousin,

Voici quelques lignes pour te communiquer que ma femme va mieux maintenant. Nous avons eu des angoisses terribles à cause de cette maladie qui, Dieu merci, est terminée, et à jamais, espérons-le. Maman surtout est contente de ne plus devoir se faire tant de souci.

Nous espérons te revoir bientôt, je t'expliquerai alors plus en détail. Et toi, comment vas-tu ? Bien, j'espère. Donne de tes nouvelles, cela nous fait toujours plaisir.

Papa t'embrasse, tout le monde à la maison te salue cordialement.

Et je te serre vigoureusement la main.

À bientôt !

Bartoly

Cette lettre aussi fut chauffée et brunie au fer à repasser. Voici ce qui figurait entre les lignes :

Port de Naples STOP
1 destroyer, deux navires-hôpitaux STOP
Difficultés énormes pour voir à peine quelque chose STOP
Dois rendre visite à ma mère STOP FINAL.

Le trajet en train de Naples à Rome dura trois heures et six minutes. Durant tout le voyage, Laura d'Oriano fut assise sans le savoir en face d'un agent de la police secrète qui, à l'arrivée en gare de Roma

Termini, céda la filature à un collègue romain. Ce dernier la suivit jusqu'au domicile de ses parents au numéro 83 du largo Brancaccio. L'immeuble resta désormais sous surveillance pendant les dix jours entiers que dura le séjour de Laura d'Oriano. Mais comme elle ne quitta guère les lieux, ne reçut pas de visite et n'écrivit pas de lettres, les rapports de police furent succincts et peu informatifs. On ne saura jamais ce qui se passa pendant ces jours-là.

On peut supposer que la joie des retrouvailles fut grande lorsque Laura sonna sans s'être annoncée après un an et demi de séparation et que la mère et la fille tombèrent dans les bras l'une de l'autre dans l'embrasure de la porte, se serrant l'une contre l'autre et versant probablement aussi quelques larmes. On peut aussi supposer que la mère conduisit Laura au salon, l'assit sur le canapé et la força à prendre un thé, de la liqueur à l'œuf et des gâteaux secs. Laura se sera étonnée de trouver sa mère seule dans le vaste appartement. Et sa mère lui aura alors raconté comment il se faisait que tous les membres de la famille l'aient quittée l'un après l'autre.

Durant la traversée de Marseille à Rome, les frères de Laura s'étaient transformés en l'espace d'une nuit en ardents partisans du fascisme. Immédiatement après l'accostage au port d'Ostie, ils avaient pris d'assaut le premier bureau de recrutement et s'étaient fait enrôler dans un régiment d'infanterie qui fut envoyé peu après en Afrique de l'Est. Depuis, ils écrivaient à leur mère depuis Massaoua, Addis-Abeba et Adoua des lettres avec une écriture quasi identique et d'un contenu toujours creux.

Les deux filles avaient enterré à Rome leurs rêves de princes russes et s'étaient découvert une prédilection pour les fringantes Chemises noires avec leurs bottes cirées. La première avait épousé un agent comptable du ministère des Finances et avait déménagé à Palerme, l'autre était partie en Grèce où elle était devenue infirmière sur un navire-hôpital.

Le père, enfin, était parti quelques mois plus tôt en Albanie pour des affaires grâce auxquelles il espérait pouvoir remettre à flot la famille entière. Il avait investi l'argent qui lui restait dans une imprimerie de Tirana qui se spécialisait dans les partitions et pouvait offrir la meilleure qualité à des prix défiant toute concurrence – pouvait offrir, ou aurait pu offrir si elle n'avait pas manqué en décembre 1939 de papier et d'encre d'imprimerie, les fournisseurs se faisant introuvables sur un marché mondial mal en point.

Il se peut que le récit de sa mère ait pris plusieurs heures et que Laura lui ait demandé de raconter certaines choses deux ou trois fois pour être sûre d'avoir tout compris. Il se peut aussi que la mère et la fille soient allées ensemble à la cuisine préparer un repas, une *parmigiana* peut-être ou des *spaghetti aglio e olio*, et qu'elles aient passé leur temps jusqu'à l'heure du coucher à se raconter des anecdotes familiales. Peut-être aussi qu'après avoir bu une ou deux liqueurs à l'œuf elles fredonnèrent encore quelques chansons. On peut imaginer qu'elles reprirent leur conversation dès le lendemain au petit-déjeuner et récapitulèrent tout ce dont elles avaient parlé la veille, et qu'ensuite elles jouèrent aux cartes, vaquèrent à des travaux ménagers, se coiffèrent mutuellement ou regardèrent des photos du temps passé.

Tout cela, on peut l'imaginer, mais on ne le sait pas, car les fonctionnaires de la police postés dans la rue pour surveiller Laura ne la virent pratiquement pas pendant dix jours. Chaque matin, la mère et la fille allaient faire leurs courses à l'épicerie du coin puis disparaissaient de nouveau dans l'appartement. Elles ne sortirent jamais, ne reçurent aucune visite – même pas le soir de Noël, le jour de Noël ni à la Saint-Étienne.

Au bout de dix jours, les enquêteurs furent certains que l'espionne Laura d'Oriano ne se livrerait à aucune activité d'espionnage dans la capitale et ne rendrait visite à aucun agent de liaison et qu'elle était venue à Rome pour des raisons exclusivement familiales.

Mais, pour dissiper les derniers doutes, ils la laissèrent encore tranquille le matin du 27 décembre 1941, lorsqu'elle retourna à la gare avec son sac de voyage et acheta un billet de seconde classe pour Naples. Et comme elle ne mit pas de lettre à la boîte cette fois-là, les deux agents de la police secrète n'eurent pas à se séparer, mais s'assirent tous deux l'un à côté de l'autre dans son compartiment, pour le cas où elle rencontrerait tout de même un agent de liaison dans le train.

Mais Laura d'Oriano était encore seule lorsque le train démarra à 10 h 30 et elle le resta durant la demi-heure qui s'écoula jusqu'au premier arrêt, en gare de Littoria. Quand le train se fut immobilisé, elle regarda par la fenêtre et observa les passagers qui descendaient. Sur le quai se tenait un nombre inhabituellement élevé de *carabinieri*, les canons de leurs mitraillettes dirigés vers le train. Deux hommes en manteau de cuir noir passèrent rapidement devant eux et montèrent dans le train.

Quelques secondes plus tard, ils entrèrent dans le compartiment de Laura d'Oriano. Ils firent le salut militaire, déclinèrent leur identité, *maresciallo* Riccardo Pasta et *maresciallo* Giovanni Spano, et lui demandèrent ses papiers. Après quoi ils l'arrêtèrent comme suspecte d'espionnage militaire à l'encontre du royaume d'Italie.

Laura d'Oriano fut menottée, reconduite à Rome par le train suivant et transférée au pénitencier de Regina Coeli, une bâtisse aux murailles humides qui au XVIIe siècle avait été un couvent. Une aile du bâtiment était réservée à l'Ovra, la police secrète de Mussolini, qui y plaçait les détenus politiques en isolement cellulaire et procédait aux interrogatoires.

14

Le temps passait à Los Alamos. Felix Bloch vécut avec sa famille pendant des jours, des semaines, des mois, dans une ville qui n'existait pas officiellement et ne figurait sur aucune carte. Elle n'avait pas de code postal, pas d'indicatif téléphonique et pas de clubs de sport, ses habitants n'avaient pas le droit de vote car ils ne devaient apparaître sur aucune liste électorale, ils n'avaient pas le téléphone et devaient présenter les lettres qu'ils écrivaient à la censure militaire avant de les expédier.

Felix Bloch tentait de voir là une partie d'un grand jeu de scouts, lorsqu'il devait montrer sa carte professionnelle aux mêmes postes de contrôle chaque jour exactement aux mêmes heures, alors que les mêmes policiers militaires le connaissaient bien entre-temps et le saluaient par son nom. Il essayait de ne pas voir que sa femme, lorsqu'elle allait faire des courses à Santa Fe, avait sur ses talons des agents des services secrets reconnaissables de loin tant ils étaient bien habillés dans leurs costumes noirs, avec leurs chapeaux noirs et leurs cravates grises sur des chemises blanches toujours repassées de frais. Il essayait de prendre avec humour le fait qu'il n'ait pas le droit de parler en suisse allemand avec ses fils parce que ces blancs-becs de policiers militaires de l'Oklahoma prenaient son dialecte zurichois pour du hongrois, de l'espéranto ou une langue secrète. Et le soir, quand il couchait ses enfants dans leur lit de camp et les bordait de draps portant les lettres USED, il se rappelait lui-même à l'ordre en se disant que tout cela était au service d'une grande cause.

Ses expériences sur les bombes cylindriques dans les canyons isolés avaient progressé. La méthode de l'allumage par implosion était maintenant au point. Elle était compliquée, mais extrêmement sûre. Oppenheimer fut satisfait lorsque, fin octobre 1943, Felix Bloch, Edward Teller et John von Neumann lui présentèrent leurs résultats.

La dernière difficulté était maintenant de se procurer les vingt à trente kilos d'uranium 235 nécessaires à la construction d'une bombe atomique. Une telle quantité de cet isotope artificiel n'existait encore nulle part car il fallait l'isoler de l'uranium naturel en utilisant une masse énorme d'énergie, de matières premières et de main-d'œuvre. Mais le ministère de la Guerre avait fait sortir du sol de gigantesques usines dans des régions reculées de l'Amérique et embauché en tout cent cinquante mille ouvriers qui fabriquaient sans relâche de l'uranium 235 et du plutonium sans avoir la moindre idée de leur destination.

En l'espace d'une année seulement, le projet de bombe de Robert Oppenheimer était passé de la spéculation intellectuelle théorique dans le cercle intime de quelques amis à la plus coûteuse entreprise scientifique de l'histoire de l'humanité. Il n'y avait plus d'obstacle de fond, les principaux problèmes techniques étaient résolus. Mais dans le même temps, les solutions techniques avaient aussi apporté des réponses aux grandes interrogations éthiques – ou du moins, elles avaient fait apparaître ces dernières comme plutôt superflues. Par exemple, le premier cas de conscience – avait-on le droit de construire une bombe atomique pour la seule raison qu'on en était capable ? – n'avait plus lieu d'être dès lors qu'on avait fait sortir du sol des villes entières à cette fin, inscrit des milliards de dollars au budget et engagé cent cinquante mille personnes pour y travailler. Ne serait-ce que pour des raisons financières, l'arrêt de ce projet n'était plus possible.

Le second cas de conscience – avait-on le droit de faire exploser une bombe atomique pour la seule raison qu'on la possédait ? – n'était certes pas encore discuté, mais Felix Bloch pressentait que cette question-là aussi avait déjà trouvé sa réponse. La bombe existait désormais. Elle serait construite et elle exploserait. Il n'était plus en son pouvoir ni en celui d'Oppenheimer d'empêcher cela, et même les forces réunies de tous les chercheurs de Los Alamos n'auraient plus rien pu faire contre cela. Probablement la bombe aurait-elle été construite même si, par un miracle de l'histoire, Roosevelt, Churchill, Hitler, Staline et Hirohito s'étaient réunis pour une conférence de paix lors de laquelle ils auraient juré ensemble et sincèrement un renoncement perpétuel.

Mais une question se posait sous un jour nouveau, c'était de savoir contre qui l'Amérique dirigerait sa nouvelle arme. À tous les habitants de Los Alamos, il avait paru jusqu'à une date récente aller de soi qu'un bombardier B-29 la lâcherait au-dessus de l'Allemagne pour stopper l'Holocauste et mettre fin à la guerre mondiale. Mais, à l'automne 1943, cela n'était plus tout aussi évident. Car il apparaissait alors de plus en plus clairement que les Alliés gagneraient la guerre, avec ou sans bombe atomique. Des troupes américaines et britanniques avaient débarqué en Sicile, Mussolini était renversé, la marine japonaise battait en retraite depuis la bataille de Midway. Les bombardiers alliés avaient déclenché une tempête de feu à Hambourg, les troupes soviétiques repoussaient la Wehrmacht vers l'ouest.

Il ne manquait plus seulement deux tours sur l'échiquier de Hitler, mais aussi les deux fous, et il n'avait plus aucune chance de ramener une dame dans le jeu grâce à l'énergie atomique. Heisenberg, von Weizsäcker et Hahn avaient beau travailler à Berlin sur leur machine à uranium, il était désormais manifeste que l'Allemagne épuisée par la guerre ne disposerait jamais de la quantité d'énergie, de main-d'œuvre et de matières premières pour fabriquer assez de plutonium ou d'uranium 235 avant la fin de la guerre.

Telle était la situation lorsque Felix Bloch acheva de travailler à l'allumage par implosion pour lequel Oppenheimer l'avait fait venir à Los Alamos. Tous les autres continuèrent à travailler sous la pression. Felix aurait dû être chargé d'une nouvelle tâche, car il y avait encore beaucoup de petits calculs à faire. Mais ces calculs pouvaient être réalisés par le premier étudiant en physique venu. Oppenheimer n'avait pas besoin de Bloch pour cela.

La probabilité augmentait de jour en jour que la guerre serait terminée avant que la bombe soit prête à être utilisée. Le dimanche, Lore et Felix allaient désormais dans le désert chercher le son du silence à l'écart de celui du monde. Ils laissaient les jumeaux sous la garde des voisins et empruntaient une voiture aux Teller. Comme les montagnes étaient déjà sous la neige, ils quittaient la ville par la porte occidentale avant de parcourir dix-huit kilomètres à travers la Valle Grande dont l'herbe verte et touffue poussait au fond d'un ancien volcan. Ils laissaient la voiture à l'entrée de Frijoles Canyon et se promenaient dans le défilé encaissé le long du ruisseau, au milieu des pins jaunes, des épicéas bleus et des peupliers trembles, là où écureuils, castors et mouffettes ne craignaient pas encore les hommes et où ces pins ponderosa poussaient plus haut que nulle part ailleurs à la recherche de la lumière.

On apercevait çà et là dans les parois rocheuses qui s'élançaient à la verticale des habitations troglodytiques abandonnées que les peuples indiens disparus avaient creusées au fil des siècles dans la tendre pierre de tuf. Lore et Felix étaient maintenant seuls. Il était pratiquement impossible dans le canyon d'avoir un contact avec le monde extérieur, les agents des services secrets ne les suivaient donc pas jusque-là.

S'ils faisaient une halte ou se taisaient, ils pouvaient entendre le bruit de crécelle des crotales qui, dans une lassitude automnale, se cherchaient déjà une petite place pour hiberner. Et une fois arrivés au bout du défilé, là où le Frijoles débouchait dans le Rio Grande, ils s'arrêtaient et contemplaient avec respect le fleuve rouge, les bancs de sable blanc et les cactus encore en fleur.

Ce doit être dans les premiers jours de novembre 1943 que Felix Bloch alla trouver Robert Oppenheimer dans son bureau et lui demanda l'autorisation de quitter Los Alamos. On ne sait rien du contenu de leur conversation, car Felix Bloch garda jusqu'à la fin de sa vie le silence sur l'époque passée à Los

Alamos, peut-être à cause du secret que l'armée lui avait enjoint de tenir par-delà la fin de la guerre. Dans toute sa correspondance, Los Alamos n'est mentionné qu'une seule fois : dans un télégramme du commandant militaire, le général Leslie Groves, qui exhorte expressément Bloch à garder le secret même une fois la guerre terminée. C'est peut-être là aussi la raison pour laquelle il resta peu disert dans le cercle familial. Ses enfants et petits-enfants ne se souviennent pas de l'avoir jamais entendu parler de cette époque-là et, à ce qu'on sait, il ne s'exprima qu'une seule fois publiquement.

Ainsi qu'il le déclara le 15 août 1968 dans son bureau de l'Institut de physique de l'université de Stanford à l'historien des sciences Charles Weiner, l'unique raison pour laquelle il était allé à Los Alamos était sa crainte que les Allemands ne mettent au point la bombe avant eux. Lorsqu'il apparut que cela n'arriverait très probablement pas, il avait donné son congé, ce qui avait passablement contrarié quelques-uns de ses amis, en particulier Oppenheimer.

Le jour où Lore et Felix Bloch partirent, le général Groves vint les trouver à l'Apartment House T124 et leur rappela leur obligation de confidentialité. Vint ensuite leur voisin, Edward Teller, qui leur proposa de les descendre dans son véhicule personnel jusqu'à la gare de Lamy. Au moment des adieux, alors que les bagages étaient déjà rangés dans le coffre de la voiture de Teller et que les jumeaux étaient assis sur la banquette arrière, Oppenheimer n'était pas là. Et quand Felix Bloch partit à sa recherche, il ne le trouva nulle part dans Los Alamos.

Le trajet jusqu'à Lamy dura deux heures et demie. On discuta de viande chevaline, d'Orson Welles et de vin rouge hongrois. Il n'y avait rien à régler. Les adieux à la gare furent brefs. Le train partirait bientôt et Teller avait de la route pour rentrer. Le soir, il avait rendez-vous avec Oppenheimer pour une partie de poker.

*

Le lendemain de son arrestation, Laura d'Oriano fut entendue à la prison Regina Coeli par des agents de l'Ovra, la police secrète. D'après le procès-verbal, elle nia d'abord toute activité d'espionnage et fit valoir qu'elle n'était entrée en Italie que pour rendre visite à sa mère, qu'elle n'avait pas vue depuis des années ; si elle avait choisi de passer clandestinement par le col de Montgenèvre sous une fausse identité, c'était parce que les autorités italiennes ne lui auraient pas accordé de visa d'entrée.

Mais les policiers présentèrent alors à Laura d'Oriano les lettres écrites de sa main et brunies par le fer à repasser, avec les messages secrets. Elle passa alors à des aveux complets.

Début avril 1942, elle fut transférée au pénitencier de Turin et de nouveau interrogée. En décembre, on la reconduisit à Rome. Elle resta en tout un an et trois semaines en détention. C'était l'époque où les puissances de l'Axe subissaient une pression militaire croissante, le régime devait se montrer ferme sur le sol italien.

Le procès pénal contre Laura d'Oriano devant le tribunal militaire romain débuta le dimanche 15 janvier 1943 à 8 h 30 du matin et la sentence fut prononcée le soir même par le président du tribunal Antonio Tringali Casanuovo. La condamnée serait passée par les armes.

Elle fut conduite immédiatement après dans un véhicule de l'administration pénitentiaire au fort de Bravetta à la périphérie occidentale de Rome. Le lendemain matin, à 6 h 15, un ecclésiastique vint dans sa cellule et la confessa. Un surveillant lui porta son petit-déjeuner, elle avait commandé la veille au soir du café au lait et une brioche. Après quoi Laura d'Oriano fut conduite sur le terrain d'exercices. Le commandant du peloton lut la sentence, qui fut exécutée à 7 h 07.

*

La mort inattendue d'Émile Gilliéron avait mis sa famille dans la gêne. Les tantes et belles-sœurs quittèrent la maison, les plus jeunes enfants trouvèrent un toit chez leurs parrains. Rue Skoufa, il ne resta plus que le fils aîné, Alfred, et sa mère, qui continua à peindre des tableaux de l'Acropole et à essayer de les vendre. Fin octobre 1940, quand les troupes italiennes envahirent le Nord de la Grèce, Ernesta, qui était italienne de naissance, dut quitter Athènes. Elle s'installa en Italie avec Alfred et fut hébergée d'abord par des parents à Naples ; puis elle déménagea avec son fils à Rome, où Alfred fit un apprentissage de tailleur de pierre et de sculpteur. Il est peu probable, mais on ne saurait l'exclure, que sans le savoir il y ait croisé Laura d'Oriano lorsque celle-ci vint à Rome autour de la Noël 1941 pour rendre visite à sa mère.

Quand Ernesta et Alfred retournèrent à Athènes en 1945, ils trouvèrent la maison de la rue Skoufa peuplée de réfugiés de guerre venant de tous les coins du monde ; ils durent la reconquérir pièce par pièce. Après la guerre, Alfred poursuivit la tradition familiale et produisit des reproductions minoennes pour les touristes fortunés. Mais il fut impossible de reprendre la collaboration avec la Württembergische Metallwarenfabrik, car celle-ci avait perdu tous les moules pendant la guerre. En 1956, il épousa une Lettonne du nom de Rosentreter, son fils unique naquit le Premier de l'an en 1959 et il le fit baptiser Émile en honneur de ses père et grand-père. Au milieu des années 1960, les immeubles modernes en béton armé sortirent de terre dans la rue Skoufa et le panorama sur l'Acropole fut bientôt obstrué. Alfred Gilliéron fit alors raser la vieille maison et construire un immeuble moderne de six étages pouvant loger plusieurs familles, réservant les deux derniers étages à la sienne. Son fils Émile III fit des études de chimie. Il vit encore rue Skoufa avec sa mère. L'appartement est abondamment décoré d'œuvres de ses père, grand-père et arrière-grand-père, et un mur du salon est orné d'un beau tableau à l'huile de sa grand-mère, représentant l'Acropole au soleil couchant.

*

Après avoir quitté Los Alamos, Felix Bloch s'engagea dans le projet de radar de l'université de Harvard à Cambridge, qui contribua de manière décisive à la victoire des Alliés sur les puissances de l'Axe.

En 1945, il retourna à l'université de Stanford et y reprit son enseignement. Il continua à concentrer ses recherches sur le magnétisme du neutron. Sa découverte de l'induction nucléaire, une nouvelle méthode pour mesurer le moment magnétique du noyau de l'atome lui valut de recevoir en 1952 le prix Nobel de physique. En 1954-1955, il dirigea à Genève le Centre européen de recherches nucléaires, le CERN.

L'induction nucléaire menait directement à la tomographie par résonance magnétique qui révolutionna le diagnostic médical dans les dernières décennies du XXe siècle.

*

Laura d'Oriano est la seule femme de l'histoire du royaume d'Italie à avoir été condamnée à mort et exécutée. Elle fut enterrée dans une sépulture anonyme que son père Policarpo parvint à localiser après la guerre. Il la fit alors inhumer au cimetière romain de Verano, où reposent également Giuseppe Garibaldi, Natalia Ginzburg et Sergio Leone. Et quand il mourut à son tour, le 8 juin 1962, il trouva sa dernière demeure auprès d'elle.

Jusqu'à sa mort le 20 janvier 1989, Emil Fraunholz ne dit plus un mot de son épouse, dont il n'avait jamais divorcé officiellement. Ses deux filles n'avaient pas le droit de prononcer son nom. La plus jeune, Anna, se produisit dans les années 1950 comme chanteuse sous le prénom de Laura sans savoir que sa mère et sa grand-mère avaient chanté elles aussi.

Mais en 1960, elle retrouva à Rome son grand-père Policarpo. C'est par lui qu'elle apprit que sa mère avait été une espionne.

FIN

OUVRAGE RÉALISÉ
PAR L'ATELIER GRAPHIQUE ACTES SUD
ACHEVÉ D'IMPRIMER
SUR ROTO-PAGE
EN FÉVRIER 2015
PAR L'IMPRIMERIE FLOCH
À MAYENNE
POUR LE COMPTE DES ÉDITIONS
ACTES SUD
LE MÉJAN
PLACE NINA-BERBEROVA
13200 ARLES

DÉPÔT LÉGAL
1re ÉDITION : MARS 2015
N° impr. : 88018
(Imprimé en France)